人民共和國文化與文學叢書

十一編
李 怡 主編

第 **11** 冊

新世紀「介入現實主義」小說研究（上）

周 銀 銀 著

花木蘭文化事業有限公司

國家圖書館出版品預行編目資料

新世紀「介入現實主義」小說研究（上）／周銀銀 著 -- 初
版 -- 新北市：花木蘭文化事業有限公司，2023〔民112〕
目 4+130 面；19×26 公分
（人民共和國文化與文學叢書 十一編；第 11 冊）
ISBN 978-626-344-378-5（精裝）
1.CST：中國當代文學 2.CST：中國小說 3.CST：文學評論
820.8   112010208

特邀編委（以姓氏筆畫為序）：

吳義勤 孟繁華 張 檸
張志忠 張清華 陳思和
陳曉明 程光煒 劉福春
（臺灣） 宋如珊
（日本） 岩佐昌暲
（新西蘭） 王一燕
（澳大利亞） 鄭 怡

ISBN-978-626-344-378-5

9 786263 443785

人民共和國文化與文學叢書
十一編　第十一冊　　　　　　　　ISBN：978-626-344-378-5

新世紀「介入現實主義」小說研究（上）

作　　者 周銀銀
主　　編 李 怡
企　　劃 四川大學中國詩歌研究院
總 編 輯 杜潔祥
副總編輯 楊嘉樂
編輯主任 許郁翎
編　　輯 張雅淋、潘玟靜　美術編輯 陳逸婷
出　　版 花木蘭文化事業有限公司
發 行 人 高小娟
聯絡地址 235 新北市中和區中安街七二號十一三樓
　　　　 電話：02-2923-1455／傳真：02-2923-1452
網　　址 http://www.huamulan.tw 信箱 service@huamulans.com
印　　刷 普羅文化出版廣告事業
初　　版 2023 年 9 月
定　　價 十一編 12 冊（精裝）台幣 30,000 元

新世紀「介入現實主義」小說研究（上）

周銀銀　著

作者簡介

周銀銀，1990 年生，江蘇南通人，2018 年南京師範大學文學院獲文學博士學位，現為鹽城師範學院文學院講師，專業方向為中國現當代文學，近 5 年主要圍繞介入現實、區域文化、傳統文化展開研究。目前，獨立主持國家社科基金後期資助項目 1 項，獨立主持完成江蘇省社科基金項目 1 項，多次獲得市廳級以上學術獎項，在本專業學術期刊上發表論文近 30 篇，譯著 1 部。

提　　要

　　新世紀以來，作家們高度關注並深度介入中國現實。面對呼嘯而來的現實，他們走出「自己的園地」，作別小情小調或杯水風波，與時代變遷同步，與天地萬物同行，以強勁的主體立場去突入生活現場，集中追詰的都是近 20 年來在當下中國發生的重大社會問題。本書以新世紀「介入現實主義」小說為研究對象，從介入內涵、敘事策略、作家精神學、價值估衡、敘事困境等角度進行探究：考察了新時期現實主義文學的譜系流脈，結合薩特的「介入觀」，分析新世紀小說中的「介入」和「現實主義」精神，提出了「介入現實主義」小說概念；從敘事視角、時間、空間等角度剖析了新世紀「介入現實主義」小說的敘事機制，關注藝術智慧下承載的思想內容和社會意義，引領的敘事風尚，彰顯的作家立場；從社會現實變遷、文學場域演進、代際文化分野、現實觀與真實觀的區隔等層面索解了作家的精神學特點，尤其關注不同的現實觀和真實觀如何構成了現實書寫的迥異；從理論話語貢獻、審美範式建構、文學公共性建構、文學傳播實況等向度挖掘了新世紀「介入現實主義」小說的文學史和社會學價值；關注題材公共性與敘事自主性的頡頏，聚焦作家主體公共性精神的承繼與生長角度，從重建文學中的正義詩性與詩性正義、薩特「介入」觀的三層次與文學的理想之光等角度勘探了新世紀「介入現實主義」小說的困境及出路。

江蘇省社科基金項目
《新世紀「介入現實主義」小說研究》
（編號：18ZWC007）

當代歷史與「文學性」——《人民共和國文化與文學叢書·十一編》引言

　　2023 新年伊始，近年來活躍於批評界的《當代文壇》雜誌推出專欄，再度提出「文學性」的問題。《為何要重提「文學性研究」》一文中這樣開宗明義：「為什麼要重提『文學性研究』？這看起來像是一個假命題。什麼是文學性研究？世界上有一種純粹的、有明確界限的、專門意義上的、排他性的文學性研究麼？顯然沒有，如果有的話，至多也就是『文學研究的文學性』這樣一個問題；還有，如果換一個角度看，或許文學性研究又是一直存在的——假如它不是被理解得那麼絕對的話。從來沒有消失過，又何談『重提』？」〔註1〕這裡的表述小心而謹慎，尚沒有高調亮出新的理論宣言，就首先重述了二十年前那場「文學性」討論的許多重要議題：究竟有沒有純粹的文學性？舊話重提理由何在？能不能真正解決一些棘手的問題？這種小心翼翼的立論似乎在提醒我們，那場出現很早、持續時間不短的討論其實餘波未平，其中涉及的一系列關鍵性的命題——如文學性的含義、文學與非文學的邊界、突破文學性研究的學術價值等等都對學界有過重大的衝擊，並且至今依然具有廣泛的影響，因此新的討論就得小心謹慎、周密穩妥。在我看來，今天的文學性討論，的確應該也有可能接受多年來相關探索的實際成果，將各種方向的思考納入我們的最新建構，進一步深化我們對於文學與文學性的理解，特別是要揭示它們在中國現代文化語境中的歷史真相。

〔註1〕張清華：《為何要重提「文學性研究」》，《當代文壇》2023 年第 1 期。

一

中國當代文學批評界提出討論「文學性」的問題已經是二十年前的事情了。引發那一次討論的余虹和陶東風的論文最早都出現在 2002 年。余虹的《文學終結與文學性蔓延》刊登在《文藝研究》2002 年第 6 期（次年再有《白色的文學與文學性》刊發於《中外文化與文論》第 10 輯），陶東風的《日常生活的審美化與文化研究的興起——兼論文藝學的學科反思》出現在《浙江社會科學》2002 年第 1 期（數年後的 2006 年再有《文學的祛魅》刊登在《文藝爭鳴》2006 年第 1 期）。余虹提出，後現代的轉折從根本上改變了「文學」的狀況，它將狹義的「文學」——作為一種藝術門類和文化類別的語言現象推及邊緣，同時卻又將廣義的「文學性」置於中心，傳統屬於「文學」的修辭和想像方式開始全面滲透在了社會生活與文化行為之中，形成了獨特的悖反現象：文學的終結與文學性的蔓延。陶東風以「我們在新世紀所見證的文學景觀」為依據，揭示了「在嚴肅文學、精英文學、純文學衰落、邊緣化的同時，『文學性』在瘋狂擴散」〔註 2〕，並以此論及了「日常生活的審美化與文化研究的興起」，將這一歷史性的變化視作當代文藝學最重要的「學科反思」。這樣的判斷引起了中國學界的爭論，質疑之聲不斷。有人認為在後現代時代，「文學性」不是擴展而是消散了，或者說在這個時代，語言文學的獨特意義恰恰是疏淡了，輕言「文學性終結或者擴散」的人，其實缺乏對「文學性」的明確界定〔註 3〕。當然，也有學者對語言文字的審美的「文學」和日益擴張的「文學性」作出區分，重新定義「文學」性與文學「性」，從而為「後現代時代」的多元研究打開空間。〔註 4〕

從歷史語境看，中國學者在新世紀初年的這場討論源自 1990 年代市場經濟全面推進以後當代中國文學日益邊緣化、同時所謂的「圖像時代」降臨的客觀事實。當然，就如同當代中國文藝思想的總體發展一樣，所有這些中國內部的「思潮」、「論爭」也與西方文藝思想的運動有著密切的聯動關係。嚴格說來，中國關於「文學性」的論爭發生在新世紀之初，但對「文學性」問題的重視和強調還有過一次，那就是新時期文學蓬勃生長的年代。這內涵有別的兩次思潮都可以辨認出來自西方思想的啟發和推動。

〔註 2〕陶東風：《文學的祛魅》，《文藝爭鳴》2006 年第 1 期。
〔註 3〕參見王岳川：《「文學性」消解的後現代症候》（《浙江學刊》2004 年第 3 期）、
　　　　吳子林：《對於「文學性擴張」的質疑》（《文藝爭鳴》2005 年第 3 期）等。
〔註 4〕劉淮南：《「文學」性≠文學「性」》，《文藝理論研究》2006 年第 2 期。

事實上，西方文藝思想界的「文學性」議題也先後出現過兩次。

第一次是在20世紀初期到中葉，先後有1915～1930年間俄國形式主義的興起，他們反對實證主義與社會批評，主張將文學研究與社會思想其他領域的研究區分開來，突出文學的獨立自主性和自身規律；形成於1920～1950年間的英美新批評，他們劃分了「文學的內部研究」和「文學的外部研究」，把文學研究的真正對象確定為文學的內部研究；1960年代形成於法國的結構主義，包括施特勞斯的文學人類學與神話模式研究、羅蘭‧巴特的結構主義批評理論以及熱奈特和格雷馬斯的結構主義敘事學理論，他們都迷信一種獨立自足的語言結構，滿懷著對潛藏於語言、文本中的深層結構的信賴。這三種思潮雖然各有側重，但都傾向於將文學的本質認定為一種獨特的語言現象和符號系統。儘管這種對語言結構的偏執的探尋並不一定切合中國當代文學發展的歷史訴求，但是他們對「文學自足」的強調卻在很大程度上鼓勵了1980年代新時期文學擺脫政治干擾，謀求獨立發展的要求，所以1980年代中國文學的「自主」之路和中國文學研究的「純文學」理想都不難發現這三大思潮的身影，雖然我們對其充滿了誤讀和偏見。

第二次就是20世紀中後期，隨著解構主義的出現，西方思想界開始質疑和挑戰傳統思想中關於中心、本質的基本思維，雅克‧德里達的理論就是致力於對整體結構的打破。同時，後現代社會中大量的「泛文學」現象的湧現也挑戰了傳統對「文學性」的迷戀。美國後現代理論家大衛‧辛普森認為文學已經泛化於多個社會領域，實現了廣泛的「文學的統治」，另一位解構主義者卡勒也發現文學性在非文學中的普遍存在，以致「文學可能失去了其作為特殊研究對象的中心性，但文學模式已經獲得勝利」〔註5〕。這就是「文學性終結或者擴散」之說的明確來源。與1980年代的太多的誤讀不同，這一回中國社會的市場經濟的發展似乎帶來了中西文學命運的驚人的相似，於是辛普森和卡勒的這一見解引起了國內學術界的濃厚興趣。先有余虹等人的譯介，再有眾多學人的跟進立論，一時間，終結和擴散的問題便躍居文藝學界的中心，成為新世紀初年中國文藝理論領域最大的焦點。

當然，我們也看到，在當年的討論中，文藝理論界的學者和從事當代文學批評的學者都有參與——當代中國知識領域的生成發展在1980年代以後讓這

〔註5〕〔美〕喬納森‧卡勒：《理論的文學性成分》，余虹等主編《問題》第1輯，第128頁，中央編譯出版社2003年。

兩個領域的學者有了較多的知識分享，因而在涉及當代文學現象方面常常可以看到他們攜手前行的步伐——不過，因為關注焦點的差異，我們也發現，他們各自的側重和態度也並不相同。從事文藝理論研究的學人主要致力於方法論的檢討與更新，焦點是「文學」、「文學性」的基本觀念及其歷史過程；而從事當代文學批評的學人則最終將問題拉回到了對當前文學發展的評估之中：究竟我們應不應該繼續堅持對「文學性」的要求？或者說建立在「文學性」理想之上的當代文學批評還是不是有益的，也是有效的？這裡不乏來自當代文學批評界的憂慮之聲：

> 關於「文學性」之爭，實際反映了一個敏感而重大的問題：在政治與市場的雙重壓迫之下，還需不需要堅持文學創作的文學性？真正的文學性體現在哪裏？人類生活中既然有情感活動，有幻想，有堪稱越軌的心理衝動，那麼文學還要不要想像力？它應該只是「日常生活」原封不動的照搬嗎？除此之外是否還應該有生活的奧義、情感的傾訴、美感而神秘的藝術結構和展現的形式？〔註6〕

> 讀圖時代的到來，讓一些人開始討論「文學的終結」。百年中國文學還是很年輕的，但它怎麼就老了，到了終結的時候？當影視及新媒體出現，和傳統文學連在一起的時候，網絡文學又宣布「傳統文學的死亡」。但是新世紀的文學確實是多元格局，不只是70後、80後，更年輕的更多五花八門的東西出現了……「新世紀文學」確實有著多樣的內容。我關注的依然是傳統文學、經典文學的脈絡，當然它不可能終結。〔註7〕

二

從新世紀之初以降，關於當代中國文學研究中的「文學性」理想問題，其實一直都在延續，不過，越往後走，人們面對的就不僅僅是大衛‧辛普森和卡勒的原初結論了，而是文化研究、歷史研究之於文學審美研究的巨大衝擊。從思想脈絡來說，文化研究、歷史研究本來與文學研究有著明顯的差異，前者屬於社會科學，而後者屬於廣義的藝術，前者更依據於科學的理性，而後者更依

〔註 6〕程光煒：《拒斥文學性的年代》，《山花》2001 年第 4 期。
〔註 7〕陳曉明、李強：《「無法終結的」當代文學——陳曉明先生訪談錄》，《新文學評論》2018 年第 4 期。

賴藝術的感性。但是，就是在「文學性擴散」之後，科學的研究之中也滲透了文學的感性，反過來，則是文化研究、歷史研究的方法開始向文學滲透。兩者的學術界限變得模糊不清了。

對於「文化問題」的關注始於 1980 年代，但那個時候提出「文化」還是為了沖淡社會政治批評的一家獨大，「第一，不能將『政治學』庸俗化，變成庸俗社會學；第二，不能侷限於政治學的角度。一個作品的思想內容，不僅指它的政治傾向性，還有哲學的、倫理學的、心理學……的多種內涵，因此，在理論上用『文化』這個概念來概括，路子就會寬得多。」〔註8〕所以，文學審美依然是新時期文學研究的中心。「文化研究」源於英國學者雷蒙‧威廉姆斯（Raymond Williams）、霍加特（Richard Hoggart），它在 1990 年代以後進入中國，逐漸增強了自己的影響。這便開始了將文學研究拉出「文學文本」的強有力的進程。「當代文化研究討論的問題涉及的是整個的當代生活方式及其各種因素間的關係，遠遠超出了文本的範圍。」〔註9〕文化研究首先也是在文藝理論界得到了充分重視，甚至被當作審視文藝學自身問題的借鏡：「客觀地說，因意識到文藝學的自身缺陷而走向文化研究，或因文化研究而進一步看清了文藝學自身的缺陷，其思路具有很大程度的合理性。」〔註10〕緊接著，在 1990 年代中後期，文化研究的思路也為中國現當代文學研究所借鑒，形成了兩個重要的方向：對文學背後的社會歷史的闡發成為一時的潮流，「文學周邊」的問題引來了更多的關注，壓縮了文學文本的闡釋；對歷史文獻空前重視，史料的搜集、發掘和整理成為「顯學」，文學研究的主體常常就是文獻史料的辨析和考訂。

在這個過程之中，文化研究、歷史研究的理性和嚴整似乎剛好彌補了文學感性的飄忽不定，帶來了學術研究的獨特的魅力，在為社會生活的不確定性普遍擔憂的時候，這樣的彌補慢慢建立起了某種學術的「效力」，展示了特殊的「可信度」。當然，問題也來了：這個時候，除了不斷借用歷史學的文獻，不斷引入社會學的方法，我們的文學批評家還有沒有自己獨特的學術素質呢？顯然，這是一種新的學術危機，而危機則來自於文學研究基本自信和價值獨立

〔註8〕陳平原語，見陳平原、錢理群、黃子平：《文化角度》，《讀書》1986 年第 1 期。

〔註9〕汪暉：《九十年代中國大陸的文化研究與文化批評》，《電影藝術》1995 年第 1 期。

〔註10〕趙勇：《關於文化研究的歷史考察及其反思》，《中國社會科學》2005 年第 2 期。

性的動搖。

現在，我們又一次提出了「文學性」的問題。與新世紀之初的那場討論大為不同的是，我們的討論已經不再是西方思潮輸入之後的興奮，不是對一種外來思想的擁抱和接納，而是基於我們自身學術現狀的反思和提問。簡單地說，我們必須回應來自文化研究和歷史研究的「覆蓋式」衝擊，必須在其他有價值的學術道路上尋找自我，為我們作為研究者的不可替代性「正名」。這就是當代文學學者張清華所承受的壓力：「問題是有前提的，相對的，歷史的。讓我們來說說看，問題緣於何處。從最現實的角度看，我以為是緣於這些年文學的社會學研究、文化研究、歷史研究的『熱』。這種熱度，已使得人們很少願意將文學文本當作文學看待，久而久之變得有些不習慣了，人們不再願意將文學當作文學，而是當作了『文化文本』，當作了『社會學現象』，當作了『歷史材料』，以此來維持文學研究的高水準的、高產量的局面，以至於很少有人從文學的諸要素去思考問題了。」「人們在談論文學或者文本的時候，要麼已經不顧及所談論文本的文學品質的低下，只要符合文化研究的需要，便可以拿來『再經典化』，眼下這樣的研究可謂比比皆是；要麼就是根本不願意討論其文學品質，將文化與歷史的考量，變成了文學研究的至高訴求，這也是我們如今所經常面對的一種情形。」〔註11〕

其實，對文化研究、歷史研究在中國現當代文學研究中的暢通無阻，學界早已經開始了質疑，我們也可以據此認為，「文學性」問題的再次提上議程並非始於 2023 年，它是中國現當代文學始終不斷追問不斷反思的重要結果。2004 年，還在上一次由文藝理論界開啟的「文學性終結與擴散」討論進行得如火如荼之際，就有現代文學學者提出了質疑：「到處只見某種讖緯式的政治暗示與政治想像的話語大流行，文學研究重新成為翻烙餅式的一個階段對另一個階段的簡單否定，其自身的根基與連續性蕩然無存。」〔註12〕這裡提出的「自身的根基」問題極為重要。

對於跨出文學文本剖析進入歷史、文化與思想領域的趨勢，也有學者一針見血地指出：「人家原來幹本行的可能並不認同外來的闖入者，在他們專業訓練標尺的檢驗下，文學出身的思想史寫作總是難於得到行家的喝彩。這已經是

〔註11〕張清華：《為何要重提「文學性研究」》，《當代文壇》2023 年第 1 期。
〔註12〕郜元寶：《「價值」的大小與「白心」的有無——也談現代文學研究新空間的開創》，《中國現代文學研究叢刊》2004 年第 1 期。

近年來學界的一種景觀。」〔註13〕在這裡，學者陳曉明的介入和反省特別值得我們注意。他原本是文藝理論專業出身，很早就廣泛閱讀了西方後現代論著，又是新世紀之初「文學性終結」討論的重要參與者。有意思的在於，他的學術領域卻在後來轉入了中國當代文學，從西方文藝理論的引進到中國文學現象的進入，會如何塑形我們自己的文學思想呢？我注意到，越到後來，對文學現象本身的看重越是成為了他的選擇：「文學史敘事，根本方法還是回到對文學作品文本的解釋，『歷史化』還是要還原到文學文本可理解的具體的美學層面。終歸我們要回到文本。」〔註14〕

在以上的案例中，我們似乎可以梳理出中國當代學術的一種可能：當我們的目光回到文學的現象本身，他者的理論流行不再是左右我們判斷的標尺，那麼「文學性」的問題就首先還是一個現象學的問題，是現當代中國文學發生發展的歷史現象要求我們提出匹配性的解釋和說明，而不是移用其他的理論範式當作我們思想操練的工具。

三

現象學的考察，就是通過「直接的認識」描述現象的研究方法，即通過回到原始的意識現象，描述和分析觀念（包括本質的觀念、範疇）的形成過程，獲得研究對象的實在性的明證，它反對的就是從現象之外的抽象的觀念出發來判定現象。中國文學的「文學性」有無、界限、範圍不能根據西方文學理論的觀念加以認定，它應該由中國文學發展的歷史現象來自我呈現。在回顧、總結「文學性」的討論之時，已經有文藝理論的學者提出了這樣的猜想：「可以肯定，解構主義所揭示的文學向非文學擴張的趨勢，並非文學恒常的、惟一的、不變的價值取向，毋寧說這只是一種權宜之計，而不是長久之計。這一取向的形成固然取決於文學自身性質的常數，同時也取決於文學外部意向的變數。解構主義提出的『文學性』問題乃是一個後現代神話，與特定的時代、環境、習俗和風尚對於文學的需要、看法和評價相連，這與另一種『文學性』在當年俄國形式主義手中的情況並無二致。因此解構主義所倡導的文學擴張並非普遍的常規、永恆的公理，指不定哪天外部對文學的需要、看法和評價變了，文學與非文學的關係又會呈現出另一種格局、另一種景象。」〔註15〕這種開放的文學

〔註13〕溫儒敏：《談談困擾現代文學研究的幾個問題》，《文學評論》2007年第2期。
〔註14〕陳曉明：《中國當代文學主潮》，第22頁，北京大學出版社2009年。
〔註15〕姚文放：《「文學性」問題與文學本質再認識——以兩種「文學性」為例》，《中

性認知其實就是對文學現象的一種尊重，它提醒我們有必要將結論預留給歷史發展的無限的可能，文學性定義的可能性將以文學歷史的豐富現象為基礎。

沿著這樣的現象學考察方式，我認為「文學性」的問題起碼可以有這樣幾個破解之道。

其一，文學寫作者的情志和趣味始終流動不居，他們與讀者的互動持續不斷，因此事實上就一定會有各種各樣的「文學」誕生。我這裡並不是指文學在風格上的多姿多彩，這樣的現象當然無需贅述，我說的就是完全可能存在一種針鋒相對的「文學性」——在某些時代完全不能接受的形態也可能在另外的時代堂皇登上文學的殿堂。例如我們又俗又白的初期白話新詩在國學大師黃侃教授眼中不過就是「驢鳴狗吠」，豈能載入史冊，然而歷史的事實卻最後顛覆了黃侃教授的文學觀，淺白的新詩開闢了一個全新的時代，被以後一百年的中國讀者奉為經典。那麼，中國新詩是不是從此步上了一條淺白之路呢？也並非如此，胡適等人的嘗試很快就遭到象徵派詩人的痛斥，新一代的詩人決心視胡適為「中國新詩最大的罪人」，另走他途，完成中國新詩的藝術化建構，從新月派、象徵派到現代派，中西詩歌合璧，新詩的審美改弦更張，一直到二十世紀末，這條看似理所當然的藝術構建之路又一次遭遇挑戰，新的俗與白捲土重來，口語詩已經成為時代不可抗拒的存在，公然與高雅深邃的知識分子寫作分庭抗禮，其詩歌美學與藝術標準也日益成熟，在很大範圍內傳播、壯大，衝擊著我們業已習慣的文學定理。這就是文學的流動性。其實，所謂的「文學性」本身就一直在流動之中，等待我們——作者與讀者不斷賦予它嶄新的內容。

其二，既然歷史上「文學」現象層出不窮，千變萬化，作為文學的研究者，我們已經不可能再將「文學」限定於某一規範形態的樣板了。正如古代中國長期秉持「雜文學」的觀念，而與近代西方的「純文學」觀念判然有別，近代中國引入西方的「純文學」理想，實現了文學理念的自我更新，然而，歷史發展的需要卻又讓超出「純粹」的文學持續生長，例如魯迅雜文。晚清民初的魯迅，曾經是純文學理想積極的倡導者，力陳「由純文學上言之，則以一切美術之本質，皆在使觀聽之人，為之興感怡悅。文章為美術之一，質當亦然，與個人暨邦國之存，無所繫屬，實利離盡，究理弗存。」〔註16〕然而，人生體驗與現實

國社會科學》2006 年第 5 期。

〔註16〕魯迅：《墳‧摩羅詩力說》，《魯迅全集》第 1 卷，第 71 頁，人民文學出版社 1981 年。

思想的發展卻讓魯迅越來越走到了「純文學」之外，在雜言雜感的形式中自由表達，道出的是自我否定的選擇：「我以為如果藝術之宮裏有這麼麻煩的禁令，倒不如不進去；還是站在沙漠上，看看飛沙走石，樂則大笑，悲則大叫，憤則大罵，即使被沙礫打得遍身粗糙，頭破血流，而時時撫摩自己的凝血，覺得若有花紋，也未必不及跟著中國的文士們去陪莎士比亞吃黃油麵包之有趣。」〔註17〕他越來越強調自己的雜文和那些所謂「藝術」、「文藝」、「文學」、「創作」等等毫不相干。面對這樣變化多端的文學現象，任何執於一端的文學定義都是狹隘無比的，我們只能如1918年的文學史家謝无量一樣，順勢而為，及時調整自己的「文學」概念，在「大文學」的視野上保持理論的容量。

其三，我們對「文學性」變量的如此強調並不是一種巧滑的託辭，而是可以具體定性和描述的存在。對於中國新文學而言，百年前的「新青年」羅家倫所作的界定依然具有寬泛的有效性。在他看來，文學就是「人生的表現和批評，從最好的思想裏寫下來的，有想像，有感情，有體裁，有合於藝術的組織」〔註18〕。這樣一種寬泛的描述其實就包含了一種開放的、流動的文學屬性，晚清魯迅理想中的純文學──「摩羅詩」具有文學性，民國魯迅固執己見的雜文學也具有文學性，因為它們都是「人生的表現和批評」；同樣，無論是典雅的知識分子寫作還是粗獷的民間口語寫作，都可以假借想像、情感和體裁建構「藝術的組織」。

其四，既然「文學性」可以在歷史的流動中賦予具體的內容和形式，那麼有力量的文學研究也就完全有信心取法別的學科，包括文化研究與歷史研究。何以能夠做到取法他者而又不被他人吞沒呢？我想，這裡的關鍵就在於我們不是因為取法文化研究而讓文學成了文化現象的注腳，也不是因為借鑑歷史研究而讓文學淪為了歷史運動的材料，我們必須借助豐富的文化考察接通文學精神再塑形的內涵，就是說在文學研究的方向上，社會文化的內涵並不是現實問題的說明而是文學精神的一種組成方式，不同的社會文化內涵其實形成了文學精神的深刻差異，挖掘這樣的精神才能真正抵達文學的深處，正如不能洞察佛家文化之於魯迅的存在就無從體味他蘊藏在尖刻銳利之中的悲天憫人，不能剖析現代金融文化之於茅盾的存在也無從感受他潛伏於心的對於現

〔註17〕魯迅：《華蓋集‧題記》，《魯迅全集》第3卷，第4頁，人民文學出版社1981年。
〔註18〕羅家倫：《什麼是文學──文學的界說》，1919年2月《新潮》第1卷第2號。

代都市文明的由衷的激情。在另外一方面，所謂的「文學性」也的確不僅僅是詞語自身的組合與運動，甚至也不純然是個人話語方式的權力顯現，它也是綜合性的社會文化的結果，對於現代中國文學而言，尤其包括了國家—民族力量全面的作用。在這個意義上，也是在文化研究和歷史文獻的輔助下，我們才可以更加準確地把握和認定種種國家—民族之於文學話語的塑造功能，例如爭取國家獨立、民族解放的自由話語，受制於威權統治的話語定型和個人表達的騰挪、閃避、隱晦修辭等等，總之，文化研究與歷史研究可望繼續為文學語言的定性提供思路和啟示，在這裡，至關緊要的不是文學研究與文化研究、歷史研究爭奪空間，而是它們的聯手與結合，當然，這是在努力辨析文學的藝術個性方向上的對話與合作，最終抵達的是藝術表達的深度。

目

次

上 冊

第一章　新世紀「介入現實主義」小說的內涵與
　　　　特徵論 …………………………………………… 1
　第一節　遠眺與近觀：新世紀「介入現實主義」
　　　　　小說的出場與內涵 …………………………… 1
　　一、新世紀「介入現實主義」小說的出場 ……… 1
　　二、新世紀「介入現實主義」小說的內涵
　　　　釐定 …………………………………………… 4
　第二節　「銳氣」與「地氣」：新世紀「介入現實
　　　　　主義」小說研究趨勢 ……………………… 12
　　一、介入什麼：主題內容研究 ………………… 12
　　二、如何介入：介入方式研究 ………………… 14
　　三、介入效果：敘事困境研究 ………………… 19
　　四、新世紀「介入現實主義」小說研究的
　　　　限度與學術增長點 ………………………… 21
　第三節　從未「過時」或「終結」：新時期現實
　　　　　主義文學的譜系流脈 ……………………… 25
　　一、作家主體意識覺醒下啟蒙現實主義的
　　　　恢復和重建 ………………………………… 26
　　二、個體生存語境中還原現實主義的亮相和
　　　　畸變 ………………………………………… 28

　　　三、時代裂變中「現實主義衝擊波」的出場
　　　　　和公共性的凸顯 …………………………… 30
　　第四節　新世紀「介入現實主義」小說的獨特性 ‥ 34
第二章　新世紀「介入現實主義」小說的敘事學
　　　　分析 ……………………………………………… 41
　　第一節　新世紀「介入現實主義」小說的「非
　　　　　常態」敘事視角 …………………………… 41
　　　一、局外人的身份與對現實的敞開 ………… 43
　　　二、神秘主體與對現實的詩性超越 ………… 46
　　　三、歷史的「怪獸」形象與對現實的拒絕 … 50
　　　四、不可靠的敘述者與文學公共性景觀的
　　　　　詩性建構 ……………………………………… 53
　　　五、現實的「無邊」與「非常態」敘事
　　　　　視角的限度 …………………………………… 55
　　第二節　新世紀「介入現實主義」小說的敘事
　　　　　時間 ……………………………………………… 59
　　　一、循環的時間與疾馳的現實 ……………… 59
　　　二、交錯的時間與多元的現實 ……………… 75
　　　三、逆時針時序 …………………………………… 85
　　第三節　新世紀「介入現實主義」小說的敘事
　　　　　空間 ……………………………………………… 98
　　　一、典型空間形態與敘事功能之一：「重構」
　　　　　與「流轉」的陰陽空間 ………………… 99
　　　二、典型空間形態與敘事功能之二：「懸疑」
　　　　　與「交錯」的夢境／現實空間 ………… 115

下　冊
第三章　新世紀「介入現實主義」小說的作家
　　　　精神學分析 ……………………………………… 131
　　第一節　新世紀作家濃郁的現實情懷和重心下移
　　　　　現象 ……………………………………………… 131
　　　一、變革中的中國現實與崛起的介入文學 … 131
　　　二、「中國現實」的複雜性與新世紀作家的
　　　　　現實情懷 ……………………………………… 132

　　　三、新世紀作家「重心下移」的典型案例
　　　　剖析 ……………………………………… 138
　　第二節　新世紀作家的藝術真實觀與文學現實觀
　　　　建構 ……………………………………… 150
　　　一、客觀現實與「再現型」真實觀 ………… 150
　　　二、主觀現實與「精神型」真實觀 ………… 157
　　　三、日常現實與「還原型」真實觀 ………… 162
　　　四、「神實」現實與「內在型」真實觀 ……… 168
　　第三節　代際差異與「介入現實主義」小說的
　　　　區隔 ……………………………………… 174
　　　一、作為方法的代際：從代際差異的角度
　　　　考察新世紀作家介入現實的有效性 ……… 174
　　　二、焦點、敘事與立場：新世紀作家介入
　　　　現實的代際性差異呈現 …………………… 177
　　　三、文化記憶與時代變遷：新世紀作家介入
　　　　現實的代際性差異成因 …………………… 196
　　　四、代際經驗與創作限度：四個代際作家
　　　　介入現實的價值與侷限 …………………… 201

第四章　新世紀「介入現實主義」小說的價值
　　　　估衡 ……………………………………… 207
　　第一節　中國敘事體系建構下新世紀「介入現實
　　　　主義」小說的文學史價值 ………………… 207
　　　一、異質混成：拓展了現實主義文學的藝術
　　　　形態 ……………………………………… 207
　　　二、回到「民族的天空」：掀起「現實化」與
　　　　「本土化」的敘事潮流 …………………… 212
　　第二節　介入性與「新人民性」視域下新世紀
　　　　「介入現實主義」小說的社會學效應 … 224
　　　一、通向「真實」：抵達當代中國社會的本質
　　　　真實 ……………………………………… 225
　　　二、「介入」與「變革」：批判性的立場與
　　　　建設性的決心 …………………………… 230
　　　三、中國現實的「召喚」力與文學公共性
　　　　圖景的詩性建構 ………………………… 234

第三節　文學傳播視域下新世紀「介入現實
　　　　主義」小說的跨國旅行與公共性建構 … 239

一、回溯與反思：中國文學及現實主義
　　文學的域外傳播與流變簡史 …………… 240

二、多元化的話語：文學傳播與文學公共性、
　　公共空間的互動性闡釋 ………………… 244

三、真偽與強弱之辨：「介入現實主義」
　　小說的揚帆出海與文學公共性的剔抉 … 248

四、世界風景與中國立場：「介入現實主義」
　　小說的海外傳播與公共性路徑探索 …… 257

第五章　新世紀「介入現實主義」小說的敘事
　　　　困境與突破維度 ………………………… 263

第一節　被臆造的中國現實與小說的詩性正義 … 263

一、「正確的立場」與「簡化的現實」……… 264

二、暴露的寫作與表象的現實 ……………… 268

三、細節的偏差與失真的現實 ……………… 272

第二節　作家精神的疲軟與小說的文學紀律 …… 274

一、介入文學的「建設性」需求與作家精神
　　「霧靄」的角力 ………………………… 274

二、政治救贖模式下的話語爭議 …………… 276

三、文化救贖模式下的價值之辯 …………… 281

第三節　敘事姿態的偏頗與文學的理想之光 …… 284

一、「黑暗美學」的敘事迷途與文學的內聚
　　精神 ……………………………………… 284

二、「油滑敘事」的話語歧變與文學的理想
　　之光 ……………………………………… 286

參考文獻…………………………………………… 291

後　記……………………………………………… 299

第一章　新世紀「介入現實主義」小說的內涵與特徵論

第一節　遠眺與近觀：新世紀「介入現實主義」小說的出場與內涵

一、新世紀「介入現實主義」小說的出場

　　自古以來，「文學」與「現實」看似屬於不同範疇，實則如同山與水的關係一般不可分割，「文學離開現實，文學就是一座死山……而現實中沒有文學，沒有與文學相關的藝術，那現實就是一片無法流動的死水。」〔註1〕那麼，面對龐大雜亂的現實，文學究竟該如何撬動現實和表現現實呢，它們的關係是一成不變的嗎？不管是在文學理論建設還是文學批評維度抑或文學創作領域，這無疑成為大家念茲在茲的議題。事實上，我們雖然強調文學與現實唇亡齒寒的關係，但是，在不同的社會歷史語境下，由於文學場域的轉型、代際文化的分野、現實觀的區隔、域外文學資源的影響、本土文化傳統的滲透等因素，文學對現實有著強弱不同、遠近有別的相異言說，其表現現實的方式也存在摹寫、還原、超越、荒誕等多種形態。

　　回顧 20 世紀 80 年代以降的小說生態，從新時期之初的傷痕文學、反思文學與改革文學出發，不難發現，當代文學正在調整航向。它們伴隨著文學再啟蒙的旋律，重新揚起現實主義的旗幟，其取材也基本源自 1949 年以後發生

〔註1〕閻連科：《當下文學與現實的關係》，《揚子江評論》2007 年第 1 期。

的重大歷史事件或百廢待興的改革現實，意在探索時代精神，再度演繹「人」之話語。不過，到了80年代中後期，由於西方現代主義與後現代主義思潮的強力衝擊，以及國內「文學主體性」的提出和文學「向內轉」的自發趨勢，尋根文學與先鋒文學異軍突起。在一場場喧嘩躁動的文學盛宴中，文學於理念雕琢、技術練兵、探秘山野時也日益喪失了對當下社會現實的直接關注。20世紀80年代末90年代初，在強調個體化的生存語境中，「新寫實主義」浪潮席捲而來。它們直面現實人生，與彼時的社會現實進行零距離接觸。不過，這些小說放棄了宏大的政治理想，回到凡俗化的日常生活中，經由「小家」故事來展示普通百姓每天的雞毛蒜皮和世俗的煩惱人生，在敘述姿態上淡化立場、主體退縮，標榜「原生態的敘事」或「零度情感的介入」，傳達出「冷也好熱也好活著就好」的價值觀。可是，迴避了情感傾向，放逐了價值立場，逃避了責任擔當，小說對現實的書寫也似乎走進了窄門，缺乏了內在靈魂。「新寫實小說」偃旗息鼓之後，何申、談歌、關仁山三位河北作家組成的「三駕馬車」以及劉醒龍等人在20世紀90年代中期奮力馳騁於「現實主義」的寬闊大道上，帶來了一股強勁的「現實主義衝擊波」。從題材上來看，這類小說關注國企改革、鄉鎮改革，聚焦90年代以來改革過程中出現的社會問題與時代矛盾，葆有對「現實」的介入精神，昭示了作家顯豁的現實情懷。然而，此類小說也並非無懈可擊：當他們揭示了改革大業中產生的艱難後，其處理艱難的方式卻飽受爭議，而且作家們在猶疑與曖昧的姿態中也尚未對艱難之下潛藏的本質問題予以深度清理，最終，這波潮流也只能於「離棄現實主義批判使命」的訾議中落下帷幕，作家們也開始改弦易轍的征途。

新世紀以來，世界邁向了百年未有之大變局的激蕩期，同時，伴隨著全球化浪潮的席捲、改革開放進程的逐步深入和社會主義市場經濟體制的完善等因素，當代中國也進入了史無前例的劇變時代。在疾速奔跑的大時代列車下，中國現實呈現出萬花筒般葳蕤繁雜的景觀。豐饒飽滿、震盪變革的現實引發了作家的「焦慮症」，呼喚他們擔負作家使命，走出「自己的園地」，作別小情小調或杯水風波，與時代變遷同步，與天地萬物同行，與人民肝膽相照，朝著遼闊、深遠的社會現實回歸，以強勁的主體立場去介入現實生活，講述中國故事，表現自己「所處的時代」。所以，與新世紀之前的文學思潮相比，作家們面對呼嘯而來的現實毫不躲閃，而是彰顯出越發鮮明的直面當代中國社會現實的傾向，呈現出「弄潮兒向濤頭立」的風範。他們關注時代熱點與痛點，

正視當代中國社會爆發的矛盾衝突，集中筆力追索的均是近 20 年來在當下中國發生並影響深遠的重大社會事件或民族公共問題。在撲面而來的當下性和時代感中，不同代際的作家們凸顯了一種有溫度的「貼地」寫作，折射出文學與時代的共振關係，洋溢著濃厚的擁抱現實的情懷，建構起獨具匠心的時代座標。比如，莫言、賈平凹、劉震雲、閻連科、范小青、王安憶、張煒、周大新、陳應松等一批五十年代出生的老將們此時不再滿足於在過去的時光裏打撈碎片，他們汲汲渴望與現實短兵相接，打造了《蛙》《極花》《帶燈》《我不是潘金蓮》《炸裂志》《我的名字叫王村》《艾約堡秘史》《天黑得很慢》《上種紅菱下種藕》《還魂記》等時代佳作，揚眉仗劍中凸顯了時代「尖兵」們介入生活現場的果敢與魄力。昔日桀驁不馴的「60 後」的頑童作女們紛紛開始了「中年變法」，《第七天》《黃雀記》《春盡江南》《篡改的命》《憤怒》《梭哈》等文都或多或少褪去了華麗的先鋒戲袍，給小說穿上了現實生活的衣服。與此同時，居於「歷史夾縫」中的「70 後」作家也掙脫了都市小圈子的藩籬，向著現實深水區和人們的精神困境掘進，《耶路撒冷》《天體懸浮》《六人晚餐》《世間已無陳金芳》《我們的踟躕》《慈悲》《陌上》《米島》《煙霞裏》《野望》等長篇小說以井噴之勢出爐，繼續以「我」觀「世」，既為社會公眾的精神世界編碼，也展示宏闊的時代畫卷。一路狂飆突進的「80 後」新秀和曾經默默無聞的「遲到者們」同樣漸次叩破「小時代」的外殼，匯入大時代的洪流，貢獻了《西洲曲》《遍地傷花》《我們家》《刻舟記》《馬蘭花開》《孤獨樹》《六歌》《平原上的摩西》等力作。應該說，新世紀以來，介入「中國現實」儼然化作當代中國作家的集體寫作姿態，「介入現實主義」小說也成為一種新的文學潮動，昭示了公共性、人民性和詩意性相融的文學新貌，迎接著文學新時代和新時代文學的到來。

　　如果我們置身於中國當代文化語境和世界文學座標，就不難發現，除了題材上全身心地擁抱「現實」，新世紀中國「介入現實主義」小說在理論話語、審美範式、國家形象、公共性建構、文學傳播等方面還帶來諸多新生、新變與新創因子。從審美價值體系建構的角度來看，新世紀以來的作家們在整飭現實時也進行了敘事裝置的更新，經由美學「升級」與「易容」打造了大相徑庭的介入模式，技法上從單一寫實走向了異質混成，從生硬突兀走向了收放自如，在探索性和多元化藝術景觀中呈現了新的美學氣象，打造了新的美學範式，建構了新時代介入現實寫作的美學體系。從本土話語體系建構角度來看，這類小說從「影響的焦慮」中抽身，回到「民族的天空」，在深耕沃土和重塑自我中

掀起了「現實化」與「本土化」的寫作潮流，豐富了現實主義理論，貢獻了令人「震驚」的東方化文學風景，有助於「世界視野」與「中國立場」下的中國話語系統建構。從精神共同體建構與社會學效應的角度來看，新世紀「介入現實主義」小說不僅以銳氣和擔當奔向時代激流處，在漩渦與逆流中呈現出當代中國現實以及中國經驗的盤結錯落，扮演社會思想先鋒的角色，而且經由其公共性、現實性和介入性質色來引導讀者突破個人話語的封閉性，打開文學的公共性話語通道，繼而參與時代公共事務、關心邊緣群體的生存本相與精神掙扎、追求公平與正義，鍛造了明智的讀者眼光。由此，在理性的輿論交鋒和「移情」心理達成的共識中，這類小說方可建構起作者與讀者的「精神共同體」，打造出「正義」性的詩學景觀，並重振文學的宏大敘事，培育公眾的現實情懷，貢獻出「建設」公共生活的思想力和行動力。從現實中國與文學中國形象建構的角度來看，新世紀「介入現實主義」小說超越了既往純粹的「現實批判」或「苦難深淵」模式，在「破壞」與「否定」中呈現了「重建」及「新生」的中國形象，彰顯了批判性與建設性同在的文學風景。這不僅從文學維度豐富了「中國形象」的塑造，還在「新生」中契合了新時代實現中華民族偉大復興的「中國夢」話題，其「建設性」的高翔姿態也昭示出作家們對未來中國社會的思考、求索和洞見精神，為鑄就新時代的「大國形象」提供精神資源。從文學傳播與公共性建構的角度看，新世紀「介入現實主義」小說因其攜帶的絕密「武器」更易完成揚帆出海的航行，在異域他鄉開花結果。回望「到世界去」的旅程，作家們不斷調整航向，經由異質性的本土經驗與通約性的世界話題和「他者」進行爭論或產生共鳴，這種不同聲音的碰撞有助於打造積極的「文學性對話」和「生成性對話」〔註2〕。此外，伴隨介入性文本築造的詩性正義的公共空間、標誌性文學事件發酵後形成的公共領域、文學「旅行」機制中創建的公共話語，新世紀「介入現實主義」小說迅速積累起文學公共性。不過，就那些「牆內開花牆外香」的介入性文本而言，我們必須要剔抉公共性的真假，方可更好地「走出去」，增強文化自信，走向文化他信、互信和共信。

二、新世紀「介入現實主義」小說的內涵釐定

為了更清晰地研究「新世紀介入現實主義」小說的內容、形式及價值，我

〔註2〕樂黛雲、常麗芳：《中國文化要與世界多元共生》，《國家人文歷史》2012年第12期。

們有必要對「介入」「現實主義」等核心詞彙的內涵或外延進行一定的界定。其中，「介入」是一個歷來訾議頗多、容易發生歧義且不斷被解構和重構的理論話語。從「介入文學」或「文學介入」的角度出發，我們一般認為薩特是「介入」理論的集大成者，他對介入文學進行了較為系統化的闡釋，當然也招致了阿多諾、巴塔耶等人的反對之聲。總體來說，在薩特眼裏，「介入」就是揭露，揭露就是改變。〔註3〕也即，作家應該滿懷知識分子的責任感，積極參與自己所處的時代，揭露這個時代發生的社會問題與現實矛盾，並揚明主體立場，做出價值判斷。同時，薩特還在「介入文學」的基礎上提出了「處境文學」或「實踐文學」，強調實際行動的重要性，主張文學可以改變社會。薩特「介入文學」的主張既和 20 世紀中葉法國當時的政治語境相關，也與這一時期文學自身的調整密不可分，可以說是時代發展下應運而生的產物。

　　具體而言，「介入文學」首先強調的是當代性與即時性寫作。正如薩特在《現代》雜誌的發刊詞中提出來的「我們為我們的同時代人寫作。」〔註4〕這種「為時代而寫作」的思想在《什麼是文學》中闡釋得更清晰，無論是「寫什麼」還是「為誰而寫」，答案都是「今天」。所以，介入文學要求作家擔負著知識分子的使命感，熱烈擁抱自己所處的時代，主動投身到當下現實生活的激流中去，用寫作來回應當代社會發生的重大社會問題。正如薩特對介入文學的形象比喻，他認為精神產品應該像剛摘下來的香蕉一樣「就地消費」〔註5〕。

　　既然是一種「介入」的寫作，它還力求作家要直面現實，揭露矛盾，敞開真相，並發揚主體戰鬥精神，呈現一種絕對「在場」的寫作。在薩特看來，文學介入當代社會生活主要是要求作家滿懷激情，站在時代的潮頭，直面社會公共問題與矛盾衝突，以毫不妥協的精神來發掘現實中的黑暗濁流，曝曬一切的不公正現象，「一個作家的責任及其讀者的特殊使命就是揭露不公正，而不管這種不公正是在什麼地方。」〔註6〕面對這些不公正，作家不僅要敢於以文學的方式進行「戰鬥」，還要堅定不移地捍衛價值立場，「必須在我們的文學裏表

〔註3〕〔法〕薩特：《薩特文學論文集》，施康強等譯，合肥：安徽文藝出版社，1998
　　　年，第 81 頁。
〔註4〕何林編：《薩特：存在給自由帶上鐐銬》，瀋陽：遼海出版社，1999 年，第 195
　　　頁。
〔註5〕〔法〕薩特：《什麼是文學？》，《薩特文集》第 7 卷，施康強譯，北京：人民
　　　文學出版社，2005 年，第 148 頁。
〔註6〕〔法〕薩特：《什麼是文學？》，《薩特文集》第 7 卷，施康強譯，北京：人民
　　　文學出版社，2005 年，第 301 頁。

明立場」〔註7〕，亮出「批判」的利劍，表明個體對社會以及公眾負責的姿態。畢竟，在他眼裏，「文學是一面批判性的鏡子。」〔註8〕

　　針對現實中的不合理與非正義行為，除了要有「批判性」的酸性溶液，還不能缺乏「建設性」的理想瓊漿，正所謂，「否定性」與「建設性」是「介入文學」的雙翼。之所以提出「建設性」的指向，是因為面對歐洲戰後任重道遠的重建任務，薩特自覺在為人類的解放而鬥爭的同時不能僅僅逗留在否定性的泥潭裏，而是要「揭示人所處的環境，人所面臨的危險以及改變的可能性。」〔註9〕那麼，如何改變呢？唯有「行動」。在「介入—揭露—改變」的邏輯鏈條上，薩特認為揭露性的文學首先就是一種實踐文學，「揭露就是改變」，並且，「人們只有在計劃引起改變時才能有所揭露。」〔註10〕換句話說，揭露現實成為我們改變社會的開端。其次，這種行動還與文學的社會學效用和對讀者的指引相關。在《什麼是文學》中，面對「寫給誰看」的問題，薩特的答案是「廣大的公眾」。薩特對「為藝術而藝術」的文學主張嗤之以鼻，崇尚的是「為他人的藝術」，「精神產品這個即使具體的又是想像出來的客體只有在作者和讀者的聯合努力之下才能出現。只有為了別人，才有藝術；只有通過別人，才有藝術。」〔註11〕所以，「介入文學」要求作家不僅成為現實的參與者、干預者和洞見者，還要扮演「別人心目中的作家」角色，面向公共世界進行發聲，成為個體思想的傳播者。正所謂，「文學是刺激劑而不是鎮靜劑」〔註12〕，作家的思想需要經由文學來對社會公眾產生影響，將公眾拖拽到現實的漩渦中來，讓他們按照作家的觀點來做出改變社會的行動。如此，文學與社會變革之間的橋樑就嫁接起來了。

　　當然，薩特的「介入文學」論雖然是時代的產物，但並非無懈可擊。畢竟，

〔註7〕〔法〕薩特：《什麼是文學？》，《薩特文集》第7卷，施康強譯，北京：人民文學出版社，2005年，第296頁。

〔註8〕〔法〕薩特：《薩特文集》第7卷，施康強譯，北京：人民文學出版社，2005年，導言第20頁。

〔註9〕何林編：《薩特：存在給自由帶上鐐銬》，瀋陽：遼海出版社，1999年，第198頁。

〔註10〕〔法〕薩特：《薩特文學論文集》，施康強等譯，合肥：安徽文藝出版社，1998年，第81頁。

〔註11〕〔法〕薩特：《什麼是文學？》，《薩特文集》第7卷，施康強譯，北京：人民文學出版社，2005年，第124頁。

〔註12〕鄭海婷：《從審美形式角度重讀薩特的「介入文學」理論》，《福州大學學報》（社會科學版）2017年第5期。

文學場域有其自主性，小說創作也遵循著自身的美學紀律。雖然薩特強調作家與現實的「零距離接觸」以及要求作家全程「在場」，但是，從文學實踐來看，作家的「退場」未必就不能對社會人生和公共問題展開獨闢蹊徑的思考。甚至，作家過多的干預與顯豁的價值傾向反而會損壞文本自身的運行邏輯，讓鮮活的現實成為觀念演繹的一種布景而已。另外，有些作家一味強調對當下社會現實的介入，不過，他們過度黏滯於社會現實，沒有探索如何將社會現實轉化為文學現實的審美裝置，以致於產生了「鏡子般」簡單還原式的現實書寫或複製黏貼式的新聞再現，缺乏了對現實可能性的探索，也無法激起讀者「震驚」的美學體驗。這類文學在獲得介入性的同時，難以兼顧文學自身的詩性光澤與「私人性」質地，無法誕生高翔的文學。

回顧百年中國文學的歷史征程，現實主義文學始終是文學創作的主潮。從五四時期文學研究會提倡的「為人生」的文學，到 30 年代左翼革命文學的崛起，再到 40 年代的主觀戰鬥精神、暴露與諷刺論爭、社會主義現實主義文藝活動，均是沿著現實主義的主線而發展。到了當代文化語境中，現實主義也走出了社會主義現實主義─革命現實主義與革命浪漫主義相結合─啟蒙現實主義─新寫實─現實主義衝擊波等構成的曲折迴環的「之」字型命運。作為一道「不斷綜合創新的『流』」﹝註 13﹞，現實主義文學直到今天仍舊熠熠生輝。面對前所未有的時代巨變，作家們以疾風勁草般的現實主義戰鬥精神、強勢突入生活激流的藝術勇氣、濃烈的人文情懷和公共關懷、令人「震驚」的敘事新途書寫中國經驗，講述中國故事，傳遞中國聲音，不斷豐滿著新時代現實主義文學的羽翼。

當然，「現實主義」同樣是一個語義含混、邊界模糊、伸縮性極強的理論語碼。關於如何界定這個詞彙，學術界爭議頗多。學者們常從自己所處的國家、民族和時代出發，在不同層面上賦予它意義，或側重內容，或強調形式。在不斷被豐富、改造和拓展的過程中，這個概念才生成了多維解讀的空間，也促成了它的豐富性、多元性和開放性，正如韋勒克所說：「現實主義作為一個時代性概念，是一個不斷調整的概念。」﹝註 14﹞當然，關於現實主義的理解，通常包括以下幾個維度：作為一種創作方法，強調按照生活的本來面目去反映生

﹝註 13﹞溫儒敏：《新文學現實主義的流變》，北京：北京大學出版社，2007 年，第 3 頁。

﹝註 14﹞〔美〕勒內・韋勒克：《批評的諸種概念》，羅鋼等譯，上海：上海人民出版社，2015 年，第 237 頁。

活,是經由對生活本體的摹寫、再現來藝術地抵達現實世界,並要真實地塑造典型環境中的典型人物;作為一種創作精神,強調作家主體的精神姿態,要求正視現實、直面現實、忠於現實,關注當代社會生活,關切社會大眾的生存情狀與精神世界,揭露時代問題與社會矛盾,並保持一定的批判性精神;作為一種特定的文學思潮,是現代化背景下 19 世紀 30 年代到 60 年代在西方世界興起的文藝運動,具有強烈的批判性和暴露性,強調人道主義情懷。

不過,隨著時代的發展和文學的演進,現實主義在深化過程中也不斷調整著其內涵與形態,於是,我們看到了在經典批判現實主義之外的各種現實主義的「變種」,比如社會主義現實主義、心理現實主義、超現實主義、魔幻現實主義、怪誕現實主義等,甚至,法國文學理論家羅傑·加洛蒂還提出了「無邊的現實主義」的觀點,也即「沒有非現實主義的、即不參照在它之外並獨立於它的現實的藝術。」〔註15〕我們認為,現實主義在中國的土壤上生根發芽,爾後雖然處於變動不居的演進過程中,但作為一種主流文學話語始終保留著幾條基本原則,以此來作為現實主義的本質精神。這種精神未必與世界文學史上的現實主義文學完全同步,但卻與新時代我國國情和既往文學傳統相得益彰。

現實主義話語無論如何變遷,尊重客觀現實是基本前提,「真實性」的標尺不能被放逐。當然,現實主義的「真實性」也並非僵化停滯,而是處於動態發展中。我們認為,隨著文學的變遷,這種「真實性」不是要求機械地複製、摹仿、再現生活真實,也不是說作家們筆下反映的現實必須是現實生活中真真切切發生過的事件,而是要符合藝術的美學邏輯和情感邏輯。同時,這種「真實性」對應的應是「本質真實」,也即,作家要透過日常生活的表層現實,掘開既往歷史與社會現實的核心岩層,抵達人類隱秘的精神根底,揭示時代發展過程中種種社會問題的實質,索解時代巨變中個體的生存境況與精神波動,勘探生活深層次的內在本相。當然,要到達這種「真實」的彼岸,能切中肯綮地把握時代本質,作家們必須要視野下沉,真切體驗現實人生,並要在紛繁雜亂的時代景觀中保持醒世獨立的理性精神,發表對現實的洞見。

除了與歪曲現實、粉飾現實的傾向作鬥爭,現實主義在精神維度還強調面向當代社會生活,關注現實、正對現實、表現現實。當然,「現實」本身是一個極其寬泛的範疇,無論是從宏觀處落筆還是從微觀處楔入,無論是反映

〔註15〕〔法〕羅傑·加洛蒂:《論無邊的現實主義》,吳岳添譯,天津:百花文藝出版社,2008 年,第 171 頁。

重大社會事件還是書寫私人經驗，大部分作家呈現的都是現實生活。不過，結合當代中國的社會語境與劇變中的現實發展狀況來看，我們更希望作家們能夠不再滿足於在個人的內心世界徜徉或重新詮釋遙遠的歷史，這也是高爾基反對的「徒然墜入自己內心世界的深淵，墜入『不詳的人生之謎』。」〔註16〕換言之，作家要與當代社會湧動的現實激流貼身「肉搏」，對當下中國現實或民族公共事務發言，既以鷹擊長空的高翔姿態呈現這個時代的變革偉業，也用揚眉仗劍的勇氣從紛繁錯雜的景觀中挖掘社會的現實癥結與人們的精神症候，並嘗試投入到改造現實的實踐中來。無疑，這種現實更具有一種公共精神，它不僅來源於普通民眾波瀾不驚的日常生活，還總會無縫對接起時代重大現實問題，是一種切中當代中國社會現實病灶的現實主義文學。這股面對社會現實、貼近時代的精神也與魯迅的主張「文學還是同社會接近些好」〔註17〕不謀而合。

　　當然，文學是人學，現實主義文學同樣如此。不管時代如何變遷，邊界如何拓展，它所關注的核心都不能離開「人」，也即，要去探究人類的生存情狀、把握人類的精神律動、勘探人類的情感變遷和命運走向。關注「人」、重視「人」也是中國現實主義文學的傳統。從五四新文學開始，無論是「人的文學」還是「平民文學」，在「為人生」的啟蒙主調下，現實主義文學都強調人道主義情懷，力求「闢人荒」，改良人生。即使是魯迅等作家「哀其不幸、怒其不爭」的國民性批判思想，當中也蘊含著「立人」的宏願，希望能夠淬煉民族魂，喚醒沉默的大多數，積聚民眾的力量。20世紀30年代的左翼文學與40年代的解放區文學極盡所能地凸顯了「人民性」話語，尤其是《在延安文藝座談會上的講話》提出的「文藝為工農兵服務」更是讓「人民的文藝」在此後的時代潮動中開花結果。直到今天，「文藝為人民服務」這一方向始終是現實主義文學堅實如磐的價值取向，「人民既是歷史的創造者、也是歷史的見證者，既是歷史的『劇中人』、也是歷史的『劇作者』。文藝要反映好人民心聲，就要堅持為人民服務、為社會主義服務這個根本方向。」〔註18〕的確，人民才是真正的星

〔註16〕高爾基：《我怎樣學習和寫作》，戈寶權譯，北京：生活・讀書・新知三聯書店，1984年，第49頁。

〔註17〕魯迅：《文學與社會》，閻晶明：《魯迅演講集》，北京：生活書店出版有限公司，2017年，第268頁。

〔註18〕習近平：《在文藝工作座談會上的講話》，《人民日報》2015年10月15日第2版。

辰大海。今天的現實主義文學不僅要握住時代座標，書寫宏大家國史，也要以「人」為本，增強「人民性」意識。一方面，作家應以務實的姿態扎進生活的河流，關注人民生活史，從葳蕤多姿的現實中尋找靈感，觸發與大眾的情感連接點。另一方面，作家也要經由社會大眾的生存變遷史與精神成長史來詮釋現實世界，正所謂，「堅持『人民性』立場，才能在創作中如魚得水。」〔註19〕無論身處哪個時代，作家身為時代的弄潮兒，都應堅持「以人民為中心」的創作旨歸，和人民一起經山歷海、風雨同舟。

現實主義的探索者秦兆陽曾以何直為筆名在《人民文學》上發出論斷，「現實主義——廣闊的道路！」〔註20〕這種廣闊不僅體現在上述原則中，還體現在現實主義的開放性和生長性中，尤其彰顯為表現現實的手法的豐富多元。傳統現實主義強調「按照生活的本來面目去反映生活」，力求手法的寫實和客觀再現，連細節都特別嚴格，甚至要求文學描寫要具備「科學真理的精確性」。當然，隨著時代的變化，無論是摹仿、複製還是再現，都無法滿足現實主義文學的發展，也不能給讀者帶來新奇的審美體驗。事實上，如果結合中國的歷史文化語境來看，我們的現實主義文學也難以達到精確的寫實。回顧百年中國文學史，政治與文學的關係始終如影隨形。尤其是新時期之前，文學過多地承擔了政治使命，很多時候成為作家戰鬥的武器，以至於他們無法做到冷靜客觀地觀察現實，而是洋溢著「主觀戰鬥精神」。當然，從方法上來說，中國現實主義文學大多數還是遵循傳統寫實的方法。20世紀80年代以來，伴隨著西方現代主義和後現代主義思潮的奔湧而入，作家們在「影響的焦慮」下開始了對現代派文學技巧的模仿、移植與借鑒，這對傳統現實主義手法是一種「威脅」，也是一種豐富。新世紀以來，作家們集體回歸現實，重新燃起對現實社會干預的熱情。不過，在反映這些現實時，由於距離的切近、題材的敏感以及現實本身的曖昧複雜，不少作家衝破傳統現實主義文學規則的束縛，在寫實手法之外吸收了誇張、怪誕、寓言化等假定性的變形技巧，以期換條路徑來通往社會生活的內在真相。當然，他們也擺脫了「影響的焦慮」，回到「民族的天空」，在東西方文學技藝的整合、打通、鎔鑄中完成更新與再造，現實主義文學的表現技法也從單一寫實走向異質混成，在探索性藝術景觀中拓展了當代文學審美空

〔註19〕張傑：《書寫新時代的波瀾壯闊和厚重深邃——訪山東省作協原副主席趙德發》，《中國社會科學報》2022年5月13日第A05版。

〔註20〕何直：《現實主義——廣闊的道路》，《人民文學》1956年第9期。

間，建構起新時代的現實主義美學體系。

　　本書探討的是新世紀以來的「介入現實主義」小說，結合此時的創作實績，我們認為，從創作內容來看，「介入現實主義」小說關注和書寫的是當下中國社會的公共事務與重大現實問題，題材往往較為敏感尖銳，蕩漾著一股當下感和現實感，甚至不乏新聞事件化傾向，比如它們普遍反映的問題有：脫貧攻堅問題、官場腐敗問題、醫療改革問題、教育體制改革與教育危機問題、公共安全問題、生態環境問題、資源分配不公與貧富分化問題、鄉村振興問題、人口問題、道德失範問題、現代人的精神困境和健康問題。從創作姿態來看，「介入現實主義」小說拒絕態度的騎牆，也排斥情緒的冰點。在這類小說中，作家一般不是簡單呈現和消費現實，也不是不痛不癢的描述現實，而是要保持自由的主體人格和獨立的理性精神，懷著強烈的現實情懷與公共關懷，主動並強勢干預公共生活，在書寫與時代相關的重大現實命題、典型社會癥結、人類的精神眩惑時勇敢揭露各種社會矛盾和現實衝突，以亢直不撓的姿態來指陳一切不正義的行為，並力求對社會難點、痛點進行不屈不撓的追問（從文化、人性、權力、制度等向度）和理性的社會批判。同時，作家要提出或積極探索改變和建設的可能性，從而完善人的處境，變革社會，成為本雅明口中的「行動的作家」〔註21〕。從與讀者的關係來看，這類小說還因含有公共性而直接激起讀者的熱情討論，引導讀者去反思、懷疑和批判現實，在潛移默化中促進社會進步。從創作方法來看，介入的現實主義遵循現實主義的開放性、生長性與包容性原則，不對寫作方法做硬性限制，既可以是傳統現實主義的寫法手法，也可以在與時俱進中融合其他元素，呈現超越性的荒誕、幽默、寓言等誇張變形的敘事技藝。不過，不管藝術技巧如何「蝶變」，我們都強調正視現實的精神和本質真實的標尺，這恰恰回到了現實主義的本源處。

　　總之，面對轉型時代前所未有的多棱鏡般的現實景觀，我們需要這種「介入現實主義」文學來講述中國故事、傳播中國話語、展示中國形象。作家們理應做一條深海潛行的「大魚」，全身心地沉入現實海域，在時代巨浪的翻滾中感受並書寫當代中國的蟬蛻、疼痛及變革。與此同時，作家們理應整理現實主義文學遺產，「用我自己的方法，去醸製小說中不一樣的烈性酒」〔註22〕，經

〔註21〕〔德〕本雅明：《作為生產者的作者》，王炳鈞等譯，鄭州：河南大學出版社，2014 年，第 8 頁。

〔註22〕閻連科：《平靜的生活與不平靜的寫作——在悉尼大學孔子學院的演講》，《一派胡言》，北京：中信出版社，2012 年，第 110 頁。

由創造性轉化和創新性發展進行敘事升級，才能衝出舊制，在文學紀律和公共生活之間呈現詩性正義的圖景，迎來現實主義文學的新變、新創與新生通道，使其成為新時代文學的「重器」與「法寶」。

第二節　「銳氣」與「地氣」：新世紀「介入現實主義」小說研究趨勢

　　新世紀以來，作家們前赴後繼地加入「擁抱」現實的合唱隊，「介入現實主義」小說蔚為大觀，開拓出當代現實主義文學的別樣道路。這類文學甫一出世便吸引了評論者的關注和青睞。在探索與爭鳴中，他們抓住介入文學的特質，聯繫當下中國現實，對「介入現實主義」小說進行了頗具「銳氣」和接「地氣」的評價，研究成果蜂擁而出。本書將從介入內容、介入方式、介入價值等維度對此類小說的研究現狀逐一梳理和品評，一方面是對這些作品進行祛魅和還原，重新審視和解讀；另一方面也是對前人研究的不足之處進行反思，並試圖發掘新的學術增長點。

一、介入什麼：主題內容研究

　　中國當下的現實在變動不羈中呈現出紛繁複雜的世相，對此，「貼地行走」的作家們自然處於巨大的惶惑與焦慮情緒中，這番焦慮促使他們尋找發聲的「火山口」，一步步朝著現實艱難跋涉，並力求握住時代脈搏，展開對民族公共生活和社會公共話題的探秘。研究者們對作家面向時代、介入「中國現實」的集體性姿態普遍流露出欣賞之情。2018 年，《長篇小說選刊》發起了一場聲勢浩大的「新時代與現實主義」大討論，國內批評家、學者、作家們相聚一堂，紛紛對新世紀文學的「介入」精神探幽發微。他們中的大多數從現實境況出發，肯定了新世紀作家「重心不斷向現實靠攏」〔註23〕「重拾文學的現實關懷」〔註24〕的努力。於可訓在《新世紀長篇小說創作述評》中一針見血地指出新世紀小說不乏「視點下沉」的趨勢，並從揭示上層官場風雲變幻、聚焦下層邊緣群體的生存境況等維度肯定了它們「更加切近當下中國的生活實際，也更顯現實主義的

〔註23〕沈杏培：《期待令人「震驚」的文學現實》，《特稿：新時代與現實主義》，《長篇小說選刊》2018 年第 6 期。

〔註24〕褚雲俠：《現實關懷的失落與時代的精神症人格》，《特稿：新時代與現實主義》，《長篇小說選刊》2018 年第 5 期。

藝術深度。」〔註25〕賀紹俊的《新世紀十年長篇小說四論》指出自 20 世紀 90 年代末至新世紀以來，作家們生發了「擁抱現實的衝動」，誕生的小說也昭示出了「現實主義敘事的開放姿態」〔註26〕。文章以曹征路、閻連科、徐坤、莫言等作家為例，從作品的主題內容、作家認知世界的方式、作家敘述能力等層面進行條分縷析，讚譽他們關切當下中國現實和書寫中國經驗的創作是對既往現實主義文學表現方式的一種豐富，其宏觀為主、微觀為輔的分析模式值得借鑑。

　　「中國現實」的內涵廣博龐雜，而且處於「未完成」的動態變化中，常常無法預料。在某些公共事件集中爆發的年份，介入現實的小說會應運而生，形成一股潮流。對此，研究者們也樂此不疲地對其主題內容進行了跟蹤式研究。白燁對 2005 年小說的創作態勢進行了宏觀分析，認為小說「在觀照現實和看取生活上，視角更為切實，視野普遍下沉」〔註27〕。他以「鄉土謠」「平民譜」「成長頌」三個主題為基點，剖析了《秦腔》《平原》《兄弟》《遍地梟雄》等作品的內容，並指出小說呈現出的「不斷走來和明顯走近的趨勢」具有必要性和重要性。其實，這與 2004 年「底層文學」思潮的崛起休戚相關。伴隨著一場場文學論爭，越來越多的作家認識到關注底層、聚焦現實的急迫性。除了曾經出生底層的作家，那些精英作家們也紛紛視野下移，扮演「時代」的代言人，所以 2005 年現實主義小說蔚然成風。葛紅兵、許道軍的《介入・深入・反思——2008 年文壇熱點問題述評》對 2008 年的文壇熱點問題進行了宏觀掃描，發現此年推出的小說不僅對南方雪災、汶川地震、北京奧運會等中國社會的重大時事進行了及時回應，而且，繼續將筆端探向底層、官場和高校生活，使得 2008 年的文學彰顯出「現實的批判」精神，是「有深度的文學」〔註28〕。於中國來說，2008 年實為多事之秋，文學也確實強勢回應並介入了這些現實。在名篇佳作聯袂而至的 2013 年，白燁〔註29〕、岳雯〔註30〕等研究者不約而同

〔註25〕於可訓：《新世紀長篇小說述評》，《中國地質大學學報》2008 年第 5 期。

〔註26〕賀紹俊：《新世紀長篇小說四論》，《文藝爭鳴》2011 年第 7 期。

〔註27〕白燁：《雄渾的現實交響曲——2005 年長篇小說巡禮》，《小說評論》2006 年第 2 期。

〔註28〕葛紅兵、許道軍：《介入・深入・反思——2008 年文壇熱點問題述評》，《探索與爭鳴》2009 年第 1 期。

〔註29〕白燁：《2013 年長篇小說：直面新現實 講述新故事》，《文藝報》2014 年 1 月 29 日第 2 版。

〔註30〕岳雯：《2013 年長篇小說：「現實」成為令人矚目的問題》，《文藝報》2014 年 1 月 8 日第 2 版。

地將目光投向了小說中的「現實」字眼，各抒己見。其中，2013 年前後，隨著「講好中國故事，傳播好中國聲音」口號的提出，「中國故事」備受當代作家的青睞。雖然當中不乏某些作家報團取暖般追趕時代潮流的心理，但從真正具有文學穿透力和思想縱深度的作品來看，它們大多還是昭示了當代作家對現實的拳拳關切與憂憤之情。他們懷揣悲憫情懷和公共關懷，在對現實的體悟中關注民瘼、同情弱者，並以個性化的文學方式發出自己的聲音。

從新世紀小說來看，賈平凹、閻連科、莫言、余華、蘇童、畢飛宇、格非等作家都對「中國現實」流露出了極度的熱情和關心，研究者就他們的介入意識和對現實的詰問進行了評析。王春林在《對「中國問題」的關切與表現——賈平凹新世紀長篇小說主題論》中對賈平凹新世紀以來的五部小說進行了細讀，從男女愛情、生態環境、城市化浪潮下的鄉村農民及農民打工者等維度剖析了賈平凹的書寫內容，最終指向的命題是「賈平凹對『中國問題』的關切」。論者在解析這五部小說時不是孤立開來，而是積極探索賈平凹在每一部作品中的新變，並勘探了作家現實觀的更迭：從「對鄉村社會的啟蒙干預」到「對鄉村社會啟蒙失望」，從而只作「客觀的呈示與展現」〔註31〕。這種對作家現實觀的求索是必要的，因為，面對變動不羈的現實，作家的文學理想、思維模式、價值觀念以及現實情懷並非一成不變，研究者應從多個維度來理性探求這個問題，追問作家現實觀的演進如何主導了其現實書寫。周蕾的《見證「疼痛」的寫作——論余華筆下的「中國故事」》在余華 30 年創作的鏈條上分析了《兄弟》和《第七天》，指出余華小說的著力點已從「『文革』中國的『疼痛』」轉向「『改革』中國的『疼痛』」〔註32〕，對余華「正面強攻現實」的野心表示了肯定。

對於新世紀介入「中國現實」的小說書寫內容的定位，研究者們大致趨於統一，且普遍讚譽了這番「向著火跑」的寫作。不過，部分研究過於拘泥於內容層面，缺乏對作家精神姿態的探析。

二、如何介入：介入方式研究

面對中國社會錯綜複雜的時代境況，大批對現實懷著深度關切之心的作

〔註31〕王春林：《對「中國問題」的關切與表現——賈平凹新世紀長篇小說主題論》，《創作與評論》2014 年第 8 期。

〔註32〕周蕾：《見證「疼痛」的寫作——論余華筆下的「中國故事」》，《當代作家評論》2014 年第 6 期。

家不願沉溺在「小情小調」的光景裏，知識分子的使命感和責任感告誡他們要去體察生活，發現現實的光亮，也刺探時代的黑暗和荒誕，並在對現實的把脈和質詢中做出自己的價值判斷。但是，「如何介入，怎樣書寫時代癥結」才能獨闢蹊徑且直擊命門，並超越傳統現實主義文學的書寫模式，這是作家們念茲在茲的議題。畢竟，處於劇變時代，作家們要想掘進社會生活的核心岩層，準確探測現實的溫度、描摹出它的內部紋理、丈量出它的廣度與深度，是一個不小的挑戰。根據他們奉獻出的小說文本，評論者們在讚譽作家介入「中國現實」的勇氣之際，還從敘事學層面對小說介入現實的方式進行了孜孜探求，雖然對這一問題採用全景式掃描的論者較少，成果也良莠不齊，但陳思和的《新世紀以來長篇小說創作的兩種現實主義趨向》與朱水湧的《從現實「癥結」介入現實——以王安憶、畢飛宇、閻連科近年創作為例》二文學術價值頗高。陳思和選取了新世紀以來兩部介入現實的典型文本：《秦腔》和《兄弟》，總結了當下現實主義創作的兩種重要傾向：法自然的現實主義與怪誕的現實主義。論者視域開闊、縱橫捭闔，將這兩種現實主義放置到東西方文學史的縱軸與橫軸上進行了比較，從細節的尖銳、平和的深刻、怪誕的真實等角度挖掘了其美學意義和社會意義。特別是對於罵聲如雷的《兄弟》來說，陳思和立足於余華介入現實的方式、怪誕寫作的動機、隱含的精神力量等維度，認為《兄弟》在看似胡鬧與嘻嘻哈哈中「恰恰藏了一種魯迅的精神。」〔註33〕這可謂在給《兄弟》正名，但其分析有理有據，援引的例證恰到好處。通篇也顯示出論者深邃通達的視域和獨立理性的批評精神，閃耀著智慧和理性的光輝，提出了一些啟發性的新論。其實，眾多論者在品評作家介入現實的方式時，通常只站在文本意蘊的角度拷問作家介入的效果如何，而不對作家如此介入的動機進行深掘。殊不知，作家選擇介入現實的方式必定承載著他的某種思想和情懷。從這一層面看，本書為研究現實主義小說提供了別一條行之有效的路徑。朱水湧的文章單刀直入，率先反駁了「當下小說失卻了介入現實能力」這一觀點，認為當下小說是「以微妙的敘事變動，表現出文學介入現實新的姿態和方式，呼應著現代性特殊遭遇中中國現實的『癥結』」〔註34〕，繼而以王安憶、畢飛宇、閻連科三人介入現實的方法來支

〔註33〕陳思和：《新世紀以來長篇小說創作的兩種現實主義趨向》，《渤海大學學報（哲學社會科學版）》2007 年第 3 期。

〔註34〕朱水湧：《從現實「癥結」介入現實——以王安憶、畢飛宇、閻連科近年創作為例》，《文學評論》2007 年第 6 期。

16

持其立論：王安憶從中心與邊緣間的裂縫中介入、畢飛宇在城與鄉的裂縫中想像、閻連科介於荒誕與現實之間的弔詭極端書寫。論者在縷析三位作家作品的基礎上概括出他們介入現實的方式，分析精準，闡釋令人信服。徐阿兵的《論新世紀小說創作的「事件化」傾向》概括出了極具事件化傾向的小說存在的三種結構：對立式結構、編織式結構、封閉式結構，並對此進行針砭，指出這些結構存在缺陷的病根在於「當前敘事資源的匱乏」〔註35〕。事實上，社會現實是光怪陸離、斑駁複雜的，作家們之所以不能提供新的美學經驗，在結構和創作思維上出現雷同、複製成風的現象，仍導因於作家思想上的惰性和對生活本身缺乏觀察、整合的能力，並未將日常生活經驗提煉出「個人的深度」。

除了以上相對完整的專文論述，還有大量博碩士論文和單篇論文從介入方式這一維度對類型化文學、先鋒作家、賈平凹、范小青、閻連科等人介入「中國現實」的小說進行了勘探和品評，探討成果雖不成系統，但不乏真知灼見。

在對新世紀以來介入「中國現實」的小說梳理過後，不難發現，在「底層文學」「打工文學」「新農村文學」「反腐文學」等類型化的文學裏，「現實」成為強大的元素躋身其中，部分研究者也對這類文學的介入路徑進行了探究和討論。徐桂芬的《近年來幾種類型化「現實主義」創作潮批判》〔註36〕緊扣市場經濟、媒體語境、大眾文化、主流意識形態等要素，著重分析了「現實主義衝擊波寫作」「反腐文學」「底層文學」的介入模式，並對這類文學的諸多問題如「媚俗化、模式化寫作路向」「苦難寫作模式」進行了指陳，進而發起了對「現實主義」的重新思考。劉雋的《論新世紀打工文學對現實主義的開拓與發展》〔註37〕從「打工文學」的緣起出發，充分肯定了新世紀打工文學在傳統現實主義筆法之外對「現實主義做出了重要的探索與拓展」，並從「生存中寫作」「堅守真實性」「極其鮮明的批判指向」三個維度進行了論證。江勝清〔註38〕、

〔註35〕徐阿兵：《論新世紀小說創作的「事件化」傾向》，《文藝爭鳴》2007 年第 10 期。

〔註36〕徐桂芬：《近年來幾種類型化「現實主義」創作潮批判》，山東大學碩士學位論文 2012 年 5 月。

〔註37〕劉雋：《論新世紀打工文學對現實主義的開拓與發展》，《小說評論》2010 年第 3 期。

〔註38〕江勝清：《論新世紀之交「反腐小說」創作的癥結》，《文藝理論與批評》2009 年第 1 期。

徐德明〔註39〕、張軍府〔註40〕等人也對新世紀反腐小說、鄉下人進城小說、知識分子題材小說的介入模式進行了勘探。值得注意的是，不少論者在評價類型化文學對現實的介入路徑時，有時放逐了「審美」標準，以「同情之理解」的心態從內容上褒獎了作家們的勇氣。這番「寬容」恰恰是對文學的一種誤讀。因為無論是打工文學還是官場小說，既然屬於文學，就應該以文學的標準去評判。況且，一部真正能經受住時間淘洗的小說，其所表現的意義絕不僅僅在於對熱點問題的選擇，更在於它對我們當代的精神審美是否提供了新鮮的經驗。

在20世紀80年代的形式實驗過後，先鋒作家開始回歸現實，且在90年代和新世紀兩度發生「變法」，這使得他們的現實寫作成為備受矚目的文學現象，不少博碩士論文都對此問題表示出了莫大的興趣。比如王琮的《九十年代以來先鋒小說創作的轉型——以蘇童、余華、格非為代表》〔註41〕，鄭莎莎的《華麗的先鋒到樸素的現實：畢飛宇小說論》〔註42〕從先鋒作家筆下的故事內容、寫作策略、人物形象出發，發現了包裹其中的「現實」元素。當然，關於先鋒作家在新世紀介入「中國現實」的研究，我們仍有挖掘空間。先鋒作家的轉型自90年代余華的《活著》《許三觀賣血記》就已開始，新世紀以來，他們對現實的書寫是承續90年代對傳統和現實的回歸，那麼，先鋒作家在這一階段的現實書寫較之於90年代的轉型有哪些深化？隨著洪峰、馬原、格非等人近年的集體回歸，他們在新世紀和現實構成了何種關係，具有哪番現實情懷？這些都是可以深掘的命題。

范小青、賈平凹、楊少衡、王躍文等人對「中國現實」始終保持著高度介入的熱情，研究者對他們處理現實的方式進行了評析。韓松剛的《現實的「表情」——論范小青新世紀以來的小說寫作》考察了范小青新世紀的小說，認為「范小青對於『現實』的觀察和體驗，為這個時代留下了諸多現實的『表情』。」〔註43〕

〔註39〕徐德明：《鄉下人的記憶與城市的衝突——論新世紀「鄉下人進城」小說》，《文藝爭鳴》2007年第4期。

〔註40〕張軍府：《新世紀知識分子題材小說的反諷敘事》，《創作與評論》2013年第18期。

〔註41〕王琮：《九十年代以來先鋒小說創作的轉型——以蘇童、余華、格非為代表》，遼寧師範大學博士學位論文2012年4月。

〔註42〕鄭莎莎：《華麗的先鋒到樸素的現實：畢飛宇小說論》，西北大學碩士學位論文2013年6月。

〔註43〕韓松剛：《現實的「表情」——論范小青新世紀以來的小說寫作》，《中國現代文學研究叢刊》2014年第8期。

他還洞察到這一時期「城市」成為范小青寫作中最大的突破。除此，論者向縱深處挖掘，發現了范小青持有的詩性的蘇州情懷與嚴酷的現實之間的博弈，探索了作家處理現實的方式：不是赤裸裸的枯燥呈現和怒目指責，而是恪守著小說最基本的表現美學，詩意成為她的一大特點。韓松剛在品鑒范小青如何介入現實時把地域文化納入進來，在理性的敘述中發表獨到深刻的見解。傅書華〔註44〕和伍丹〔註45〕也深入探討了專注於官場或底層寫作的作家如何對現實發言。這類研究成果頗多，不足在於侷限於某個作家，缺少了宏觀比照，作家介入現實的獨特性就難以從最大程度上凸顯出來。

研究者們對《蛙》《黃雀記》《第七天》《炸裂志》《糾纏》等名篇佳作敘述策略的分析也屢見不鮮。徐勇的《以象徵的方式重新介入現實：論蘇童〈黃雀記〉的文學史意義》〔註46〕緊扣《黃雀記》介入現實的方式——「象徵」，對其做了精闢深透的闡釋。論者視野開闊，理論儲備豐富，儘管文章所論證的象徵的意義沒有脫離開常見的人物形象，但他能深入掘進，將人物放置到與時代的關係這一重大的命題中去思考，揭示出社會變革過程中的眾生相。同時，文章還從敘事學層面將《黃雀記》與《第七天》介入現實的方式及效果進行了對比，通過對一些詞源的索解以及文本的言說內容，最終激賞了《黃雀記》介入現實的方式。房偉的《舊日的先鋒與新貌的現實主義——論馬原的長篇小說新作》探討了馬原的《糾纏》《荒唐》等篇，從馬原對「遺產問題」的關注出發，指出馬原「技法上向傳統現實主義靠攏」，並由此解讀了馬原對現實的態度是「一種平靜交流但有距離的『和解』」〔註47〕。文章邏輯嚴密，環環相扣，論證合理，也為我們深入研究先鋒作家如何介入「中國現實」提供可資借鑒的範例。房偉的另一篇文章《「炸裂」的奇書——評閻連科的小說創作》〔註48〕著重從奇書模式與純文學話語之間的關係來探討《炸裂志》的創作得失，對《炸裂志》極端化的寓言敘事的形成過程進行了回顧和反思。張軍、周明全等人也

〔註44〕傅書華：《卑微人生的關注——讀王祥夫的新世紀小說》，《小說評論》2005年第3期。

〔註45〕伍丹：《「常人」化生存下的人性書寫——論王躍文的政治文化生態小說》，《湖南工業大學學報（社會科學版）》2016年第5期。

〔註46〕徐勇：《以象徵的方式重新介入現實：論蘇童〈黃雀記〉的文學史意義》，《文學評論》2014年第2期。

〔註47〕房偉：《舊日的先鋒與新貌的現實主義——論馬原的長篇小說新作》，《當代作家評論》2014年第3期。

〔註48〕房偉：《「炸裂」的奇書——評閻連科的小說創作》，《文學評論》2014年第3期。

對《秦腔》《第七天》《丁莊夢》的瘋癲視角、亡靈視角進行了闡釋。大量的研究成果形成了百舸爭流的局面，但論者過於關注名家名篇，一方面難免造成遺珠之憾，另一方面也在某種程度上使研究喪失了活力。

三、介入效果：敘事困境研究

客觀而言，當下現實日益膨脹，它所蘊藏的豐富資源對於中國作家是一個巨大誘惑，但同時也意味著某種挑戰，因為當代未經沉澱，且正在行進當中，還持續發生著變化。無論作家是帶著強烈的使命感對現實發言還是只想迎頭趕上這股潮流，若沒有足夠的藝術智慧來處理沉重的現實，那麼介入就容易變得蒼白或滑向虛無。從新世紀的小說來看，它們在介入「中國現實」時並非十全十美，而是存在諸多缺失和黑洞，這也是研究者深深關切的。當新世紀文學走過整整十年的時候，《上海文學》的「批評家俱樂部」組織了一場對話，較為系統、全面、深刻地反思新世紀文學，反思之一便是「乏力的介入」〔註49〕，批評家王堯、張清華、何言宏就此問題進行了一場痛快淋漓的對話。三位批評家均對娛樂化、商業化、新主流寫作持懷疑和警惕態度，並在此基礎上提出了「文學性寫作」在介入現實方面的侷限：「文學性寫作」和娛樂化、商業化及新主流寫作構成了某種妥協，這本質上導因於作家生活方式、思想情感、精神立場上的變化，甚至是背叛。作為懷著現實情懷的人文知識分子，在一致認同文學需對現實進行介入的理念後，他們提出了「文學如何介入現實」的問題，就此針對底層寫作、王朔在90年代的痞子寫作、《兄弟》的荒誕化與喜劇化寫作進行了爭鳴，並一針見血地道出了介入的限度在於作家的思想能力和價值立場。這場對話參與者雖不多，但從討論深度來看，無疑是一場精神盛宴，他們高度重視了文學如何有效介入現實的問題，分析鞭辟入裡而深入人心，在批評話語之下彰顯的是作為知識分子的精神底色和學術良知。陳曉明的《文學如何反映當下現實？》〔註50〕提出了「文學反映現實」包含的複雜意味，並試圖對「現實」及「現實性」等概念進行辨析，但最終答案是「定義『現實性』並不容易」，「現實」同樣如此。文章重點指出了「文學反映當下現實」時面臨的挑戰，尤其對當下作家過度「現實化」的現象提出質疑，並對在文壇引起爭議的《那兒》《馬嘶嶺血案》《春盡江南》《我不是潘金蓮》等文進行了針砭，論

〔註49〕張光芒：《「低於生活」的「新世紀文學」》，《東嶽論叢》2011年第4期。
〔註50〕陳曉明：《文學如何反映當下現實》，《文藝研究》2012年第12期。

斷發人深省，切中肯綮。

新世紀以來的小說在介入「中國現實」時存在的問題多樣，其中精神性缺失或不足的問題引起了學界的憂心，研究者們針對這一問題紛紛探幽發微、建言獻策。雷達以懇切的口吻對新世紀小說的精神能力問題提出了自己的看法，指出「迫切需要正面的價值聲音」，因為在當下的諸多文本中，「一個明顯的共同特點，就是只有揭示負面現實的能力，只有吐苦水的能力。」〔註51〕這一見解相當犀利地道明了新世紀以來大量介入現實的小說的弊病，頗有見地。我們認為，當前的中國社會在日新月異的發展過程中固然不乏新疾舊患，對此，作家理應與現實親密接觸，真誠面對疑難雜症，且可以對現實中的黑暗角落進行批判和否定。但是，「批判」的身後必須矗立著「建設」的身影，苦難的深淵裏要存在光影的浮動。也即，作家不能一味沉浸在黑暗的染缸裏，甚至不惜歪曲現實，渲染黑暗或堆積罪惡，導致通篇怨氣彌漫、精神萎靡，看似落下重筆，實則蒼白無力。當作家們不約而同地將批判的矛頭指向當下社會現實時，也需叩問自己的心門：這種書寫是尊重客觀現實還是符號化的空洞展示，在介入現實時是否經過「生命」和「生活」的中介進行洗禮，能否爆破出巨大的美學力量或精神力量，引發眾人對生存社會的「機警」？穿過雷達的言語，他對當下文學創作關切的拳拳之心躍然紙上。謝剛在《新世紀現實主義小說如何求得精神性》〔註52〕中也力求為這一問題支招，他在對現實主義追根溯源之後，以「真實性」和「批判性」作為評價這類小說是否具有精神性的標尺，可謂抓住了研究命門。因為現實主義儘管是一個相當複雜混亂的理論語碼，但不論從方法、思潮還是精神上來講，「真實性」都是當之無愧的核心命題。這種「真實性」不是指內容必須真實發生，也不是說手法要絕對客觀，而是指作家能撥開迷霧重重的現實面紗，下沉到生活河流的底部，在暗流湧動中發現當下時代存在的危機症候，探尋現實問題的本質，不歪曲和臆造現實。「批判性」更是舉足輕重的問題，真正的作家在直面現實的同時需對現實葆有警惕之心，在質疑、監督與省察中改善現實人心、培育公共關懷、推動社會進步。黃發有的《屏蔽內心——新世紀文學的外向化趨勢》〔註53〕肯定了新世紀「文學重歸現實」

〔註51〕雷達：《新世紀長篇小說的精神能力問題——一個發言提綱》，《南方文壇》2006 年第 1 期。

〔註52〕謝剛：《新世紀現實主義小說如何求得精神性》，《長城》2009 年第 11 期。

〔註53〕黃發有：《屏蔽內心——新世紀文學的外向化趨勢》，《文藝研究》2015 年第 6 期。

的潮流，同時，對作家「逃避內心的質詢」、呈現「冷漠乃至冷血的文學」這一現象憂心忡忡。在我看來，作家在時代叢林的奇花異草中穿行，不管多麼火急火燎地介入現實，都應該牢記文學的創作紀律，懷揣悲憫情懷和理想之光，以個體的精神體驗去激活所有外向性、客觀化的社會現實，使之以文學的面孔示人，否則就容易淪為深度不足與溫度匱乏的文學。

　　既然新世紀小說在介入「中國現實」時暴露出了某些弊病，那麼有效的藥方是什麼呢？部分學者在論文中偶有提及，但未成系統。不過，青年學者金理在《面對「思想」與「中國經驗」的呼喚：討論開給新世紀文學的兩種「藥方」》中試圖就此問題進行集中回答。金理援引胡風和別林斯基的話語，強調了在介入公共媒介事件或回應生活重大問題的文學中，要有「思想」的存在。在他看來，對於社會的尖銳問題，「文學應該表達出『主動參與』的意願」，但更重要的是以「文學的能力」展示文學獨特的「發現、創見和想像」。不同於以往論者大而化之的空洞言論，金理緊扣文本《赤腳醫生萬泉和》，旁徵博引，動用醫學和心理學知識，跳出既定的研究框架，詳細闡述了自己的觀點，肯定了范小青文學化處理現實的方式：「在小說獨有的『發現、創見和想像』中細膩地氤氳、流溢著『地方感』。」〔註54〕通篇來看，論者的思維縝密，學養深厚，對新世紀介入現實的小說而言，他開出的藥方實屬對症下藥。同時，金理對《赤腳醫生萬泉和》的研究思路也為考察介入「中國現實」的小說提供了一種理性的切入視角，即對於觸及公共事件或現實問題的小說來說，適當掙脫文學的枷鎖，以社會學眼光來審視和關照或許能挖掘到獨特內涵。然而，金理的研究仍存在拓展空間，在《赤腳醫生萬泉和》中，「地方感」的洋溢確實能體現范小青的審美能力，但這還是個案，我們可從這一文本中抽離出來，站在更高的角度上對作家如何獲取「文學的能力」發表見解。

四、新世紀「介入現實主義」小說研究的限度與學術增長點

　　新世紀以來，作家們紛紛掘開現實岩層，對當代中國現實和中國經驗進行了高度關注與深度介入，讓「現實主義文學」的大旗再次飛舞，也在文學史上寫下了濃墨重彩的一筆，20世紀90年代一度沉寂的文學公共性也得以重建。因此，關注和書寫現實決不是簡單的向新聞或熱點題材靠攏的過程，直面現實

〔註54〕金理：《面對「思想」與「中國經驗」的呼喚：討論開給新世紀文學的兩種「藥方」》，《小說評論》2010年第5期。

的「硬寫作」〔註55〕背後折射出的是新世紀以來作家與現實關係的變化，即中國社會當前急遽變化的現實影響和規約了作家的寫作熱情與精神立場。對於這類兼具文學性價值與社會學意義的文本，我們需要投以關注的熱情。綜觀當下對這一命題的研究，總體而言處於初步發展的上升趨勢，尤其是在 2004、2005 年（「底層文學」思潮崛起）、2013 年（精英作家集體直面新現實，長篇佳作聯袂而至）等幾個節點上，研究成果呈現欣欣向榮之景。他們紛紛從書寫內容、介入方式、敘事困境等層面分析了不同作家的現實書寫，其研究昭示了「銳氣」與「地氣」之貌，但面對「介入現實」這樣一個宏闊命題，現有研究仍存在不足。

　　首先，研究者們在探究這個問題時，普遍缺乏「史」的眼光和追根溯源的精神。「現實主義」或「介入現實」不是新近才出現的，而是綿延已久的問題。但在千帆過境般的研究格局中，鮮有學者真正以史學的眼光來將這個問題放入文學史的長河中進行聯繫比較，以突出新世紀「介入現實主義」小說的獨特性。因此，絕大多數研究只是拘囿於新世紀文學的小圈子裏自說自話，無法判定這種文學現象在文學史上的價值。現實主義作為一種文學思潮引進中國是在「五四」時期，爾後在百年中國文學史中，經歷了諸多的升降浮沉，無論是從方法還是精神維度都發生了不同程度的變異。作為研究者，我們理應抓住幾種現實主義思潮的重要向度進行剖析，比如從問題小說—鄉土小說—社會主義現實主義—革命現實主義和革命浪漫主義相結合—傷痕、反思文學—改革文學—新寫實小說—現實主義衝擊波—新世紀介入現實主義小說的縱軸上，以書寫內容、介入方法、現實態度、審美風格為基點，找出現實主義在不同歷史階段的生成機制與敘事邏輯，並追問影響其生成和走向的主要因素。在對現實主義文學流變的分析中，我們的終極目的是回答新世紀介入現實的小說給當代文學帶來哪些變化和啟示，具有何種獨特性。從大的寫作範圍來說，新世紀書寫現實的規模在「五四」以來的百年中國文學裏都是絕無僅有的，這時期，「底層文學」思潮及其他「類型化」寫作思潮興起，先鋒作家集體「變法」、貼地飛行，「私人化」寫作的女性作家從私人領域面向公共現實。可以說，當今文壇的老中青幾代作家都將目光對準了當下現實景觀。即使是與文學公共性品質極為突出的 20 世紀 30、50、80 年代相比，新世紀的這種現實書寫也毫

〔註55〕王湛、閻連科：《作家要對現實做正面回答，哪怕一次》，《錢江晚報》2013 年 11 月 5 日第 C002 版。

不遜色。那麼，作家在新世紀呈現出的濃郁的現實情懷和重心下移的現象是由哪些因素促成的呢？這除了與「現實主義文學」自身的流變和內在生命力密不可分，還與作家的文學觀念、創作心態、年齡增長有何關係？處於社會轉型期，這又和主流意識形態、文學制度、市場、大眾傳媒、讀者的審美趣味存在怎樣的纏繞？這些都是要深掘的命題。從敘事學或作家精神學來說，新世紀的小說也與其他年代的小說產生了分野，在介入現實時呈現出這樣的特點：作者視點的下移和全球化視野的觀照、作家對社會公共事件和公共生活顯示出強勢介入的主體立場並積極尋求突圍困頓現實的出路（從歷史文化角度）、寫實與怪誕手法並駕齊驅、「非常態」視角的盛行、多維時空的建構等。對於這些特點的展示，我們也應探溯根源。

從整理和爬梳可知，研究者在探究新世紀介入「中國現實」的小說時，念茲在茲的是作家介入的內容及方式。當然，他們也力圖切入作家的精神紋理一探究竟，只是，關於作家精神學維度的研究，其成果尚不豐富，而這其實是一個核心命題，其背後隱含的是作家的知識分子觀，以及他們對體制、現實的認識。比如何言宏、洪治綱等研究者的確重視作家精神學的勘探，他們關切的是文學制度、市場、大眾傳媒的合力如何造成了作家精神深處的萎縮和現實表述的限度，側重點還是敘事困境。其實，作家的精神學包括多個層面。就「介入現實」這一特定話題來說，我們尤其要深入挖掘的是作家的現實觀。作家秉持何種現實觀，這不僅規約著他們怎樣看待現實或真實，還影響著他們介入當下社會現實的路徑，當然，也能昭示出他們的價值姿態。從作家的自述及作品來看，新世紀的作家雖極有默契地把筆觸伸向現實，但現實觀不盡相同，比如閻連科奉行「超越的現實主義」（神實主義），畢飛宇堅持「還原的現實主義」，蘇童始終「與現實保持三公里的距離」。這種現實觀及對現實主義的理解就構成了他們現實書寫的區隔。另外，與 20 世紀八九十年代相比，作家們新世紀的現實觀或多或少發生了更迭，每一次裂變背後都有複雜的原因，且伴隨對現實主義的不同看法。比如閻連科在提出「神實主義」之前，與現實主義存在著「依賴、疏離、糾結、背叛、決裂」的過程，這種深層轉變折射出的是閻連科對今天的中國現實以及對「真實」的解讀。

在解鎖作家主體的精神密碼時，我們還可從代際文化的角度楔入。我們始終在強調新世紀作家介入「中國現實」是一種集體姿態，當前，不同代際的作家們不約而同地擁抱現實，介入和書寫自己的時代，且彰顯出了異常鮮明的代

際特徵。關於這個問題，張檸等人在《2013 年文學基本狀況對談會》一文中已初步提及「50 後」與「70 後」作家處理現實經驗時的差別，代際研究的集大成者洪治綱則從整體上探究了新時期以來的代際差異，張麗軍、黃發有等人也對某一代際的作家進行了深挖。當然，他們的研究沒有就「介入現實」這個特定話題系統闡述過。其實，當把目光切向當下時代陣痛時，「50 後」「60 後」「70 後」「80 後」四代作家面對的是同樣的寫作資源和社會環境，不存在親歷者、旁觀者、想像者的區別，或者說面對此問題時，作家們經驗的多寡和記憶的盈缺造成的分野遠沒有回眸歷史時那般突出，然而，代際差異並未就此消弭，比如在關注焦點、介入方式、敘事策略、現實情懷上依然呈現出不同風景，而同一代際的作家在現實書寫上又存在某些共性。以代際作為一個視角去觀察不同代際作家的現實書寫，摒棄掉對書寫對象的記憶、經驗等因素的絕對干擾，在同一敘事維度上，更有助於探討他們在精神立場、文化觀念、思維方式上的差異。

眾所周知，書寫當下現實是一個難題。新世紀以來，作家們對這個問題始終在孜孜不倦地嘗試，也奉獻出了不少具有實驗意義的文本。然而，從文學批評的角度來看，學者們仍過分拘囿於單個作家或作品，大量微觀層面的敘事學研究成果難成氣候，比如荒誕與寫實的風格、敘事視角的探究都集中在單篇文本中。其實，新世紀介入現實的小說總體形成了「荒誕」與「寫實」的兩種敘事風格，這一點陳思和已指出。但研究者們對諸多作家在寫實與荒誕間的轉向卻缺少深度追索，如林白、莫言、范小青、關仁山敘事風格的明顯嬗變及背後價值立場的變化都值得探究，且林白、莫言等人還進行了幾度轉型。同時，「寫實」手法在新世紀的復歸也是極富意味的話題。就敘事視角而言，病殘、兒童、亡靈、瘋癲視角等「非常態」視角在介入現實的文本裏集中出現，在文學性之外必然負載著相當的社會學價值。研究者們多著眼於《第七天》《秦腔》《丁莊夢》等單篇小說的分析，而少有將此類視角的盛行作為一個文學現象來索解。我們應追問的是「非常態」視角何以在新世紀介入現實的小說中大量存在，它具有怎樣的敘事功能與價值表述優勢，與此前的「非常態」視角相比，新世紀的這種視角運用發生了哪種變遷，變遷之故是什麼。

在對新世紀「介入現實主義」小說的得失進行估量後，針對創作困境，研究者們也應從不同維度發力，提出突圍路徑。當前，不少研究成果回答了這一問題，但視野往往狹隘或只是隔靴搔癢。我們不妨從「介入現實主義」文學的私人性與公共性出發，以文學紀律和詩性正義作為標尺，提出作家介入「中國

現實」可能性的出路。我們認為，作家無論是在寬闊的大道上奔走還是在狹窄的巷道裏衝撞，不管介入中國現實的心情何等焦急，都應衝破亂花漸欲迷人眼的表象，下沉到生活深處，以自身鮮活而非被宏大敘事磨平的私人經驗、歷史記憶對接公共經驗，撫摸所有冰冷的外部現實，讓它們真正擁有獨立性的文學生命。之所以如此，是因為此類小說呈現的當下中國現實雖然多屬於社會公共議題，但在以文學為載體進行講述時需要有飽滿的個體情感和精神體驗作為支撐或補充，加上文學想像的特性，以此完成私人性與公共性的銜接及轉化，否則就進入刻板化的寫作圈套，淪為不接地氣、深度匱乏的平庸化文學。當然，以文學的方式通往「中國現實」存在著多種可能，但無論從哪一條路徑出發，精神立場和價值判斷都是無法缺失的。價值判斷的喪失或騎牆導致的不是「客觀」，而是一種偷懶、逃避、混亂甚至是軟弱。偉大的作家在進行直抵人心的現實主義創作時，不僅需要貼近現實和直面現實的勇氣與魄力，更要帶著警惕之心和質疑之態，如此，在對現實的「監管」和「督查」中方可燭照出現實的陰影和黑暗。當然，燭照陰影和黑暗並不意味著遮蔽或漠視現實的光亮。也就是說，作家在對現實進行批判時，不能陷在鋪陳醜惡和黑暗的泥淖裏無法自拔，內心深處應該留有「洞口」與理想微光，即如薩特在激進批判的同時始終沒有忘卻「建設性」的宏願。謝有順在《尊靈魂的寫作時代已經來臨》裏同樣呼籲到：卡夫卡也寫惡，魯迅也寫黑暗，曹雪芹也寫幻滅，但卡夫卡的內心還存著天堂的幻念，魯迅的憎恨後面是懷著對生命的大愛的，曹雪芹的幻滅背後是相信這個世界上還存在著情感的知己。〔註56〕遲子建也堅持認為「苦難中的詩意，在我眼裏是文學的王冠。」〔註57〕當然，黑暗或苦難本身並不詩意，只是，在表現現實的幽暗時，寫作者們仍要保留著詩性的光亮。這就要求作家們持守知識分子的風骨，帶著現實關懷和公共情懷去診斷時代病症，關注百姓疾苦，像被譽為「俄羅斯的良心」的索爾仁尼琴那般，成為「中國社會的良心」。

第三節　從未「過時」或「終結」：新時期現實主義文學的譜系流脈

　　回溯「五四」以來的百年中國文學，不難發現，受制於政治文化氛圍、

〔註56〕謝有順：《尊靈魂的寫作時代已經來臨——談新世紀小說》，《文藝爭鳴》2008年第 2 期。
〔註57〕遲子建：《關於寫作的十二則體會》，《收穫》2023 年第 2 期。

媒介形態變革、消費市場需求、作家主體觀念等因子的易變，現實主義文學儘管走出了一條曲折迴環的道路，但作為文學創作的主潮，始終扮演著「執牛耳」的角色。直到今天，它依然歷久彌新，是新時代中國文學激蕩噴湧、保持旺盛生命力的重要源泉。值得注意的是，在不同歷史階段、創作主體及社會語境下，由於政治文化演進、媒介文化與消費語境變遷、代際文化分野、現實觀區隔、跨文化對話等原因，現實主義文學的生成機制、敘事邏輯以及文學形態也發生了流變，構成了花樣繁多的文學模式。此處，為了比較的有效性以及問題的針對性，我們在探討現實主義文學流變的時候，重點關注的是新時期以來書寫當下現實生活的文學經歷的更迭。從廣義上來講，那些反映遙遠歷史事件或勘探個體隱秘世界的作品固然也與現實存在千絲萬縷的聯繫，能或多或少折射出現實問題，但是，它們畢竟遠離了現實的直面，在對歷史的咀摸回味或個人化的世界裏徜徉，缺少了對現實世界的直接關懷。所以，從這個維度出發，20 世紀 80 年代的文學我們只探討傷痕文學、反思文學、改革文學、新寫實文學，尋根作家和先鋒作家對歷史近景的回眸、對形式的癡迷或理念的雕琢並不在我們探討範圍之內。20 世紀 90 年代，作家的文學視野往往向「歷史」和「個人」游移，除了掀起浪花的「現實主義衝擊波」直接關注改革進程中暴露的現實癥結，其他大多數小說要麼回到虛擬的歷史天空，要麼沉溺於私人化的密閉堡壘，或者拘泥於小情小調的文字，亦不屬於我們討論的重點。

一、作家主體意識覺醒下啟蒙現實主義的恢復和重建

回顧新中國成立後的當代文學，雖然社會主義現實主義、革命現實主義和革命浪漫主義相結合的口號層出不窮，但是在這個「共名」〔註58〕的時代裏，現實主義文學卻逐漸發生了精神異化，其「真實性」的標尺被放逐，偏離了現實主義的核心，而後甚至演變成了一種「偽現實主義」。新時期以來，伴隨著十一屆三中全會的召開，在改革開放的春天，社會生活進入了撥亂反正、百廢待興的新階段，人們也迎來了思想破冰的時代。無論是「歸來」派的老作家還是再度張揚起理想風帆的年輕人們，都開始告別歷史的「傷痕」，重新張開「啟蒙」與「個性」的觸角，力圖衝破政治時代的網羅，進入全新

〔註58〕陳思和：《緒論‧中國當代文學的源流、分期和發展概況》，《中國當代文學史教程》，上海：復旦大學出版社，1999 年，第 12 頁。

的文學時代，打造與時俱進的文學世界版圖。那麼，作家們究竟怎樣從創傷歲月的「霧霾」與「夢魘」中走出來，向人們展示朝氣蓬勃的新時期呢？首先，大部分作家選擇了恢復傳統的現實主義文學。在當時大行其道的傷痕文學、反思文學以及改革文學中，我們看到作家們幾乎都懷揣著強烈的時代使命感與現實感，將筆端對準了彼時的重大社會事件與公共問題，彰顯出正視現實與忠實現實的精神。比如，他們對剛剛過去的極端革命事件進行控訴和反思，對當時社會中存在的矛盾衝突進行批判，當然，也包括對改革開放新時代的嚮往與歌頌。從藝術手法上來看，新時期之初的作家們呈現出來的更多是對傳統現實主義「寫實」筆法的復蘇而非藝術革新，「生活是什麼樣子，文學就去呈現什麼樣子。文學不是創造，文學只是還原。」〔註59〕也即，作家們堅持傳統「再現型」的真實觀，強調忠實描摹現實和反映現實，從對生活本身的摹仿中來再現客觀真實，抵達本質真實。不過，這裡的「真實」並非要求作家們一板一眼地將生活中發生的事件搬到文學中，它允許想像與虛構，只是，虛構和想像不能天馬行空，而是要與社會大眾的生活經驗相一致，符合人們的認知範圍。這種現實主義文學還主張「典型化」筆法，要求塑造典型環境中的典型人物。於是，在彼時的宏大話語下，作家們也從彰顯「大我」價值的人物出發，將他們個體的命運流轉與大時代的現實語境和既往歷史勾連起來，經由他們騰挪變化的人生軌跡來凸顯風雲變幻的外部真實。比如，作家們塑造了《傷痕》中的王曉華、《班主任》中的謝惠敏、《芙蓉鎮》中的胡玉音、《記憶》中的方麗茹等浩劫下的「受害者」形象，也打造了《喬廠長上任記》中的喬光樸、《新星》中的李向南、《沉重的翅膀》中的鄭子雲等雷厲風行的「改革者」形象。從創作姿態上來看，在這個波瀾壯闊的新興時代裏，作家們重新揮舞起啟蒙文學和「為人生」的文學旗幟，既對當時社會的負面現實和既往歷史癥結進行批判性言說，也對改革進程中欣欣向榮的建設性未來圖景表達了熱情與嚮往。當然，不管是回眸歷史還是展望未來，作家們「寫實」的筆尖都流淌出了走出陰霾、走向光明的樂觀主義精神和理想主義色彩。這種理想化話語與新時期之初乍暖還寒的政治氣候密切相關，現實主義的偉力之下潛藏的是大時代作家們的政治熱情與政治理想，暗和著當時主流意識形態的宏大政治話語。

〔註59〕閻連科：《小說與世界的關係——在上海大學的演講》，《上海文學》2004年第8期。

二、個體生存語境中還原現實主義的亮相和畸變

20 世紀 80 年代中期，西方文學思潮如千帆競渡般湧進中國，作家們在「影響的焦慮」下紛紛開始技術練兵與觀念探索，現代派小說、先鋒小說、尋根文學等新潮流派異軍突起，共同打造了文學的黃金時代。然而，盛宴之下，現實主義文學似乎黯然失色，從難以撼動的「獨尊」地位退居「邊緣」角落。不過，退守不是退場，也不是走到了窮途末路，而是為了柳暗花明，在「蟄伏」之後再出發。所以，當煊赫一時的文學盛宴風流雲散之後，我們發現現實主義文學又以不同形態展示出來，比如新市民小說、新體驗小說等。其中，在雜樹生花的現實主義「變種」中，「新寫實」小說在 1989 年左右以黑馬姿態強勢出擊，「所謂新寫實小說，簡單地說，就是不同於歷史上已有的現實主義，也不同於現代主義『先鋒派』文學，而是近幾年小說創作低谷中出現的一種新的文學傾向。」〔註60〕當然，總體來看，「新寫實」小說仍應歸屬於現實主義文學，它們與當代社會現實保持零距離接觸，同樣強調直面現實人生，也堅守著傳統現實主義的寫實筆法。只不過，它們主張還原日常生活經驗，追求原生態的、毛茸茸的現實。這種「天然去雕飾」的自然化寫實與新時期之初的現實主義文學顯然大相徑庭。在池莉、方方、劉震雲等新寫實作家眼裏，傳統現實主義奉為圭臬的「典型化」藝術筆法違背了生活本身，畢竟，作家們在宏大話語主導的政治理想、啟蒙理念以及英雄情結下對生活現實進行了二次開掘、提煉或剪裁，此番精細化的加工無疑是對客觀現實的篡改〔註61〕。因此，他們對書寫「典型環境中的典型人物」不屑一顧，甚至將 20 世紀 80 年代初期的傳統現實主義文學（如傷痕、反思和改革文學）都定性為「50 年代現實主義的延續」〔註62〕，不滿之下呈現的是他們「做拼板工作、不動剪刀不添油加醋」〔註63〕的文學觀，力求展覽原汁、原色、原味的生活。當然，他們對現代派作家或先鋒作家高談闊論的「主觀現實」與「精神真實」同樣嗤之以鼻。所以，在「還原」現實這一真實觀的規約和對日常經驗的青睞下，作家們摒棄了傷痕文學、反思文學與改革文學所熱衷的宏大敘事，不再強調歷史使命、集體意識、英雄主義。他們只關注普通人世俗化和庸常化的日常生活，諸如起床、上廁所、洗

〔註60〕《鍾山》編輯部：《「新寫實小說大聯展」卷首語》，《鍾山》1989 年第 3 期。
〔註61〕丁永強：《新寫實作家、評論家談新寫實》，《小說評論》1991 年第 3 期。
〔註62〕丁永強：《新寫實作家、評論家談新寫實》，《小說評論》1991 年第 3 期。
〔註63〕丁永強：《新寫實作家、評論家談新寫實》，《小說評論》1991 年第 3 期。

臉、刷牙、吃飯、趕班車、上班、帶孩子、睡覺等拉雜無序的「一地雞毛」和「煩惱人生」。除了這些個體波瀾不驚甚至枯燥無聊的日常生存原貌，我們很少目睹重大社會現實的出現。與世俗化的生活相得益彰，作家們設置的故事發生地也往往侷限於隱秘的家庭、古舊的單位或逼仄的筒子樓。在這些狹窄壓抑的地志空間和喧嘩嘈雜的生活氛圍中，我們看到的是作家們於對小林、印家厚等個體生存話語的執著描摹，而難以看到如前期現實主義文學般在宏詞亮語中對社會變革、歷史轉折、政治現實、英雄偉業的書寫。可以說，當代現實的豐富性、既往歷史的厚重感、遠大的政治理想幾乎都被日常生活空間擠壓殆盡。池莉、劉震雲、方方等作家試圖通過凡夫俗子們「冷也好熱也好活著就好」的生存狀態與生存哲學來展示千真萬確的「純態」的生活真實。在他們眼裏，「我寫的就是生活本身。我特別推崇『自然』二字。」「我的作品完全是寫實的，是客觀的寫實。」〔註64〕觀照這些作家的價值立場，不難發現，他們規避了新時期之初現實主義文學鷹擊長空般的政治理想、「大我」的價值宣揚與高蹈的啟蒙架勢，當然，他們也與先鋒悍將們極端主觀化的「小我」姿態水火不容。在他們看來，「新寫實真正體現寫實，它不要指導人們幹什麼，而是給讀者以感受。」〔註65〕也即，新寫實小說主張作家們視野下沉，要以客觀化、平民化的心氣去投入雜亂無序的生活洪流，呈現平面、瑣碎、卑微的世俗人生。這種還原生活的文學昭示出來的是新的生存哲學——得過且過式的「活命」哲學。與此類哲學觀相契合，作家們與人物同進退，也最大限度地屏蔽了自己的主體情感，不再扮演精神導師、訓誡者或引路人的角色。他們消解崇高、放逐理想、退散激情、淡化立場，高舉「零度情感」的旗幟。當然，也有不少作家從敘事學角度為新寫實小說「喊冤」。比如閻連科就以《單位》中的「小林」為例，認為劉震雲並非「情感的零度」，只是隱藏或淡化了主人公的情感，「沒有作家不對寫作葆有情感，不對敘述含有激情，只是這種激情在作品中的表達方式不同而已。」〔註66〕不過，無法否認的是，在「原生態」和「純態現實」的標榜中，新寫實小說中作家的主體姿態是降格甚至退縮的。事實上，最初的「零度敘述」並不是完全沒有溫度的機械化寫作，「而恰恰是一種夠得上寒冷

〔註64〕丁永強：《新寫實作家、評論家談新寫實》，《小說評論》1991 年第 3 期。

〔註65〕丁永強：《新寫實作家、評論家談新寫實》，《小說評論》1991 年第 3 期。

〔註66〕閻連科：《激情：小說文本內的文本》，《他的話一路散落》，北京：中國人民大學出版社，2013 年，第 114～115 頁。

的溫度。」〔註67〕只不過，作家們在「引進來」的過程中發生了變異，其「冰冷」的客觀敘述已然偏離了「零度」的原本旨歸。它們的筆觸停留於吃喝拉撒、油鹽醬醋的日常生活流，缺少了一股對「河流」底部存在價值的追索和靈魂力量的支持。比如在《單位》《煩惱人生》《一地雞毛》中，激情、理想、英雄、崇高等字眼遁隱無形，在平面化、碎片化的生活狀態中，也許作家著力於對自我空間的描摹，但日常生活中的人們呈現出來的彷彿只是「坐以待斃」的精神狀態。同時，我們也看不到作為「局外人」的作家對真善美的歌頌或對假惡醜的撻伐，這種直面人生的文字中缺少了一種介入所處時代總體現實的寫作豪情與內在的人文關懷。

三、時代裂變中「現實主義衝擊波」的出場和公共性的凸顯

20 世紀 90 年代中期，中國當代社會的變化可以說是脫胎換骨。在風雲變幻的時代景觀中，《人民文學》《上海文學》等多家期刊呼籲「現實主義文學」的回歸，於是，我們看到了一批聚焦新時代、揭露新矛盾的紀實文學浮出水面。不過，真正掀起波瀾的還是以河北作家劉醒龍和談歌、何申、關仁山三人組成的「三駕馬車」引領的「新現實主義」小說或「現實主義衝擊波」浪潮，代表作包括劉醒龍的《分享艱難》、關仁山的《九月還鄉》、談歌的《大廠》、何申的《年前年後》等，這些作品在 1996～1997 年間因「時代感之強烈，題材之重要，問題之複雜」〔註 68〕而打造了一場蔚為大觀的現實主義文學盛宴。那麼，這類直面改革風雲，演繹轉型時代新生活與新艱難的小說是如何彰顯出現實主義精神的呢？

從內容維度來看，現實主義衝擊波的作家從「新寫實小說」關注的灰色人生中逃離出來，他們如同新時期發軔之初的作家們一樣，懷揣著強烈的責任感和使命感，自覺關注變革中的社會現實和廣闊的人民生活，既展示了改革進程中生機勃勃的一面，更毫不留情地披露了經濟建設方面呈現出來的尖銳矛盾和衝突，並力圖尋求突圍「艱難」的路徑，為未來指點迷津。當然，在反映 90年代的改革新貌和艱難時世時，作家們仍然操持著改革文學中宏大的國家話語，但其楔入的起點除了大型國有企業，還包括中國的基層社會。他們既聚焦企業高層和鄉鎮幹部在改革重擔下面臨的現實困厄與精神壓力，書寫他們心

〔註67〕路文彬：《論當今小說創作中的一種致死病症》，《南方文壇》2017 年第 6 期。
〔註68〕時空：《關於現實主義衝擊波的討論》，《飛天》1997 年第 12 期。

靈纏繞糾葛的「艱難」處境，也關注激流勇進的社會生活中普通民眾的生存境況與命運軌跡，不僅毫無保留地敞開社會經濟建設中出現的種種現實暗影與社會矛盾，也熱情歌頌人們在改革困境中呈現出的真善美。總之，「現實主義衝擊波」的作家們緊握時代脈搏，直面社會現實，關注公共生活，揭露改革困境，客觀、真實、即時地再現了轉型時代的社會景觀。這也是他們自覺的寫作追求，「在這個社會變革時代，我們應承擔起責任，通過寫作承擔責任和表現這種責任。」〔註69〕比如，劉醒龍的《分享艱難》反映了20世紀90年代鄉鎮在經濟改革過程中遭遇的發展困境。作為基層幹部的孔太平為了衝出困境而於各方力量博弈中運籌帷幄，並採取了一些非正常措施甚至是違法行為。談歌的「大廠」系列同樣直擊90年代的社會現實，呈現了國企改革中面臨的蟬蛻與陣痛，尤其刻畫了工人們的命途多舛和艱難竭蹶。「永生永世為人民寫作」〔註70〕的關仁山，其作品《九月無鄉》《大雪無鄉》聚焦山鄉巨變中冀東平原上農民的命運流轉與人性暗落的軌跡，也最早反映了鄉鎮企業如何進行股份制改革的時代命題。對「燕山深處」一片情深的何申，其作品《年前年後》將筆端對準了塞北農村90年代中期遭遇的經濟發展的瓶頸與複雜的民生問題。可以說，這些作品都緊扣時代心弦，保持著對當下社會現實的熱切關注，以毫不迴避的姿態直面改革中的矛盾衝突，並彰顯出了對國家和民族命運的人文關懷。

　　從藝術手法的角度出發，現實主義衝擊波下的作家們並未衝出「舊制」，迎來「新途」，他們依然遵循著傳統現實主義的「寫實」筆法，並致力於塑造典型環境中的典型人物。在《分享艱難》《九月還鄉》《大廠》《年前年後》等小說中，作家們尤其借助現實主義的筆力打造了一個個鮮活生動的國企幹部和鄉鎮幹部形象，既描摹了他們身上鞠躬盡瘁的奉獻精神，也書寫了他們在城鄉轉型時代肩負的改革重擔和錯綜複雜的心理雲圖，對應的是改革瓶頸期的無力與惶惑。當然，與20世紀80年代改革文學中喬光樸、李向南等意氣風發的改革新星不同，現實主義衝擊波文學中呈現的「改革者」大多處於與困獸鬥的迷茫中。儘管他們一心一意為百姓謀利益，葆有克己奉公的精神，可他們並非十全十美的英雄人物。面對改革與轉型的艱難，他們與廣大的人民群眾一樣心急如焚，在法律、道義、欲望、責任之間匍匐掙扎，以致於常常選擇放棄原

〔註69〕時空：《關於現實主義衝擊波的討論》，《飛天》1997年第12期。
〔註70〕周新民、關仁山：《對談：永生永世為人民寫作這是我的理想　農村改革的當代英雄人物依舊存在》，《青年報》2016年10月24日第A03版。

則甚至以犧牲弱者的方式來向現實妥協。比如《分享艱難》中的基層幹部孔太平下到西河鎮後一心一意抓經濟建設，畢竟，「考核標準最過硬的是經濟，經濟上去了就是一好百好。」為了經濟發展，孔太平不惜容忍洪塔山帶著養殖場的大客戶嫖娼，對於檢舉洪塔山嫖妓的匿名信，他也花錢將其銷毀。甚至，洪塔山糟蹋了孔太平的表妹田毛毛，他都忍氣吞聲，「我們說定了，不告姓洪的了！」只因為沒有洪塔山，他的半壁江山就不存在了。所以，面對盤根錯節的社會關係，處處被卡著脖子的孔太平在工作中無法像喬光樸他們那樣大刀闊斧地進行改革。除了孔太平，《大廠》中的廠長呂建國，《大雪無鄉》中的鎮長陳鳳珍雖然在工作中兢兢業業，但在改革進程中都並非「完人」。處於重重阻力與權力漩渦下，他們不能一呼百應、雷厲風行，而是與普通民眾一樣焦頭爛額，舉步維艱中也時常上演淚流滿面的煽情戲碼，或違背原則，屈服於現實甚至向罪惡妥協，這也再次說明了轉型時代並非高歌猛進，而是在蟬蛻中經歷著陣痛。

從敘事姿態來看，風靡一時的「現實主義衝擊波」可謂「文章合為時而著」，當中的作家們固然都直面現實人生，呈現了轉型時代的艱難，在與社會現實的「肉搏」中也彰顯出了自覺的介入意識和承擔意識，昭示出了強烈的公共關懷，並流露出了理想主義色彩，構成了現實主義文學在 90 年代的「高光時刻」。不過，作家們在揭露現實的痛點與難點時缺乏了亢直不撓的「戰鬥」精神。首先，小說雖然毫無保留地敞開了改革大業進入深水區之後爆發的尖銳的矛盾衝突，但面對社會現實中的黑暗陰影甚至違法犯罪的事件，作家沒有貫穿對抗到底的精神，甚至一味地「顧全大局」或為了理想主義光輝的照耀而選擇與現實和解、對惡者寬恕，這種「和解」和「寬恕」並未燭照出作家的大愛精神，更遑論真正的對公平正義的追求，反而成為變相的妥協。其次，90 年代的中國社會在轉型和改革過程中暴露了層出不窮的難題，當中既有根深蒂固的舊患，也有應時而生的新疾。作家們在揭露問題時往往拘泥於社會問題本身，不厭其煩地描述改革大業中問題發生、發展、高潮和解決的過程，看似是一種接地氣的現實寫作，實則卻缺乏了向問題縱深處鑽探的決心。在捕捉到經濟建設和公平正義的角力後，他們常常逗留於黑暗現實的表象，並沒有以文學的方式更深刻地切入時代肌理，診斷出疑難雜症的「病灶」，也就無法從政治、經濟、文化、人性等維度洞察出造成病象的根源。當然，雖然作家沒有對症候進行追根溯源，但是並不妨礙他們對如何突圍改革困境的思考。也即，在拋出

社會問題後，他們仍舊執著於探索「答案」，不過，貢獻的「答案」也招致了爭議。他們或高揚起道德的大旗，借助小說主要改革者的道德感召力來化解難題，或在危機關頭經由「弱者犧牲」的方式來分享艱難，或戲劇性地通過「惡人」幡然醒悟的反轉來力求圓滿。這些路徑往往都裹挾著理想化或樂觀化色彩，一方面缺乏了對社會矛盾衝突的複雜性的呈示，同時，作家們也似乎僅僅在道德、正義等字眼上實現了對改革進程中湧現出來的現實問題的想像化解決，囫圇吞棗式的光明更在一定程度上稀釋了現實主義的批判性精神。尤其值得注意的是，作家們在問題解決的過程中往往給捉襟見肘的改革者們披上了同情的外衣，不遺餘力地凸顯他們的無奈、委屈與艱難。為了讓這番「委屈」合情合理甚至流露出煽情效果，作家們在情節構造上也煞費苦心。在他們筆下，改革者的艱難絕大多數並非個人的欲望膨脹或道德敗壞使然，而是由社會轉型帶來的。所以，為了共同的改革偉業，作家們才提出了讓廣大的社會民眾與基層改革者們共同「分享艱難」的方案。這種處理方式在知識分子人文精神大討論的時代遭遇了「人文精神與歷史理性雙重缺失」〔註71〕「膚淺的現實主義」〔註72〕等炮火猛攻，現實主義衝擊波浪潮下的作家們則倍感委屈，「我不明白，這四個字怎麼就那麼倒人的胃口，它不就是同舟共濟的另一種說法嗎？無論如何，作為一個有責任感的人，對艱難的分享是其起碼責任。」〔註73〕我們認為，「分享艱難」實際上是面對改革宏圖中個體訴求與國家意志產生衝突時，要求普通百姓做出一定的讓步或犧牲，來助力國家突破改革的瓶頸。面對這種「捨小我為大我」的「犧牲」，作家們抓住情感、良知和道德的紐帶，一方面極力凸顯改革者們面臨的艱難險阻和自身的道德魄力，一方面讓處於弱勢地位的民眾在服膺集體話語時自發呈現出深明大義的一面，「以情動人似乎對弱者非常管用，一貧如洗的人們能得到情感的安慰似乎就會滿足。」〔註74〕然而，就現實維度來看，「犧牲」之後，改革者們度過艱難了，廣大的處於社會「暗角」的「引車賣漿之徒」是否就能避開風高浪急，安然突破生存困境？顯然，作家們用愛、奉獻、善良等字眼軟化了這一冷峻的問題，批評者們也從啟蒙敘事的角度對其進行口誅筆伐。最終，現實主義衝擊波黯然離場。

〔註71〕童慶炳、陶東風：《人文關懷與歷史理性的缺失——「新現實主義小說」再評價》，《文學評論》1998 年第 4 期。

〔註72〕王彬彬：《膚淺的現實主義》，《鍾山》1997 年第 1 期。

〔註73〕劉醒龍：《浪漫是希望的一種——答丁帆》，《小說評論》1997 年第 3 期。

〔註74〕薛毅：《「分享艱難」的文學？》，《二十一世紀》1997 年第 10 期。

第四節　新世紀「介入現實主義」小說的獨特性

　　新世紀以來，作家與中國當代現實的關係步入了「蜜月」期。他們與時代同頻共振，契合民眾憂樂，高度關切廣闊閎深的社會現實，聚焦近二十年來的民族公共生活，不遺餘力地書寫社會公共話題。在撲面而來的現實感與當下感中，作家們既彰顯出了對「自己的時代」強勢介入的主體立場，也呈現出了難能可貴的「實地」精神，還以強烈的人文情懷與公共關懷建構起頗有溫度的文學公共空間。比如，在《蛙》《生死疲勞》《兄弟》《第七天》《我不是潘金蓮》《吃瓜時代的兒女們》《帶燈》《極花》《黃雀記》《炸裂志》《日頭》《麥河》《我的名字叫王村》《還魂記》《米島》《經山海》《借命而生》等小說中，面對「泥鰍」般變動不居卻又豐饒多姿的新現實經驗，作家們在現實大地上遊目騁懷，他們或是中規中矩地踏上「平坦大道」，或是另闢蹊徑，穿越「羊腸小道」進入當下社會現實的洞口。無論從哪條路徑出發，這些文本都提供了「向著火跑」的文藝「尖兵」對現實的個性化觀照與反思。面對現實生活中迫切而尖銳的社會公共問題，大多數作家並非浮光掠影地記錄現實，而是力求楔入時代轉型的內在肌理，切中問題病灶，多維度探照挖掘，扯拽出盤結錯落的現實世相。這既昭示了作家們醒世獨立的文學風骨，也展覽了現實的豐富性與複雜性，更激活了廣大讀者的公共意識與現實關懷，喚醒了他們對中國當代現實的關注熱情，讓他們從「一個人的房間」走出來，破繭成蝶中將自我投放到與他者以及社會的「整體的關聯」〔註75〕中，積極加入到現實經驗的討論陣營裏來。在真實的思想表達、開放的自由對話、平等的多元交流下，文學被帶回了公共領域，這讓 20 世紀 90 年代式微的文學公共性得到了復蘇，也讓現實主義文學在新時代開闢了縱橫捭闔的文學疆域。那麼，置身於難以捉摸卻又密不透風的新現實陣仗中，作家們如何走出「杯水風波」，掘開「冰山」下的景觀，從時光景深處透視出當代中國現實的多副面孔？新世紀「介入現實主義」小說究竟綻放出何種「異彩」風光呢？如何在「中國故事」的詩學講述中引領新時代文學的寫作風潮？

　　首先，新世紀「介入現實主義」小說在題材上具有公共事件化的傾向。新世紀以來，世界進入了百年未有之大變局的時刻，當代中國在轟隆向前中也邁向了蟬蛻階段，現實呈現出雜樹生花的格局，與國計民生相關的社會公共事件

〔註75〕〔德〕卡爾・雅斯貝斯：《時代的精神狀況》，王德峰譯，上海：上海譯文出版社，2005 年，第 85 頁。

層出不窮。恰好，「介入」文學強調當下性和即時性，不少作家在直面現實時都跳出了個人化的現實小天地，將目光轉向了公共性的社會問題和現實癥結，比如脫貧攻堅問題、反腐敗鬥爭問題、社會保障問題、教育改革問題、醫療改革問題、住房制度問題、環境保護問題、鄉村振興問題、國家安全問題、道德失範問題、現代人的精神困境和健康問題。毫無疑問，作家們馬不停蹄地「奔波」於各種現實領域，在介入總體性的社會現實之外，還誕生了底層文學、官場小說、高校題材小說和打工文學等幾種典型類型。同時，他們筆下的中國現實也幾乎全方位地囊括了近二十年的社會熱點，也即，這些時代洪流中誕生的重大「中國問題」都具有公共事件化的傾向，觸及了社會公共情緒。甚至，在自媒體高度發達的時代，作家們常會直接取用當下熱點化的新聞素材，以事件化的方式「植入」小說，比如，余華的《第七天》就大面積地採用了社會新聞，「我尋找一些具有今天中國的標誌性事件」〔註76〕，賈平凹的《極花》也取材於真實的女性被拐事件，「痛感在選材中特別重要，要篩選出獨具痛感的題材。」〔註77〕當然，關於脫貧攻堅、精準扶貧、鄉村振興戰略中湧現出來的具有主流時代價值的公共事件，作家們也「隨世運」，以文學的方式給予了高度關注，比如《經山海》《金谷銀山》。應該說，文學現實與社會新聞並非水火不容，而是交集頗多，可以相互滲透。事實上，司湯達的《紅與黑》、雨果的《悲慘世界》等世界文學經典也都取材於彼時真實發生的社會事件。只不過，作家不能停留於「看山是山，看水是水」的新聞真實的還原上，而是要揮舞藝術的「魔法棒」，對社會新聞進行二次加工與創造，將人們所熟悉的公共事件「陌生化」，讓業已過去的新聞經由美學的魔變處理重新發光發亮，留下足夠的想像空間，繼而，呈現出具有思想力與穿透力的另類文學真實。這也是作家們所說的，「不僅要見到眾人所見，更要見到眾人所不見。」〔註78〕惟其如此，才能在新聞結束的地方，讓文學重新啟航，綻放出異質性色彩。

　　除了題材的公共化傾向，在新世紀「介入現實主義」小說中，作家們對社會公共事件和民族公共生活均彰顯出「向著而不是背著火跑」的介入姿態，昭示出強烈的主體意識和棱角分明的價值立場，並積極尋求突圍困頓現實的出路。具體來說，面對前所未有的時代劇變，作家們昂立潮頭，以中流擊水、浪

〔註76〕余華：《文學是怎樣告訴現實的》，《北京青年報》2014 年 3 月 21 日第 B09 版。
〔註77〕許暘：《從紛繁離奇的新聞中剝離刺激元素 蒸餾提煉出小說的厚實與靈動》，《文匯報》2016 年 4 月 15 日第 9 版。
〔註78〕余華：《文學是怎樣告訴現實的》，《北京青年報》2014 年 3 月 21 日第 B09 版。

遏飛舟的姿態熱烈擁抱龐雜而又略顯「堅硬」的現實群,「一個作家沒有參與到現實中去,沒能與時代一同思考,那麼他的作品不會有力量。」〔註79〕在與現實的「肉搏」中,大多數作家並非不痛不癢地「坐山觀虎鬥」,而是保持著嫉惡如仇的「戰鬥意識」和高翔堅實的文學理想,既以與時俱進的眼光聚焦震古鑠今的民族復興大業,也用不避斧鉞的勇毅直擊這個時代的重大社會問題與疑難雜症。他們主動挑破幽暗地帶的膿瘡,發掘現實存在的侷限、困境以及包裹的危險因素,並且力求在「建設性」的實踐中讓光束照進黑暗,探求改造現實的突圍路徑。當然,在直面現實難題和絕不向負面現實妥協的過程中,這些「麥田守望者」往往會「感情用事」〔註80〕甚至劍走偏鋒,他們希望讓文字在觸及公共性的社會情緒或進行生猛的表達時催生出「斧頭」的力量,如此,「把我們內心的許多東西,被凍結的、蟄伏的許多東西砸碎、喚醒」〔註81〕,讓讀者走出一己悲歡,走進廣闊天地,參與到對社會現實的跟蹤、省察和未來中國圖景的建設中來,打造讀者與作者的「精神共同體」。當然,介入現實的寫作並非一定要「心狠手辣」或「聲嘶力竭」,尤其不能只黏滯於道德光景。畢竟,小說有自己的創作紀律,在喚起讀者「正義的憤怒」時,我們同樣要觀照「詩性」的眼光,要讓人看到溫暖與希望,並在亂象怪石中尋找新機,披荊斬棘中開闢新路。如此,才能真正打造直抵靈魂的充滿偉力的文學。

面對萬花筒般葳蕤多姿的中國經驗和接踵而來的中國現實,作家們除了有「擁抱」的熱情,還要具備重新整飭現實的能力,讓駁雜花哨的社會現實轉化為更具審美性、形象性和思想性的文學現實。應該說,新世紀「介入現實主義」小說在敘事機制上不斷突破傳統窠臼,勘探藝術新途,升級美學容器,建構起新的敘事體系。與此前的現實主義文學相比,這一時代的作家們介入現實時不再完全依附於曾經一家獨大的傳統現實主義筆法,而是樂此不疲地進行技術的「反叛」「逃離」和「冒犯」,拒絕現實書寫的「大路貨」,避開前輩留下的「腳印」,打造了花樣百出的介入路徑。比如有蘇童《黃雀記》般距離地面「高度三公尺」的象徵書寫,賈平凹《秦腔》《帶燈》式「法自然」的現實主義,劉震雲《我不是潘金蓮》《吃瓜時代的兒女們》的現實戲劇性書寫,《還

〔註79〕陳應松:《以寫作面對現實》,《文學報》2021年6月24日第5版。
〔註80〕劉慶邦:《不看重眼淚是不對的》,夏榆:《在時代的痛點,沉默》,上海:上海三聯書店,2016年,第317頁。
〔註81〕陳應松:《寫作與讀書:最好的生活》,《寫作是一種搏鬥──陳應松文學演講集》,武漢:長江文藝出版社,2015年,第47頁。

魂記》《炸裂志》《兄弟》《受活》《第七天》《篡改的命》般的怪誕現實主義寫
作，當然，也有《經山海》《米穀》《黃泥地》《金谷銀山》等文的傳統現實主
義格調。總體來看，敘事技巧上從單調一元的寫實走向了異質混成的新路，從
橫向移植的生硬突兀走向了碰撞熔鑄後的收放自如，在探索性、多元化和開放
式的藝術景觀中呈現了色彩斑斕的美學氣象，提供了煥然一新的美學秘境，傳
遞了令人「震驚」的美學體驗，也建構起新時代的文學秩序，如此，均照應了
他們「文學寫作必須有變化，必須出現一種新的形式，以此對變化中的生活做
出回應」〔註82〕的追求。

　　其中，在異彩紛呈的敘事技巧中，不少作家放棄「直道行走」，選擇「彎
道超車」。他們採取了變形或誇張的手法來介入當下中國現實，這種現象近年
來構成了文壇的奇軍勁旅，也成為顯在的文學潮動。置身於變動不居的現實景
觀中，他們自覺單色調的傳統現實主義筆法已然力不從心，因此，紛紛掙脫桎
梏，另闢蹊徑，憧憬在反常化的藝術中抵達常態視域無法洞穿的現實暗隅，展
示疑竇叢生的時代風景，楔入現實的內部肌理，穿透現象真實去勘探本質真
實，從而到達真理彼岸。具體而言，作家們從循規蹈矩的「必然王國」出逃，
在星羅棋佈的意象構造、獨樹一幟的敘事視角、經緯交錯的時空建構、雜糅異
質的敘事語言中飛向了自由馳騁的藝術高空。他們衝撞著敘事陳規的網羅，破
繭成蝶、乘風破浪，既敞開劇變時代現實幽暗處暴露的危機，也掘開社會政治
文化土壤中根深蒂固的黴菌。同時，在迎面而來的現實感與當下感中，作家們
始終保持著對社會大眾生存境況和精神狀態的人文關懷，怪誕的藝術中也潛
藏著對「人民性」的別樣演繹。當然，無論是寫實還是怪誕，在「探險」和「接
地」的美學突圍中，新世紀的作家們都排斥千篇一律的「合唱」，而是希望成
為「以我自己的腔調、曲譜來唱出自己的歌聲的人。」〔註83〕

　　值得注意的是，在向「現實」返程的過程中，作家們還無懼砂石，開闢新
路，引領了「現實化」與「本土化」的浪潮，打造出開放性的東方化景觀，實
現了從追風逐流到引領風向的突轉。這有助於復興中國傳統文化，喚起民族文
化自覺，重構民族精神圖譜，堅定公眾的文化自信，彰顯中華美學精神與中國
氣派，建構新時代「中國特色」的話語體系。從內容出發，他們不僅立足本土

〔註82〕 李洱：《問答錄》，上海：上海文藝出版社，2017年，第136頁。
〔註83〕 閻連科：《尋找、推開、療傷——在澳大利亞佩斯作家節的三場演講》，《一派
　　　　胡言》，北京：中信出版社，2012年，第89頁。

的現實大地，而且還不忘挖掘傳統文化的富礦，在打撈、激活或改造中萃取出新生因子，呈現出傳統與現實交匯融合的文學氣象。從技巧出發，作家們也告別了「影響的焦慮」，回到了「民族的天空」。首先，本土文化資源對作家們的思維方式、審美眼光、藝術想像視角和精神氣韻等產生了制約作用，影響了他們的真實觀和現實觀，關乎他們怎樣認識現實，如何介入現實和表述時代。其次，作家們還直接盤活了傳統文化中的文學技巧，進行美學的「拋光」與「易容」，讓「舊瓶」不僅能裝新酒，還能換「新裝」，由此創設了層出不窮的新型東方化藝術手段，突顯了「中國氣象」和「民族氣韻」。當然，東方化技藝下潛藏的依然是作家在日新月異的大時代下中國觀、世界觀、文化觀的更迭。

在新世紀「介入現實主義」文學中，作家們講述「中國故事」時不僅扎根於本民族的現實土壤，聚焦時代精神，還置身於世界「風景」中，具備了全球性的文學眼光，這也暗和了人類命運共同體與世界文學共同體建構的理念。應該說，新世紀以來，伴隨著全球化進程的加劇和中國改革開放的深化，中國與世界的聯繫越發緊密，作家們在認識當代中國現實時，其視界也越發開闊。他們意識到錯綜複雜的現實景觀雖然植根於中國大地，但是不可避免地包裹著諸多全球性因素。按照他們的說法，當代文學只有立足於「世界性的通感」〔註84〕，不斷地「到世界去」〔註85〕，才能譜寫出具有普遍性的世界意義的現實力作。於是，在「介入現實主義」小說中，作家們一方面關切人類共同的命運走向，挖掘出通約性的世界現實問題，比如全球化時代各個國家都聚焦的現實熱點，類似於公共衛生安全問題、生態環境保護問題、金融危機問題、戰爭問題等。與此同時，作家們在熱氣騰騰的現實之下也從人類學視角出發，掘進了超越時代的人性問題、人道主義問題或歷史感等人類普遍的情感與存在維度永不過時的命題，探查人性的幽微黯淡與人心的曲折迴環。應該說，在與世界現實的耦合中彰顯人類世界共同的情感底色，更易消除文化偏見與隔膜，喚起域外「他者」的情感共鳴與精神共振。畢竟，文學是一項關乎「人」的事業，「所有人，不管你待在地球的哪個角落，『人』之為『人』的那些東西是共通的。」〔註86〕除了在現實的內容層面彰顯出全球化特徵，作家們在技巧上也不

〔註84〕鄭周明：《以「世界性的通感」，進入中國的現實與傳統》，《文學報》2020 年 1 月 9 日第 5 版。

〔註85〕游迎亞、徐則臣：《到世界去——徐則臣訪談錄》，《小說評論》2015 年第 3 期。

〔註86〕徐則臣：《中國文學的世界之路——在美國愛荷華大學的演講》，張清華編：《中國當代作家海外演講》，北京：北京大學出版社，2012 年，第 192 頁。

是故步自封或孤芳自賞，而是保持著面向世界、博採眾長的開放性姿態。在東西方的跨文化對話中，他們依然攫取著異域他鄉的奇花異果，對外國文學資源進行「中國特色」的吸收、創化與重構。最終，作家們在傳統與現代、虛擬和現實、本土及世界之間把握住平衡的支點，解鎖了「揚帆出海」的密鑰，在世界文學場域中獲得了更多平等的「文學性對話」與「生成性對話」機會，也在「自我」與「他者」的討論中建構起巨大的文學公共性，使新世紀「介入現實主義」小說以「中國在場」的積極姿態成為世界文學共同體中的重要角色和創造性力量。可以說，新世紀「介入現實主義」小說在「現實」這塊文學故土上縱橫馳騁、開榛劈莽，既建構並堅守了「中國當代現實主義文學的獨特性」以及「原創性」，也在「接受世界、立足傳統、融入世界」的過程中「走向世界」，朝著文化他信、互信、共信的征程發力。

第二章　新世紀「介入現實主義」
小說的敘事學分析

第一節　新世紀「介入現實主義」小說的「非常態」
敘事視角

　　新世紀以來，伴隨著全球化、信息化、工業化的深入發展，當代中國迎來了前所未有的劇變。在陣痛、蛻變與改革中，現實呈現出日新月異的發展面貌，但林林總總的社會問題也隨之突顯。近二十年來，脫貧攻堅問題、腐敗問題、醫療問題、教育體制改革與教育危機問題、公共安全問題、生態環境問題、資源分配不公與貧富分化問題、城市化進程中的「三農」問題、人口問題、道德失範問題、現代人的精神困境和健康問題等現實話題輪番上陣，紛紛登上年度熱搜榜。面對一幕幕鮮活卻棘手的現實景觀，作為「社會良心」的作家們沒有對現實繞道而行，而是再次彰顯了知識分子的責任感和使命感。他們有的從「飛翔」的高空開始降落，有的從私人化的幽閉空間走出來，有的從歷史的廢墟裏逃離，最終抵達了地面遼闊深遠的現實世界中，紛紛將筆端對準當下現實和民族公務，以強勁的主體姿態介入時代，在「痛」與「愛」交織的情感中成為文學戰線的「尖兵」，推出了一批「介入現實主義」的力作。

　　然而，正如批評家陳曉明所言：「作家關注現實是需要的，但如何關注和書寫現實，在當下是一個難題。」〔註1〕他們以何種方式介入斑駁繁複的現

〔註1〕陳曉明：《我們如何處理當下現實》，《新京報》2013年6月22日第C04版。

實，才能切中時弊又與眾不同？顯然，尋找獨特的敘事視角成為一條出路，因為視角問題作為「最複雜的方法問題」〔註2〕（帕西·拉伯克），構成了「一個敘事謀略的樞紐，它錯綜複雜地聯結著誰在看，看到何人何事何物，看者和被看者的態度如何，要給讀者何種『召喚視野』。」〔註3〕閱讀新世紀「介入現實主義」小說，不難發現，面對光怪陸離的當下現實和接踵而來的時代危機，眾多作家選取了「非常態」視角進行敘事。所謂「非常態」視角，是指異於常人的視角，他（它）們或存在認知上的缺陷，或缺乏思維能力，比如亡靈視角、動植物視角、兒童視角或瘋癲視角。其中，《狂人日記》中的狂人、《喧嘩與騷動》中的班吉、《野性的呼喚》中的狗——巴克、《鐵皮鼓》中的侏儒奧斯卡、《佩德羅·巴拉莫》中的遊魂等均為中外文學史上典型的「非常態」敘事主體。回到新世紀「介入現實主義」小說中，我們看到了多種形態的「非常態」視角競相湧現，比如《秦腔》中的瘋子引生、《赤腳醫生萬泉和》中憨傻的萬泉和呈現的是瘋癲視角，《生死疲勞》中由大頭兒轉世而成的動物、《豹子最後的舞蹈》中俠骨柔腸的老豹、《麥河》中與白立國相依為命的蒼鷹虎子、《捎話》中能預知生死的小毛驢、《烏鴉》中以善為美的烏鴉呈現的是動物視角、《福地》中500多歲的老槐樹、《米島》中千年靈性的覺悟樹、《種戒指》中特立獨行的麥子呈現的是植物視角，《第七天》中的遊魂楊飛、《還魂記》中借屍還魂的柴燃燈、《丁莊夢》中被毒死的「我」、《後上塘書》中的冤魂徐蘭、《幸福的一天》中靈魂出竅的馬全呈現的是亡靈視角，《萬物花開》中腦子裏長了 5 個瘤子的少年大頭、《四十一炮》中的炮孩子羅小通、《我們家》中的精神病患者段逸興、《西洲曲》中的自閉症兒童水壺呈現的是兒童視角。與常態視角相比，這些視角固然彰顯出了陌生化氣質和獨異性色彩，實現了藝術陣地的突圍。

但是，有一點值得懷疑，作家們眼中聚焦的是熱氣騰騰的當下現實，它敏感尖銳、複雜多元且又變化不斷。對此，理性世界的人們都難以洞徹現實真相，那麼，這些「非常態」視角人物和事物又具備何種優勢來與強勁沉重的現實對壘呢？作家選擇「非常態」視角人物作為敘述者，除了彰顯他們在寫作上「翻越高山」的自律性要求外，能否真正揭開殘酷現實的面紗，以一種新穎別

〔註 2〕陳平原：《中國小說敘事模式的轉變》，北京：北京大學出版社，2010 年，第 58 頁。

〔註 3〕楊義：《中國敘事學》，北京：人民出版社，1997 年，第 191 頁。

致而富有意味的形式對現實進行有力的發問，並建構起一種文學公共空間，引發讀者重新審視、思考和反省現實？既然是「介入現實主義」小說，那麼理應要昭示出鮮明的主體姿態，現在，作家們統一選擇「隱身」或「退場」，讓被忽視的「非常態」主體站到現實舞臺面前，面對錯綜複雜的社會矛盾，是否會出現捉襟見肘的困局，存在主題表達偏差或故事講述的盲點？

一、局外人的身份與對現實的敞開

在新世紀以來的「介入現實主義」小說中，「非常態」視角人物／事物往往與天、地、鬼、神、獸勾連，他（它）們汲取天地之氣，和萬物相融，體內保留著自然純真的因子，常依靠生命的直覺來認識世界。由於智力因素，某種程度上，他（它）們也與巴赫金筆下的傻瓜、騙子、小丑具有相關性，而巴赫金認為，傻瓜、騙子和小丑都具有「不理解」特性〔註4〕，所以，我們考察的這些「非常態」視角人物常常具備了「天真」和「不理解」的雙重特點。以他（它）們作為敘述人，儘管有時避免不了第一人稱限知敘事帶來的主觀抒情性，但由於其經驗的匱乏和理性的缺失，加上大多數人與物在小說中並不作為絕對主人公而存在，他（它）們在敘事上的功能依然更多是呈現而非講述。換句話說，面對萬花筒般的社會現實，他們缺少分析的技能，卻能進行原生態地還原，當然，還原並非意味著成為沒有情感的機器。對於變動不羈的現實而言，這番還原具備了直接面對現實敏感問題，甚至是尖銳刺向現實，披露事情真相的功能。之所以如此，還在於「非常態」視角人物作為常態社會的「棄兒」，與常態世界構成一種疏離或對立關係。作為局外人，他（它）們與塵世的功名利祿無關，言語也不會對任何人構成實質性威脅，因此，在看待現實世界時一般不需要害怕和規避什麼，敘述極其自由且灑脫。也許「非常態」視角主體無力釐清現實內部的經緯，但卸下種種枷鎖後，恰好能展開現實的褶皺，將生活縫隙中那些沉積的污垢暴露出來，發現常態視域中不易察覺的「瘋狂」及「變異」。

這裡，我們主要以兒童視角為例來進行剖析。之所以如此，一方面是因為「夫童心者，絕假純真，最初一念之本心也」〔註5〕，兒童具有「真」和「純」

〔註4〕〔蘇〕巴赫金：《小說理論》，《巴赫金全集》（第三卷），白春仁、曉河譯，石家莊：河北教育出版社，1998年，第358頁。

〔註5〕〔明〕李贄：《卷三童心說》，張建業編，《李贄文集》（第一卷），北京：社會科學文獻出版社，2000年，第92頁。

的特徵，在看待和理解世界時表現出了未經斧鑿的原初性和自然性，彰顯出「詩性思維」〔註6〕的同時能經由「祛魅」和「去蔽」來抓取現實世界裏難以被成人察覺到的細節。另一方面，兒童由於其心智尚未成熟，所以，不僅被常態世界看作「他者」，還被成人世界所規訓，是成人世界的「邊緣者」。正是這種弱勢地位和「局外人」身份，讓他們與常態社會和成人世界產生了罅隙，也讓他們能沒有包袱地突入現實地帶和成人領地，揭開成人的秘密或挖掘現實的暗角。為了更集中地闡釋兒童視角在敞開現實上的敘事功能，我們以「80後」作家顏歌的《我們家》為例進行分析。作為年少成名的「80後」作家，在告別了殘酷青春物語的青澀之後，顏歌開啟了「百變女王」的時代，從《異獸志》到《聲音樂團》，她不斷衝破美學舊制，闖出敘事新途。當然，不管「飛翔」在何處，故鄉的痕跡從未消失。直到長篇小說《我們家》的誕生，平樂鎮儼然成為一個文學地標。與「平樂鎮」汲汲相關的不僅是顏歌對故鄉的回眸，更是她對城鎮結合部所折射的中國社會現實的觀照，凸顯了「80後」作家的現實關懷和公共情懷，也昭示出年輕一代「介入」現實的能力。

顏歌的《我們家》將故事背景設置在她的故鄉平樂鎮，伴隨著郫縣豆瓣醬炒出鍋的鮮香麻辣，段逸興一家波瀾不斷的世俗生活畫卷也於煙火氣息中拉開帷幕。作者以平樂鎮一家三代瑣碎滑稽的生活點滴來記錄時代和人們精神的變遷，涉及財產分割、婚內出軌、人倫失衡、親情淡漠等當代中國的公共話題，俏皮潑辣的敘述中隱含著作者對中國社會改革進程的考量和對中國模式下傳統「家」文化根基動搖的反思。

《我們家》運用第一人稱的少女敘事，敘述者「我」（段逸興）是一個從未出場的精神病患者，輩分上屬於這個大家族的孫子輩。之所以選擇兒童視角，顏歌自言：「這是我作為小說家『童心未泯』的表達。」〔註7〕的確，兒童視角在訴說小鎮家庭故事時營造出天然的親切感，與小說活潑幽默而又懵懂無邪的敘述語調相得益彰，也和川西小鎮麻辣鮮活的煙火氣和風俗畫不謀而合。但是，將敘述者的身份設定為一個精神病患者，顏歌無疑懷揣著更大的敘事野心，這番「野心」體現在對現實的袒露上。她希望由小道超越，來更快速、自由地抵達新時代社會鄉鎮現實的核心地帶，燭照出大時代下普通個體的精

〔註6〕〔意大利〕維柯：《新科學·引論》（上），朱光潛譯，北京：商務印書館，1989年，第44頁。

〔註7〕顏歌、於麗：《這哈哈一笑就是我的主觀態度》，《新京報》2013年7月20日第C11版。

神鏡像。那麼，如何敞開現實呢？小說中的「我」因患瘋病而常住醫院，與家族成員在生活空間上首先就產生了位移。從情感層面來看，「我」也是被這個理性而「體面」的家庭忽略在外的，一家之主奶奶對「我」冷眼相待，春娟豆瓣廠的總經理「渾」爸爸薛勝強整日花天酒地，媽媽也僅是偶而關注「我」的動態。小說中對「我」的描述只是寥寥幾筆，可以說，「我」是被這個大家庭遺忘的。不僅如此，顏歌還延襲了莫言在《紅高粱家族》中極具開創意義的「我爺爺」「我奶奶」式的敘述方式，全程以「我爸爸」為主語詮釋故事。這樣，以奶奶為中心的發家史以及爸爸的墮落史就因當前的「我」來講述而拉向了現實，「我」憑心情自由操控他們的故事。當這種敘述語態和「我」與這個大家庭疏遠甚至是陌生的生存格局膠合在一起時，「我」與父輩及整個家族之間實際上形成了一種平等對話的關係，不必顧忌輩分上的等級秩序，因此，「我」得以「沒心沒肺」、悠然自得地訴說著此番與「我」似乎沒有太大關係的家庭的故事。在「我」時斷時續、時空交錯的講述中，這個榮光家族中的矛盾、隱私和醜聞輕而易舉又自然而然地曝光出來，比如爸爸的性史、媽媽的婚外遇、兄弟因金錢失和等。同時，正因為「我」是瘋癲者，具有「不理解」的特性，即對於金錢、性、權力之間的糾葛並不能深悟，所以，面對家族成員荒唐恣意的生活趣事和接踵而來的窘境，才能拋卻道德陳規的束縛，自由遊走其間，以簡單的思維與風趣的口吻將骯髒的現實事件一一鋪陳開來。當然，顏歌設置病殘兒童視角的目的並不止步於揭露社會現實。「我」與這個家庭的生死歌哭看似是抽離的，但因為「我」是薛勝強的女兒、薛春娟的孫女，無論「我」是作為兒童還是瘋子，都始終是這個家庭的一員，因此，由「我」來講述「我爸爸」「我奶奶」的故事，「為敘述人挖苦嘲弄祖宗大開方便之門」，不僅方便，「效果也更加強烈，反諷意味更濃。」〔註8〕也就是說，儘管「我」拒絕對父輩們荒淫混亂的生活作任何道德判斷，儘管顏歌在娓娓道來的敘述中看似對轉型期的中國鄉鎮現實彰顯了一種理解和包容，這並不意味著諷刺現實力量的闕如。站在更宏闊的維度來看，爸爸薛勝強是今天鄉土中國現代化轉型過程中極具典型性的小鎮私企老闆形象，而我們這個普通的家庭也可視為中國鄉鎮社會發展變遷過程中的一個縮影，故而，對他們的諷刺實際上指陳了鄉鎮社會自改革開放後浮現出來的種種弊端，特別是在金錢至上和享樂主義之風盛行時

〔註 8〕陶東風：《文體演變及其文化意味》，昆明：雲南人民出版社，1994 年，第 217 頁。

人們精神的荒蕪、信仰的漂移與人格的墮落，這也是鄉土中國在發展過程中必須經歷的陣痛和蟬蛻。

不僅是《我們家》中扮演「缺席的在場者」的段逸興，《虛土》中主觀上拒絕長大的守夢人「弟弟」、《萬物花開》中腦子裏長了五個瘤子的大頭、《四十一炮》中滔滔不絕的「炮孩子」羅小通、《花街往事》中的歪頭少年顧小山、《刻舟記》中開天眼的兒童劉天林、《西洲曲》中的自閉症兒童水壺在敞開現實上都呈現了類似的功效。儘管這些兒童不能理解情慾、金錢、權力、政治所蘊含的深意，但卻自然而然地呈示了弔詭或殘酷的現實世相。其實，兒童尤其是病殘兒童作為與社會規範相悖的人物形象，本身就已構成了對現實的否定力量，恰如學者趙毅衡所說「現代小說用一個智力上成問題的人物作為敘述者，往往就預先埋伏了這樣一個價值判斷：被『文明社會』玷污的智力與道德敗壞共存，智力低下者反而能看出這社會出了毛病。」〔註 9〕除了兒童，傻子、瘋子、動物、植物或鬼魂實際上都具有某種病態特徵，因而，他（它）們眼中呈現出來的現實世界均存在些許缺失。可以說，這些就是病態人物身上承載的隱喻義，即巴赫金提及的小丑、傻瓜等「非常態主體」總是「處於譬喻之中」〔註10〕，作家們常以人物／事物的殘缺來寓言社會的病象以及現實的困境。

二、神秘主體與對現實的詩性超越

綜觀新世紀「介入現實主義」小說，不難發現，敘述者由於自身的特殊性，體內往往蟄伏著神性和靈性因素，不僅流露出浪漫氣質，還因為一些特異的秉賦而擁有了全知全能的功能，比如《福地》中「知曉麻莊發生的一切」的老槐樹，《米島》中汲取日月精華的覺悟樹，《捎話》中「能看見聲音顏色和形狀」的毛驢謝，《丁莊夢》中能隨意出入他人夢境的亡靈，《萬物花開》中能「眼觀六路、耳聽八方」的大頭等。這些神秘主體感覺器官敏銳、想像力卓爾不群、視野獨闢蹊徑，不僅逃脫了階級、立場和名利的束縛，還能打破常態時空的界限，抵達常人無法觸及的領域。這樣，憑藉著「通靈者」身份或天賦異稟的能力，他（它）們不僅能揚眉仗劍般毫無顧忌地直刺社會尖銳世相，更是經由異

〔註 9〕趙毅衡：《敘述形式的文化意義》，《外國文學評論》1990 年第 4 期。

〔註10〕〔蘇〕巴赫金：《小說理論》，《巴赫金全集》（第三卷），白春仁、曉河譯，石家莊：河北教育出版社，1998 年，第 357 頁。

常通道和靈敏觸感抓取到了常人無法視見或聽聞的秘密，尤其楔入了人性深處的幽微黯淡，伴隨著靈性與神性因子，在嘈切錯雜的現實之外還流露出了一股從容的詩性意味與憂傷色調。比如《後上塘書》中的冤魂徐蘭漂浮在半空中，擺脫了俗世的羈絆，對劉傑夫以及上塘村發家致富史背後那些鮮為人知的秘密反而能夠遊刃其間，同時，借助亡靈的力量，更能觀照到鄉村個體在社會急劇變革中的精神迷失和人性脆弱。《西洲曲》中的自閉症兒童水壺異常敏感、幻覺超常、內心豐盈，在一個人的幻想世界中，他與棋局對話，和瘋子、死去的嬰兒交流，對發病的母親極其依戀。正是在鬼魅式的溝通和對墓地的解密中，水壺深入他們的精神腹地，揭開「計劃生育」政策在執行過程中不為人知的秘密，也能探觸鄉村底層邊緣人物內心隱秘的創傷。《福地》和《米島》中「得日月之精華，受天地之靈氣」的槐樹和覺悟樹早已成精通靈，它們觸覺敏感，能與鬼魂對話、和動物交流，還攜帶預知未來、參透命數的能力。因為通靈的稟賦，槐樹和覺悟樹的視角也實現了從限知到全知的跨越。由此，它們俯瞰著現實大地的一切，將麻莊和米島的任何風吹草動都盡收眼底，也就敞開了中國歷史變遷進程中的諸多真相，它們既和民族宏大歷史相連，又與小人物的生死歌哭對接。《生死疲勞》裏的動物們也憑藉特異功能撥開層層迷霧，捕捉到當代中國半個世紀土地變革史中滋生的一系列醜聞與惡行，呈現了人性與獸性的博弈。可以說，借助神秘、鬼魅的「非常態」個體，不僅可以更方便地打開現實真相的大門，還能楔入人們的精神堡壘，袒露人性的幽暗與光明。此外，非常態主體自然無偽的天性還能促使他（它）們在揭秘滯重的現實時顯露出一股哲學色彩和詩性韻致，彰顯出「輕逸」的姿態。這種「以輕擊重」的方式也有效緩解了作家們如何「表現自己時代」的焦慮情緒。

　　伴隨著通靈的魔法，在時空的自由轉換中，這些「非常態」視角主體不僅具備了指控現實、敞開真相的能力，還獲得了逃離現實的法門，他（它）們遁入另一重神秘空間，也是其內心的「神聖空間」﹝註11﹞，擁有了狂想的力量，並以此實現「對庸常生活的詩性超越」﹝註12﹞。譬如《第七天》中的楊飛生前完全是一個社會邊緣人物，但死後獲得了前所未有的自由，尤其是在詩情畫意

﹝註11﹞ 龍迪勇：《空間敘事學》，北京：生活・讀書・新知三聯書店，2015 年，第 115
　　　　頁。
﹝註12﹞ 何衛青：《小說兒童──1980～2000：中國小說的兒童視野》，青島：中國海洋
　　　　大學出版社，2005 年，第 121 頁。

的「死無葬身之地」感受到了人性的溫馨。這種溫馨也是余華用空間對照的曲筆給讀者留下的希望,「我在寫的時候,感到現實世界的冷酷,我寫得也很狠,所以我需要溫暖的部分,需要至善的部分,給與自己希望,也想給予讀者希望。」〔註13〕《萬物花開》中與萬物相通的大頭既能沉浸在對水牛妞兒的思念中無法自拔,以至產生畸形性慾,又能在「恢弘」的螞蟻洞裏徜徉參觀,還能在瓜果世界裏暢想交流。身處「異域」空間,他的生命力量得以爆發,也尋求到了一條自由之路,「自由」和「生命」〔註14〕正好照應著林白的敘事追求。《四十一炮》中的羅小通身在混沌的現實,卻也在想像中奏響了過去的輝煌曲。《西洲曲》中的水壺正因為於「計劃生育」政策的執行中開啟了不斷失去的成長史,在悲愴中他逃往墓地,企圖獲得一絲慰藉。從審美意蘊來看,如此的時空切換為文本籠罩了一股神秘感,塗上了一層靈性和詩意的光輝。從內容層面來看,無拘無束的空間穿梭可以擴大敘述容量,多方位來呈現撲朔迷離的現實世界,其中不乏傳奇色彩。對於讀者而言,則存在一種力量牽引著他們走向一個未知的神秘世界,即另一重為常人所忽視的時空,這一時空看似靜止不前,與現實相悖或者虛幻而不存在,實則也是現實真相的一種變形或扭曲。所以,在這一極具隱喻和象徵意義的時空裏游蕩,能啟發人們去解鎖那些波詭雲譎的物象與現實生活的關係。

需要追問的是,這種逃離後的時空固然構成了對現實生活的超越,昭示出蓬勃而詩性的狂想力量,但他(它)們為何執意選擇逃離?其逃離又彰顯著作者怎樣的現實觀和人文情懷,作者能否借他(它)們的逃離完成對當下現實的冷靜分析?又或者,這些「非常態」視角主體是否真正實現逃離的夙願?

之所以逃離,固然是因為無法承受的現實之重,但抵達的理想空間往往只是幻境般的存在。以林白的《萬物花開》為例,在長瘤少年大頭混亂的視角和「飛翔」的思維中,「王榨」村呈現出了一派野蠻生長、眾聲喧嘩的原生態狂歡畫卷。不過,看似生機盎然、奔放自由的「王榨」,實則存在著群體械鬥、權錢交易、暴力執法、失學缺醫、倫理潰敗、空心村、自殺家暴、文明式微等藏汙納垢的暗角景觀。對於少年大頭來說,因為腦子裏「灰色的花瓣」樣的瘤子作祟,死神隨時降臨,而父親坐牢、母親改嫁的事實讓他只能與體弱多病的

〔註13〕余華:《我們生活在巨大的差距裏》,北京:北京十月文藝出版社,2015 年,第 219～220 頁。

〔註14〕林白、陳思和:《〈萬物花開〉閒聊錄》,《上海文學》2004 年第 9 期。

奶奶相依相伴。作為「王榨」的邊緣人，大頭的人生色調過於灰暗。不過，也正是那像花一樣燦爛、像蝴蝶一樣飛翔的瘤子賦予他「幻想」和「飛翔」的能力。在人間世界無法感受溫暖，他就進入狂歡化的幻想天地，企圖從動植物那裡尋找知音和安慰。在與它們的交流中，他感到被重視和欣賞，找到了男性的征服感，獲得了「人」的尊嚴。同時，他也看到了這個世界的輕盈、純粹及溫馨，映襯著現實的滯重、污穢和暴力。林白從「一個人的房間」中走出來後希望與「天地萬物風雨同行」〔註15〕，她無意與現實決裂，只是在後記中深情地寫道：「願萬物都有翅膀」〔註16〕，從而於黑暗的現實中得以飛翔。當然，這是一個美好的幻想，但終將成為泡影，正如大頭希望妞兒變成馬飛奔去美麗的地方時，感慨道：「其實是我自己想變成一匹馬，跑到內蒙去，但我已經沒有力氣了。」在小說中指揮千軍萬馬的作者面對沉重的現實生活也只有長籲短歎。《西洲曲》中的水壺體驗到死亡的殘酷，目睹了政策的罪惡，飽嘗了屈辱的滋味，因而，他時時逃往墓地，尋求平靜和安寧。在我看來，這是一個抱持著悲憫情懷的作者在見證了現實中的種種創痛之後為主人公尋找的一條出路，可這個地方的終點是死亡，因此，蘊含著無路可逃的困頓。在絕境中，作者從不迴避和遮掩，在忠於個人記憶與立場的基礎上集中筆力討伐政策，思考並批判現實對人的摧殘，這也印證了鄭小驢的文學觀，「批判是我介入這個世界的連通器，是我生活在這個時代的一種自我認知。」〔註17〕

　　由此可知，「非常態」視角主體們雖然不乏通靈的「法術」，卻無法真正實現對現實的叛逃，作家只是利用苦心經營的多維空間映照了現實世界的冰冷和黑暗，表達著對現存社會的反抗與疏離。他們渴望建構另一個平等、友愛、互助的家園空間，但深知這個空間畢竟只是一個烏托邦，亡靈、兒童、動植物、瘋子或傻子作為喑啞無力的一群，對現實世界施加不了任何作用力。因而，二元對立式的空間設置也包含了作者對波詭雲譎的現實病象的一種悲觀、絕望和無力感。不過，不管是烏托邦還是桃花源，都代表了作家在絕望之餘的某種理想或幻想，至少可在精神上給予無家可歸的肉身們一個安慰，「現實世界令人絕望之後，我寫下了一個美好的死者世界」〔註18〕，「我想，雖然世界上每

〔註15〕林白：《林白：「戰爭」更野性，「北去」更豐富》，《長江文藝》2013 年第 8 期。
〔註16〕林白：《野生的萬物》，《作家》2003 年第 4 期。
〔註17〕王迅：《「80 後」新生代：經典趣味的追索者》，《文藝新觀察》2014 年第 4 期。
〔註18〕田超、余華：《余華談新作〈第七天〉：我寫的是我們的生活》，《京華時報》2013 年 6 月 27 日第 35 版。

天都發生令人悲觀的事情，但還是希望自己的內心有亮光。」〔註19〕作家們在冷酷的現實中貢獻出一絲亮光與暖意，對應著阿甘本所說的「力圖抵達卻又無法抵達的光」〔註20〕。

三、歷史的「怪獸」形象與對現實的拒絕

在空間設置上，除了現實世界和虛擬世界的安排，還有一個現象備受關注：現實世界張揚的通常是一路高歌猛進的現實風貌，而虛擬世界或理想世界代表的是一種延宕、停滯或退守的姿態。如此，空間比照中也隱含著時間對立的意圖，照應著「小說既是空間結構也是時間結構」〔註21〕的布局。就「非常態」視角主體而言，他（它）們因為回歸自然的天性或與常態社會的「絕緣」關係而選擇了靜止甚至後退，和正在行進的現實扞格不入。時間之箭越是一往無前，他（它）們越是紋絲不動或乾脆折返到歷史的河流中。這種與現實的錯位也讓他（它）們化身成歷史的「怪獸」形象。比如《我們家》中的段逸興對外面鮮活熱辣的生活毫無興趣，她執著駐守於精神病院。與處於時間激流中的「我們家」和日新月異的川西小鎮相比，醫院的時間可以說是緩慢甚至靜止的。段逸興通過空間的隔絕來拒絕和時代變化保持一致的步調，由此表達對正在行進中的現實的不屑。《萬物花開》中讓大頭傾心不已的瓜果世界和螞蟻洞作為村莊「王榨」暗流湧動下的化外之境，對應的是散發著「泥土的芬芳」的慢時間，繼而來抗拒鄉村的異化。至於《第七天》中的「死無葬身之地」、《還魂記》中的墳山、《西洲曲》中的墓地，均是與死亡遙相呼應的領域，自然代表的是時間的凝固。在歸然不動的時間中，他（它）們彷彿才能忘卻仇恨，治癒人心撕裂的痛楚。可以說，時間的前進帶給這些邊緣個體的不是先進科技與文明成果的享受，而是不斷喪失或被拖拽行走的精神苦痛。因而，他（它）們選擇疏離時代，而在與時代的脫離關係中，這些個體均呈現出對社會公共秩序的不滿和對急劇變化的現實的抵抗。

值得注意的是，在觸及城鄉關係這一當代中國社會的熱點話題時，這些感

〔註19〕金瑩、林白：《林白：文學的價值不僅僅在於「對抗」》，《文學報》2013年7月4日第3版。

〔註20〕〔奧〕吉奧喬·阿甘本：《論友愛》，劉耀輝、尉光吉譯，北京：北京大學出版社，2017年，第70頁。

〔註21〕龍迪勇：《空間敘事學》，北京：生活·讀書·新知三聯書店，2015年，第135頁。

覺超常、天賦異稟的「非常態」個體呈現出了更顯豁的「怪獸」特徵。他（它）們往往拒絕城市和工業文明，而鍾愛鄉村與農耕文明，更願意駐足於鄉村社會。那麼，這種安排在作家介入現實和逃離現實的旨歸上有何深意，彰顯了作家怎樣的文明觀？

20 世紀 90 年代之後，隨著市場經濟的發展，都市物質的繁華與鄉村精神的凋零「並駕齊驅」。新世紀以來，隨著社會轉型的加劇尤其是城市化進程的加快，鄉村文明和城市文明、農耕文明與工業文明之間的對立程度加深，矛盾不斷激化，諸多重大的現實問題由此生發。當然，正是在鄉村形態變異的背景下，國家推出了「新農村建設」，以城市文明帶動鄉村振興。只是，在承認鄉村「舊貌換新顏」的同時，也不能忽略農村存在的痛點和堵點。

回顧這些採取「非常態」視角的小說，一旦關聯城鄉問題時，作家們普遍將亡靈、瘋子、傻子、兒童等人物或事物的生存空間設置為偏僻閉塞的鄉野之地。一方面，固然是希望借助他（它）們別樣的眼光來穿透現實的岩層，燭照鄉村自身政治文化土壤中生成的種種痼疾，發掘光鮮的工業文明風景下掩蓋的晦暗角落。另一方面，這也與作家們對城市和鄉村的文化認同以及情感偏向相關。不少作家在城鄉之間穿梭來往，回首來時的路，從素材維度來看，實指的故鄉血地成為他們創作的寶庫；從心靈歸屬來看，情感天平的一端往往會向人生的出發點——鄉村傾斜；從價值立場來看，面對異質化的城鄉文化和複雜尖銳的城鄉矛盾，他們首先對著城市文明和工業文明發難。儘管現實中的鄉村並非鳥語花香、純潔無瑕的淨土，但是，故鄉連接著童年經驗，成年後的作家經歷了時空的睽隔後，對記憶中麥浪滾滾的故鄉有著執著的偏愛。同時，背井離鄉的遊子們總會把想像中的故鄉作為心靈的棲居地，以實現他們的精神還鄉。所以，在詩情畫意的懷想中，他們自覺地選擇了固守或重回鄉村與靜態的農耕文明，而將問題產生的根源歸罪於城市，批判的矛頭也刺向了城市，似乎城市的土壤生來就帶著罪惡且與他們自身無關，以此來揭露城鄉矛盾的根源，指陳城市化進程中源源不斷的新問題。

駐紮在民間的「非常態視角」主體較好地實現了作家的這一價值訴求。他（它）們常天真而純粹，固執又保守，與天地萬物共生同存，和自然界及動植物表現出天然的親近。在他（它）們身上，呈現著人類向原始性的復歸。所以，作為歷史的「怪獸」式人物，他（它）們往往自覺充當起鄉村與農耕文明的代言人，固執地與都市和工業文明為敵，表達著對城市的疏離和拒斥。《生死疲勞》中由

地主西門鬧轉世而成的牛、驢、豬、狗等動物都與扎根於土地的歷史「異端」者藍臉相伴相生。尤其是在狗小四所處的時代，我們迎來了改革開放的狂潮，科技、經濟急遽發展，城市迅速進逼和蠶食農村。對此，狗小四嗤之以鼻，痛斥這一野性喪失、矯揉造作的新興時代，並最終回到鄉村，歸於塵土。實際上，動物本身就與鄉村生活及農耕文明存在千絲萬縷的聯繫，始終堅定地捍衛著農耕文明。《萬物花開》中的大頭在對二皮叔的膜拜中唏噓著鄉村文明的衰敗和傳統手工藝的消逝，在對四丫姨穿著、面容的好惡中犀利對抗著城市文明的入侵；《四十一炮》中的羅小通對父親塵封想像力、在現實面前的妥協和淪為「正常人」充滿鄙夷，在對父親的疏遠與對自我的驕矜中抗議著 90 年代社會現代化轉型過程中金錢對人精神的閹割；《我們家》中的段逸興也喟歎著傳統手工製作被大機器生產所取代的現實下人們思想的萎縮；《西洲曲》中的水壺對粗魯霸道的大方表現出異於常人的友好，對文質彬彬的沈老師充滿冷漠，是因為大方的骨子裏流淌著鄉村的血液，而沈夏的性格裏隱藏著城市人的狡猾和虛偽。返璞歸真的「非常態」個體眼中的城市及其工業文明都如「怪物野獸」般猙獰兇險，而鄉村的生存方式儘管藏汙納垢，人在道德和品質上卻良善而淳厚，散發著人性的光輝，人與人之間素樸原始的交往氤氳著傳統農業文明形態下的溫情。

那麼，「非常態」個體眼中的世界和情感的好惡與作者的態度是如何交匯的呢？W·C·布斯曾在《小說修辭學》中提出「隱含的作者」概念，在他看來，「雖然作者可以在一定程度上選擇他的偽裝，但是他永遠不能選擇消失不見」，「作者的判斷，對於那些知道如何去找的人來說，總是存在的，總是明顯的。」〔註22〕因此，雖然作家們在作品中暫時選擇「退場」，不再作為全知全能的「道德評論家」，也無意扮演「讀者引路人」的角色，但在言說複雜敏感的現實時，作家並未完全抽身而去，特別是在強調作家主體介入的小說中，他們不可能讓「非常態」個體只作為客觀的傾聽者和記錄者，而是在利用其客觀呈示功能的同時又充分發揮了第一人稱限知敘事的主觀性。實際上，此類「非常態」個體常常攜帶著天地狂歡的精神，情感相當飽滿。比如，《福地》和《米島》中的通靈古樹都是通過舒緩抒情的口吻和智者的眼光來講述福地及米島的生成、繁榮、毀滅和新生，情感雖內斂但深沉，在某些問題上也一針見血，字字鏗鏘。《生死疲勞》中的動物們更是在狂歡化敘述中不斷衝撞著板結化的

〔註22〕〔美〕W·C·布斯：《小說修辭學》，華明等譯，北京：北京大學出版社，1987
　　　年，第 23 頁。

現實，表達著它們對泥土和野地的赤誠之心。即使是《還魂記》中作者設置的「平靜」亡靈柴燃燈，在面對污濁橫流、坍圮頹敗的瞎子村時也充滿訴說的欲望。回到農耕文明和工業文明的問題上來，借著多種「非常態」個體無欲無求卻真誠偏激的姿態、漫不經心又字字珠璣的語調，作家們無所顧忌地揭示著城市文明和工業文明進逼鄉村後產生的新疾舊患。雖然這番偏執的姿態並非無懈可擊，但是它足以催逼著我們去重新審視鄉土大地的「景」與「人」，反思一味眷戀故鄉或歌頌工業文明的文學。

四、不可靠的敘述者與文學公共性景觀的詩性建構

　　閱讀新世紀「介入現實主義」的小說，不難發現，作家們無論是正面直攻還是小道突擊，他們汲汲關心的都是當下備受矚目的社會公共事件和關乎大眾利益的民族公務。因此，除了作家主體呈現出的「介入性」，這類小說從題材上首先即昭示出了鮮明的公共性。當然，從敘事維度來看，採取「非常態」視角進行敘事，無疑打造出了更為強烈的公共性，建構了越發廣闊的公共空間。

　　那麼，何為「公共性」和「公共空間」？「非常態」視角與它們的建構存在何種糾葛呢？「公共性」一詞最先由漢娜・阿倫特提出，強調「在公共領域中展現的任何東西都可為人所見、所聞」，後來主張公共領域的開放性和多元性，即在一個公共空間內，不同公眾從不同角度去看待同一個客體。〔註23〕所以，公共性意在促進公眾圍繞一個公共話題展開多向度的理性思索而非得出一個定論。在文學領域內，所謂公共性強調的是「作家是站在公共舞臺上作證」〔註24〕，就其本質而言，「無非是指一種責任意識、擔當精神和批判精神，要求寫作者積極介入公共生活，以反思、反諷甚至反抗的方式，表現自己對時代生活和社會問題的思考和判斷、不滿和希望。文學的『公共性』所關涉的核心問題，從功能角色和社會作用的角度看，是要求作家致力於促進讀者的人格發展和生活的文明進步。」〔註25〕文學公共性在 20 世紀 80 年代曾處於瘋長狀態，而後，到了 90 年代的市場經濟時代，個人主義、消費主義甚囂塵上，文學體制、文化環境、文學受眾都發生了變化，文學的黃金時代落幕，在躲避甚

〔註23〕〔美〕漢娜・阿倫特：《人的條件》，竺乾威等譯，上海：上海人民出版社，1999年，第 38~44 頁。

〔註24〕〔美〕愛德華・薩義德：《知識分子論》，單德興譯，北京：生活・讀書・新知三聯書店，2016 年，第 32 頁。

〔註25〕李建軍：《「公共性」與中國文學經驗》，《文學評論》2014 年第 6 期。

至消解崇高、去除英雄、信仰褪色及精神失落中，作家們放棄了對重大社會現實的介入，也缺乏書寫民族國家的豪情。他們埋頭於一地雞毛的家庭生活或者癡迷於私人化的身體領域，文學公共性也日漸式微。新世紀之後，隨著大眾傳媒的勃興和新聞娛樂話語的入侵，文學偽公共性猖獗崛起，因而，真正的公共性的重建迫在眉睫。這種重建與作為知識分子的作家所秉持的公共情懷密不可分，正如徐賁強調的：「離開了作為公共人物的作家和他的生存世界，便無法有效地討論文學的公共性或公眾影響。」〔註26〕也就是說，在文學公共性的理論話題上，是要求作家主動介入現實並以此創造出一種可供文學大眾自由討論公共事務、反思公共問題的活動空間的。

那麼，在新世紀以「非常態」個體作為敘述人的「介入現實主義」小說中，作家有意識地「撤退」後，能否提供另一種行之有效的方式來實現他們建構文學公共空間的願望？應該說，大部分作家實現了這一願望。首先，在介入現實的小說中，作家們不管以何種面目出現或隱匿，至少都以極大的熱情關注並書寫了社會公共問題。在這些現實話題中，他們尤其關注了處於社會邊緣的「局外人」，並且還借這些「弱者」的聲音和「異質性」的視域表達了對現實的批判和反思力量，昭示出作家的悲憫情懷、精神警覺和社會擔當。由此，這種文學本身就具備了介入公共生活的質素。更重要的是，「非常態」視角人物常常由於認知的有限、思維的異常或空間的相隔，不僅在客觀、原生態地呈示現實時留下許多未經闡釋的「有意味的空白」〔註27〕，還構成了「不可靠敘述」〔註28〕，而這也是形成公共性的一個有效方式。因為，經由他（它）們的視角觀照，現實顯得模棱兩可，呈現出亦真亦假、亦實亦虛的特點，也即複雜尖銳的現實被消解，等待著重組或復原，這就敞開了多重解讀的可能性。從社會效果來看，對現實的多重解讀可讓業已誕生的公共議題持續發酵，在輿論爭鋒中形成更大的討論空間，在這個空間裏促使公眾結合私人化的生活經驗來辨別、思考、剔抉現實的真偽，引導他們帶著批判眼光和理性思維再度審視現實、制度和社會，這就是文學公共空間的建構以及文學公共性的形成。比如《第七天》的敘述者楊飛是一個亡靈，從家走到殯儀館的過程中，他回顧了這個城市發生

〔註26〕 徐賁：《文學的公共性與作家的社會行動》，《文藝理論研究》2009 年第 1 期。
〔註27〕 楊義：《中國敘事學》，北京：人民出版社，1997 年，第 250 頁。
〔註28〕 〔美〕W・C・布斯：《小說修辭學》，華明等譯，北京：北京大學出版社，1987 年，第 178 頁。

的諸多現實事件。儘管每一件都如驚雷般具有爆炸效應，但畢竟進入異域空間，死人的話又有多少可信度呢？況且，在大霧中獨自行走，五官變形的楊飛能否看清事件的來龍去脈呢？同時，他講述的事件還存在記憶的偏差或轉述的遺漏。綜合這些因素，楊飛口中的現實顯然具有朦朧性和不確定性。這種不確定性給讀者打開了多方位思考公共問題和敏感事件的缺口，讓讀者根據亡靈的敘述去撥開城市迷霧，探索現實事件的原貌，判斷作家的書寫是否存在戾氣過重的嫌疑？《我們家》的敘述者段逸興是一個精神病患者，至於她在訴說故事時是否痊癒，作者語焉不詳。所以，她的話語可能是瘋言瘋語，其可信度值得懷疑。除此，這還是一種事後敘事，即當故事發生的時候，段逸興是「缺席」的，因此，故事中諸多的順序和邏輯會出現混亂和崩塌。在闡釋這種「狡猾」的敘事策略的動機時，顏歌說：「我對『不可靠敘事』這件事一直有一種偏愛。」〔註29〕誠然，這種「不可靠敘事」為讀者的多方向多維度閱讀提供了可能，它可讓讀者自己去辨析和排列小說中發生的荒誕事件，在真實與虛構的猜測中省察中國的城鎮化進程，反思工業文明的迅速發展怎樣造成了人的異化和道德的失衡。《丁莊夢》中「我」的身份及爺爺的夢境都帶有虛幻特質，加深了現實的不確定性。在面對鄉村「艾滋病」這一令人望而生畏或不被明確鼓勵討論的話題時，作者利用雙重虛幻和個人化的講述從制度扭曲、人的劣根性等方面給讀者提供了思考的可能，讓讀者根據亦真亦幻的說辭去分析「丁莊」何以消失，能否重建，判斷中國鄉村艾滋病患者的生存與精神世界究竟如何，作者對艾滋病患者的描寫是否極端化？艾偉的《南方》以羅憶苦作為亡靈視角來洞察永城世間的秘密時設置了你、我、他這種「多視角」的轉換，經由懸疑與魔幻風景構成了交錯縱橫的敘事線索，在生死往復和罪罰清理中留下了太多的謎底，讓讀者重新反思改革開放以來物慾橫流的社會現實，審視人心的複雜與人性的曖昧。總之，這些小說在採取「非常態」敘事視角時留下了諸多懸念、空缺和矛盾，有助於建構真正的文學公共性。

五、現實的「無邊」與「非常態」敘事視角的限度

　　毋庸諱言，在新世紀「介入現實主義」小說中，「非常態」視角主體不僅憑藉其獨特的身份獲得了直面現實敏感問題的可能，還經由靈性和神性突破第一

〔註29〕張海龍、顏歌：《每一次顛覆，顏歌的面孔都是新的》，《蘭州晨報》2013 年 6
　　　月 29 日第 B01 版。

人稱敘述的限制，向全知全能的模式邁進，從而於別致的視角聚焦中袒露中國現實大地上滋生的波詭雲譎的現實，將暗角處的污穢、渾濁和惡相全部撕開，並探觸了許多鮮為人知的事實真相。在反映現實之廣、呈現現實之真上，「非常態」視角具有無可比擬的優越性。但是，由於價值體系的相左和認知的有限，在對現實深刻性及複雜性的表現與思考上，這種視角仍存在一定的侷限。

首先，這種侷限體現在探索現實的複雜性上。在這類小說中，作者讓處於社會邊緣或生活於異域空間的「非常態」個體充當敘述人，導因於他（它）們與塵世的功名利祿常常不存在直接關聯，可借他（它）們之口對現實世界中存在的暴力、虛偽、荒誕及醜陋行徑進行曝光和抨擊。不過，當下中國的現實面貌本身就是盤結錯落的，而「非常態」視角主體在講述自己或他人的故事時，有時由於接近自然的、偏執原初的天性，一旦他（它）們對現實的生存世界不理解或不滿，就會怨憤遍布，展現出與之決裂的姿態。這種姿態投射到作者身上，往往呈現出難能可貴的倫理擔當和社會批判意義。然而，「小說畢竟有自身的倫理，那就是對事物複雜性的守護。」〔註30〕如果作家在審視現實時先入為主地站在或聽從了「民間」或常常代表民間的「非常態」個體一方，那麼，這樣一種過於清晰的立場、決絕和激進的態度也許滿足或迎合了當下讀者對混亂現實的感受，但也很可能會忽略事件本身的複雜性，流露出簡化現實的弊端，批判是否能擲地有聲則有待斟酌。比如在《西洲曲》中，面對影響了幾代人且對整個中國社會歷史進程產生深遠影響的「計劃生育」政策，自閉症兒童的堅定和偏激看似大快人心，不僅有效鞭撻了體制，還問責了體制中的施暴者個體，筆端流露出的鋒芒彰顯出青年作家勇於承擔責任的魄力。但是，這種質疑和批判是否存在問題？鄭小驢在言說這個沉重而敏感的主題時，過分依賴水壺的所見所聞、所知所感，儘管對羅副鎮長和八叔等人的面孔進行了某種立體化描寫，依然過於符號化，存在著把複雜的歷史簡單化的傾向。這種簡化也許是鄭小驢的有意為之，他憧憬以決絕和明晰的立場來喚醒讀者的思考與良知，激起他們反叛的衝動，促使他們重新諦視既定的現實秩序，再度反思政策的合法性與手段的合理性問題。此番目的固然可敬，誠意令人感動，但文學的終極意義並非追求一種所謂「正確的」或「勇敢的」立場，急峻批判現實的同時應該盡可能使它們本身的複雜性在文學中得到復呈，畢竟，「文學是一座細

〔註30〕 李德南：《在大視野中審視歷史與現實——鄭小驢論》，《創作與評論》2012 年第 10 期。

微差別和相反意見的屋子，而不是簡化的聲音的屋子。」〔註31〕惟其如此，才能真正挖掘出造成悲劇現實的社會歷史根源，透視出政策下人性的複雜與幽深，真正積聚起引人深思的力量。

其次，在部分小說中，「非常態」視角「輕」與「重」的失衡也削弱了介入的力量。大部分作家選擇「非常態」視角來看待光怪陸離的當下中國現實時，本意是希望稍微飛離地面，以「敘述之輕」言「生存之重」。因為，在新世紀的現實主義小說創作中，尤其是底層敘事蔚然成風之後，「苦難」作為小說裏最大的現實和最重的底色揮之不去，而「非常態」視角人物則能在一定程度上化解苦難現實，給屈身而行的人們留下一抹「黑暗之光」。但是，要真正達到這種目的，「輕」的特質需滿足：「輕是與精確、果斷聯繫在一起的，與含混、疏忽無關。」〔註32〕「輕」應是「莊重的輕」，而非「輕佻的輕」。〔註33〕遺憾的是，在此類包裹著嚴肅問題的小說中，許多作家陷在「非常態」個體宣洩式或狂歡式的敘述中無法自拔，感性大為膨脹，而理性的標尺一再被放逐，最終的效果就是感覺壓倒故事，傳奇性沖淡了現實感，敘事也顯得過於輕佻和輕飄。讀者在閱讀時也容易被狂歡、魔幻的敘述或漫溢的情緒牽引，有時捕捉不到小說所反映的社會公共問題的「痛點」，更遑論重審現狀、追問根源、祛除亂象或開闢新路，削弱了這類介入文學的行動力。比如莫言的《四十一炮》，在「炮孩子」及「肉神」的結合體羅小通滔滔不絕的語言流和天馬行空的想像中，20世紀90年代社會轉型期農村道德的下行、是非標準的混亂、人性的裂變導致的一齣齣悲劇都被淹沒或消解，這也沖淡了重大現實題材的帶來的警醒力度。《萬物花開》同樣如此，伴隨著瘤子的飛舞，大頭的思維變得跳躍，敘述也越發狂歡，在自由奔放、野性勃勃的語言以及感官化的拼圖敘事中，「王榨」的空心化、基層政權的腐敗、鄉民生命力的凋零、三躲進城後的墮落、四丫姨的自殺、「我」替細胖頂罪坐牢等一系列滯重的生存景象都被切割或打亂，故事的傳奇性超越了現實的苦難性，帶給讀者美學「妙趣」的同時難以帶給其「震驚」的情感體驗，一定程度上也減少了作品現實批判的力量。

〔註31〕〔美〕蘇珊・桑塔格：《文字的良心——耶路撒冷獎受獎言說》，《同時——隨筆與演說》，黃燦然譯，上海：上海譯文出版社，2009年，第155頁。
〔註32〕〔意〕伊塔洛・卡爾維諾：《美國講稿》，蕭天佑譯，南京：譯林出版社，2012年，第17頁。
〔註33〕〔意〕伊塔洛・卡爾維諾：《美國講稿》，蕭天佑譯，南京：譯林出版社，2012年，第10頁。

　　最後，這種魔幻化敘述以及由此衍生的「人神交織」〔註34〕的演繹方式在洪治綱看來是一種創作的模式化。誠然，由於現實本身複雜多變，而介入現實要求的不僅僅是如鏡子般記錄現實，還要在生活的褶皺裏發掘諸多痛點和堵點，從人性、制度、權力、文化等層面去探索現實癥結的根源，純粹的「非常態」視角是難以實現的。因此，作家們幾乎無一例外地選擇了「人神交織」的模式來達到某種敘述的便利。具體表現為：利用這種「不可靠敘事」，以及「非常態」個體無須為其言行負責的特點，作家們彷彿掙脫了任何精神上的束縛，也不必遵守寫作規範，而且幾乎所有故事情節的處理都變得合理合法，所謂的生活真實和現實邏輯的問題不會出現。不可否認，作者這樣處理在避免與主流意識形態正面交鋒的同時又以自由的方式走進現實的隱秘地帶，將被常態視域無法看見或理性世界的人們難以啟齒的真相揭示出來，但在審美藝術上有時也會過於粗糙或出現明顯突兀的越界現象，捷徑之下折射出的是一些作家的投機行為或精神上的懶惰。這一點連忠於傻子兒童視角的莫言也不得不承認：有時「傻子視角是作家掩蓋自己的某些缺憾的一個投機的方式。」〔註35〕此類小說創作的模式化還體現在「非常態」個體「無力的英雄」這一形象的塑造上。作家們深知他（它）們作為被現代社會遺棄的局外人或生活在「相鄰世界」、異域空間的孤獨者，即使存在參與、干預現實空間的願望，但歸根結底，面對現實大地上發生的一場場自然災難和政治風暴，他（它）根本無法發揮作用。比如《米島》的菩提樹和《福地》中的槐樹，它們都具有上天入地無所不知的通靈本領，也參與著鄉村曲折迴環、榮辱升遷的歷史進程，但是，面對一次次降臨於米島、麻莊上空的災難，它們卻無法向村人訴說，扮演守護者角色的它們也只能看著米島化作死亡之境，目睹福地厚土淪為空心化的荒村。《生死疲勞》中的動物，《丁莊夢》《還魂記》中的亡靈都存在這些特點，他（它）們的確呈現了有力的批判，但常常昭示著無力的存在。即便如此，面對常態世界權力的異化、人性惡之花的綻放、國民劣根性的延續等現實濁流，當作家深感無力或在正常人身上找不到希望時，急於發聲的他們依然會不由自主地讓這些最真實、最樸素，同時又最野性、最卑微的「非常態」個體來承擔自己的理想，結果就是無力的非常態個體身上負載了太多寓意，都已溢出了他（它）

〔註34〕洪治綱：《關於傻子形象的傻想》，《文藝爭鳴》2015 年第 7 期。
〔註35〕莫言：《一個令人無法言說的時代——2010 年 4 月 17 日在解放軍藝術學院的講座》，《西部》2010 年第 14 期。

們自身的特性，以至於成神而非人。同樣要警惕的是，新世紀以來，「非常態」視角形象也出現了雷同化趨向，正如莫言所說，「現在我們的作品裏面已經出現了成群結隊的傻瓜」〔註36〕，不僅是瘋傻視角，亡靈視角、動植物視角也層出不窮，作家們如何在此基礎上另闢蹊徑值得思考。

第二節　新世紀「介入現實主義」小說的敘事時間

在敘事學上，時間的重要性不言而喻，因為「敘事的本質即是對時間的凝固、保存、創造和超越。」〔註37〕甚至，有學者直言，「敘事的問題說到底其實是個時間問題。」〔註38〕閱讀新世紀「介入現實主義」小說，不難發現，雖然有一部分作家堅持傳統的線性時間敘述，但面對光怪陸離的當下現實和波詭雲譎的時代經驗，劉震雲、閻連科、莫言、余華、蘇童、付秀瑩、雙雪濤等不同代際的作家更希望成為時間的「魔術師」，重新為時間編碼。他們打破了物理學向度時間的真實性，在小說的時間形式上遵循的常常不是五四以來進化論主導下的線性時間觀，而是熱衷於非常規甚至是反邏輯的循環時間和交錯時間的運用，經由時間的穿梭、循環、交錯去解鎖現實的多樣性，比如《福地》《后土》《火鯉魚》《黃雀記》《四象》《農曆》《麥河》《野望》《公豬案》《雲中記》《北上》《米島》《北去來辭》《刻舟記》《平原上的摩西》《風暴預警期》《四十一炮》《手銬上的藍花花》《空巢》。

一、循環的時間與疾馳的現實

在新世紀「介入現實主義」小說中，「現實」雖然極速奔馳，但一部分作家卻無意追趕時間，他們反而停下腳步，回到傳統時間的速度中來打探絡繹不絕的現實景觀，構成了令人耳目一新的循環時間模式。所謂「循環時間」，即不把時間看成一條線，而是將其理解成一個圓環。這個圓環按照自然規律周而復始、循環往復地運轉，導致天地自然間的萬事萬物在運行一個週期後又會重新回到原來的狀態中去。在這裡，時間不是一種單向性運動，而是迂迴重複式

〔註36〕莫言：《一個令人無法言說的時代——2010 年 4 月 17 日在解放軍藝術學院的講座》，《西部》2010 年第 14 期。

〔註37〕龍迪勇：《尋找失去的時間——試論敘事的本質》，《江西社會科學》2000 年第 9 期。

〔註38〕龍迪勇：《空間敘事學》，北京：生活·讀書·新知三聯書店，2015 年，第 81 頁。

的輪轉。這當中既有西方現代主義和後現代主義文學思潮的滲透，也不乏中國民間文化的薰染，尤其是儒釋道信奉的輪迴或往生觀念對文學循環時間觀具有較大影響。

當然，重返時間的河流，循環時間也屢見不鮮。回到喧嘩騷動的 20 世紀 80 年代，桀驁不馴的「狂狷」者經由西域技巧的引領喚醒了時空意識，他們高喊「逃離」「變革」的口號，對客觀時間同樣進行了「篡改」，比如余華的《往事與刑罰》、馬原的《拉薩生活的三種時間》、格非的《褐色鳥群》等。新世紀以來，作家們仍然汲取著外國現代主義與後現代主義的陽光雨露，布下了一個個時間「迷魂陣」。與此同時，在中國經驗、中國故事的召喚下，一眾作家也開闢了「模仿與反模仿」〔註39〕的敘事新途。他們回歸本土大地，潛入傳統文化或民族記憶的河流深處，讓散落的「珍珠」浮出歷史地表，在探索與改造中打造了具有東方氣象的顯性的循環時間結構，比如以天干地支、節氣交替、傳統節日更迭、月相變化、四季流轉、六道輪迴為敘事時間，代表作包括葉煒的《福地》《后土》、付秀瑩的《野望》、姜貽斌的《火鯉魚》、郭文斌的《農曆》、梁鴻的《四象》、蘇童的《黃雀記》、莫言的《生死疲勞》、閻連科的《受活》、關仁山的《麥河》《日頭》、董夏青青的《年年有魚》、周瑄的《天干地支》，古老的時間刻度裏燭照著中國智慧。要說明的是，與 20 世紀 80 年代的時間形式不同，新世紀以來的循環時間並非純粹的形式實驗，也不是以這種時間去書寫生與死、愛與恨、自由與孤獨、選擇與意義等永恆性哲學話題，而是將弔詭混亂的時間與鮮活錯綜的當下現實對接，表達權力及制度批判、傳統和現代糾葛、文明流失與崛起、倫理失序與重建、人性裂變與修復等和國計民生相關的重大問題或一時一地的具有公共性質的議題。

（一）傳統時間的鏡像與新時代作家文化觀的耦合

在介入藤蔓交錯的當下社會現實時，作家們之所以打破物理時間的線性流動，選擇東方古老的循環時間，和其新世紀以來秉持的文化觀休戚相關，「我想用自己的筆，繼續為傳統文化拾柴添薪，讓它薪火相傳，生生不息」〔註40〕，「在眾人都爭先恐後國際化的時候，在大家都向外奔向大世界的時候，我告訴自己，且慢，回頭，向內轉，轉向我們的內心，轉向我們自身的偉大的文

〔註39〕沈杏培、王雨：《模仿與反模仿：四十年來「文學蘇軍」接受外國文學資源的策略摭談》，《文藝爭鳴》2020 年第 10 期。

〔註40〕莫言：《莫言：在世界文學中融入中國故事》，《北廣人物》2018 年第 39 期。

化傳統。寫中國故事，就是要在傳統文化的浩瀚海洋中汲取養分。」〔註41〕懇切的言辭既凸顯了作家們對中國傳統文化和民間文化的敬畏與推崇，也未必沒有呈現他們對山河劇變時代文化散失與文明重建的思慮。畢竟，在全球化、市場化浪潮的席捲下，洋節大行其道，而當代中國社會的傳統文化尤其是民間文化正日益被消費文化與大眾文化吞噬，經受著外來文化的擠壓，打著保護民間文化的旗號來扭曲民間文化的現象同樣屢禁不止。凡此種種，均昭示著民間文化的失落及頹唐。這也是作家們所憂心的：「我熱愛中華文化，但不反對西方文化。問題是，我們要處理好兩者的關係。」〔註42〕他們特別表達了對中華文明之根式微或斷裂的警惕，「中華文明本有的一些文化精神被湮沒、被輕視，主體營養在沉睡。」〔註43〕故而，面對轟隆向前的現實，他們有意識地向後「撤退」，借助違背現代物理時間真實性的循環時間來不遺餘力地宣揚民間文化，並將民間文化與變動不羈的當代現實勾連耦合，憧憬在與現實的激烈碰撞中重新點燃這份源於大自然的饋贈，讓本民族的文化河流「活泛」起來並永遠奔騰不息地流淌下去，當然也折射了他們以「民族化」和「當代性」的文學表達來講述新中國故事、搶救民間文化、助力文化建設的宏願。

　　郭文斌的《農曆》在依託傳統節日的更迭為敘事時間講述現實故事時，即融入了與東方循環時間相關的種種民間資源，比如歌謠、習俗、古訓、佛經聖諭、古典詩詞、民間戲曲等，它們以集束般的形式擁擠著插入文本，既構成了「雜語拼貼」，也和小說文體產生了齟齬，甚至帶著為文造情的矯飾意味，教化思想過於濃重。但是，我將此理解為作者的故意為之。他有意借助連篇累牘的方式來強調農曆時間及幾千年歷史文化積澱中形成的民間文化的神聖，並展示他對中國傳統文明日益式微的憂心，在他眼裏，「民間是大地，是土壤。」〔註44〕姜貽斌在《火鯉魚》中採用了二十四節氣的循環時間，對於此番陌生化的時間布局，作者自言，「我還想在結構和形式上以及寫法上有一點突破。」〔註45〕回到小說中，作者同樣依託民間歌謠、山歌、情歌、童謠串起了二十四顆珠子，

〔註41〕舒晉瑜、付秀瑩：《〈陌上〉吐露鄉土中國的隱秘心事》，《中華讀書報》2016 年 12 月 7 日第 11 版。

〔註42〕郭文斌：《「農曆精神」與人類永續發展——答〈上海文化〉問》，《上海文化》 2020 年第 6 期。

〔註43〕郭文斌：《想寫一本吉祥之書》，《揚子江評論》2011 年第 3 期。

〔註44〕郭文斌：《想寫一本吉祥之書》，《揚子江評論》2011 年第 3 期。

〔註45〕姜貽斌：《人世間有多少遺憾——關於〈火鯉魚〉》，《湖南工業大學學報》（社會科學版）2015 年第 3 期。

在由立春到大寒，再由大寒到立春的節氣時間輪迴中繪就了漁鼓廟半個世紀的人事變遷和歷史滄桑，而貫穿全文的神秘「火鯉魚」更是民間文化的象徵，代表人類「更高層次的需求」〔註46〕，它本應成為漁鼓廟人永不磨滅的信仰及追求。然而，來到風起雲湧的改革時代，物慾之風盛行，消費主義大行其道，詩意通靈的「火鯉魚」在光陰流轉中竟成為一個世俗化大都市的賓館之名，這本身即印證著傳統的墮落。故此，作者依靠二十四節氣時間的循環，於時間的順流與逆流中，站到童年和成年的兩端，在反常的幻境與想像中依然固執尋覓藏在每個人心底的火鯉魚。無獨有偶，致力於從傳統中生發出新意來的付秀瑩在《野望》中同樣採取了「芳村」人最喜歡的二十四節氣時間，正如她在《陌上》中寫到的，「芳村這地方，最講究節氣。」〔註47〕她以小寒始，以冬至終，伴隨著與節氣相關的古典文獻、二十四首古詩、民間大戲、鄉野俗語，折射出作家對「春耕秋收，夏眠冬藏」式輪迴時間中孕育而生的民間文化的倚重。當然，這也隱含了作家從細微幽深的婚喪嫁娶、人情往來等日常文化習俗深入時代的浩波巨瀾的野心。在民間與官方、傳統與新生、離鄉與歸來、小人物與大時代、日常經驗與公共生活的糾葛中，小說呈現了以「芳村」這一鄉野阡陌為縮影的鄉土中國的文化現實與時代新變，這也是作者引以為豪的，「這種傳統與我要寫的現代正好形成彼此映照。」〔註48〕葉煒作為「70後」作家中的佼佼者，儼然一名忠誠的「大地之子」。在介入當下社會現實的小說中，除了對山鄉巨變中的麻莊以及鄉土中國的高歌淺吟，他還對東方循環時間和民間文化一往情深。《福地》與《后土》在天干地支的時間安排和二十四節氣的更迭中均突出了民間文化的地位。尤其是《后土》，伴隨著古老節氣時間的流轉，文本內充斥著「土地爺」「墳場」「土地廟」「魯南民歌」「出殯」等民間習俗，驅鬼、喊魂、逐妖式的封建迷信因子也散落於麻莊的各個角落，它們均彰顯著葉煒對蘇北魯南塊地上民間文化的堅定認同與虔誠敬畏。他固執捍衛這一切，並將其視為拯救麻莊的萬靈藥。值得一提的是，葉煒特別推崇魔幻色彩濃厚卻又來自東方古國的「土地神」，在他看來，「土地廟就是他們（麻莊百姓）的一個信仰。」〔註49〕

〔註46〕姜貽斌、李健：《〈火鯉魚〉：一部耐讀之書——關於長篇小說〈火鯉魚〉的對話》，《湖南工人報》2012年11月20日第07版。

〔註47〕付秀瑩：《陌上》，北京：北京十月文藝出版社，2016年，第8頁。

〔註48〕付秀瑩、張曉琴：《〈野望〉：傳統中無限生發的「新」》，《文藝報》2022年11月30日第6版。

〔註49〕夏琪、葉煒：《蘇北魯南的文學考察作家生活的精神證詞——關於「鄉土中國三部曲」的對話》，《關東學刊》2016年第5期。

正是在憑藉東方循環時間抵達民間文化和麻莊腹地的維度上，葉煒開始了真正的「精神還鄉」〔註50〕。當然，閱讀《受活》《麥河》《日光流年》等小說，民間文化同樣成為亮麗而醒目的風景線。《受活》中的戲曲唱詞、一三五七的陰性文化都在與官方政治文化的博弈中為民間文化招魂，《日光流年》裏的祥符調也是對民間文化的回眸。這些都與東方循環時間的設置相得益彰，也再度折射了閻連科對民間文化資源的死心塌地，「民間文化，是我小說的起點，也是我小說的最後歸宿。」〔註51〕可以說，在這類小說中，「春耕秋收，夏眠冬藏」的東方循環時間照應著精神底色濃郁的民間文化。當然，在某些文本中，作家刻意放大了循環時間的存在，對民間文化的敬畏也顯得過於張揚和執拗。至於民間文化中遺留的種種桎梏，他們不僅常選擇視而不見，還借著抒情與懷戀的情緒使其美化，將之完全打造成了田園牧歌似的場域中不可或缺的一部分，缺乏了對民間文化內部陳舊因子或黴變糟粕的清理。如此，將會導致民族傳統最終走向民族文化生活的對立面，甚至阻礙現代化的進程。所以，王蒙才發出了這番警醒，「文化需要傳承，但是傳統文化的傳承，一定要與現代化的趨勢對接。」〔註52〕

除了對民間文化的捍衛和宣揚，作家們尤其重視東方循環時間中暗含的「慢」生活和「慢」文化，從而給當代社會下人們忙碌的「快」節奏生活敲響警鐘或曰提供另一種模式參照。在這些小說中，作家們一邊呈現的是閃電奔走、瞬息萬變的萬花筒般的社會現實，一邊安排的卻是慢悠悠的輪迴時間模式。它們如何發生耦合作用呢？具體來說，與勇往直前的現代線性時間相比，東方循環時間通常作為農曆時間的樣態存在，和自然界交替循環的規律呼應連接，呈現的是一種「自然性」〔註53〕時光，周而復始的運行軌跡強調「一寸一寸地感覺時間」，從容不迫下滲透出古樸的詩意和悠遠的寧靜。在對「慢」時間的一見傾心下，作家們既隱喻著自己對舊時光的憑弔，也流露出對當下現實生活快節奏的不滿，指陳著急功近利、金錢至上時代的喧囂浮躁。的確，進入狂飆突進的改革時期，隨著社會主義市場經濟體制的最終確立以及全球化、

〔註50〕葉煒：《讓寫作變得更加純粹——從〈后土〉的創作談起》，《作家》2015年第3期。

〔註51〕閻連科、張學昕：《寫作，是對土地與民間的信仰》，《西部》2007年第4期。

〔註52〕姚學文：《「傳統文化要與現代化趨勢對接」——訪著名作家王蒙》，《湖南日報》2016年5月9日第2版。

〔註53〕梁鴻：《作為方法的「鄉愁」——〈受活〉與中國想像》，北京：中信出版社，2016年，第17頁。

城市化進程如高速列車般的疾馳,「中國經濟的發展,如同野兔的奔跑。」〔註
54〕和這番經濟勢態接軌,人們逐漸違背了自然時間的規律,拋棄了從容的舊
時光,在速度、欲望、利益的助推和誘惑下產生了種種光怪陸離的現實病症與
精神困厄。因而,作家們希望拋開常態式線性前進的敘事時間,以花開花落、
井然有序的東方循環時間中的「慢」來發力,拯救被時代激流裹挾著向前的疲
憊者們,讓他們於瑣碎沉重和麻木虛無的生活中反省並清理自我,放緩行走步
伐,重新找回生命的詩意與生活的安詳。

　　比如在郭文斌的《農曆》中,作者始終以感性細膩的筆觸凸顯輪迴時間標
尺下的「慢」「暖」與「詩意」,在「現在的人咋這麼嫌麻煩呢」的詰責聲中呼
籲人們放緩甚至是暫時停下腳步。其中,小主人公六月就對古老的東方時間情
有獨鍾,「還是喜歡把時間說成子丑寅卯,覺得有一種特別的味道,和幾點幾
點相比,覺得暖呼呼的。」這是兒童的感受力,更是作者內心聲音的誠摯表達。
他還集中筆墨刻畫了「年」這一章,最終要昭示的即「原來年的味道就是停下
來的味道。」必須承認,此類情節中難免滲透著浪漫化的夢幻田園色彩和守成
化質素,但置身於一個「要麼被速度累垮,要麼被焦慮擊垮」〔註55〕的時代,
作者希望以黃土地般縝綣與綿軟、寬闊與從容的時間來勸誡人們:「在這個赤
裸裸的利益社會中」要及時調適自己心靈的張弛,學會「減速」並享受不疾不
徐的行走時光,減少「快」時代帶來的焦慮和恐慌。《火鯉魚》《后土》《福地》
在對土地爺近乎神化的書寫、對魔幻火鯉魚的執著尋覓、對萬家墳場的傾心守
護中都暗含著從古老東方時光的詩意、寧靜與從容中汲取營養的意圖。作家們
希望利用自然流淌、不求速度的輪迴時間來抵擋時代戰車滾滾前行的熱浪,將
被生活之鞭驅趕向前的人們從中國當代社會的生活重壓下解放出來,降低前
行的速度,滋養心性,遠離焦慮,恢復生命的質感和安全感,為現實皴染上一
絲詩性力量。

　　從更深層次的意義上來講,作家們之所以在時間軸線上摒棄線性時間敘
述,重視東方循環時間,本質上是敬畏這種中國式輪迴時間古老刻度下悠久的
農曆精神和堅韌的民族血脈。他們企圖從此維度突圍,來拯救失落的民間文
化,更希冀憑藉這一時間內包裹的中國精神和生命質色來點醒誤入歧路與窮

〔註54〕閻連科:《烏龜與兔子,壓抑與超越——在法國第四屆「小說國際論壇」上的
　　　　講演》,張清華編:《中國當代作家海外演講》,北京:北京大學出版社,2012
　　　　年,第79頁。
〔註55〕郭文斌:《安詳是一條回家的路》,《芳草》(經典閱讀)2011年第12期。

途的現代人，正所謂，「『農曆精神』比『農曆』更重要。」〔註56〕尤其是在動盪不居的當代社會，道德滑坡、人倫崩塌、社會秩序失範等怪象輪番上演，人們的心靈容易進入失血的蒼白時代。作者倚仗東方循環時間的構造，有意讓他們從古老的民間傳統，特別是從倫理道德觀、生命觀和自然觀中吸收養料，以此重振生命活力，打造精神共同體，正所謂，「『農曆精神』無疑是中華民族的生命力所在，凝聚力所在，也是魅力所在。」〔註57〕在輪迴往復的時間足跡下，作家們更看重的是傳統文化的重量和對現代人精神的救贖。

　　以《農曆》為例，循環時間與傳統中國精神息息相關。作者在對當代人生活模式、認知方式以及精神鏡像的不滿中，在類似「和上古比起來，現在人的私心越來越重了」的撻伐聲下，將佛學經典、詩詞歌賦、歌謠戲曲大雜燴般塞入文本，特別是《中元》一節融入了《目連救母》整齣戲，構成了文體雜糅，之所以如此，是因為郭文斌從佛教故事中「看到了古人的心量」〔註58〕。林林總總的戲曲、古訓、節日、佛經、孝經、童謠與東方循環時間的內涵遙相呼應，包裹的是博大精深的農曆精神及民族氣脈，尤其展覽了古人的倫理觀與道德觀，比如愛、無私、感恩、奉獻、敬畏等向上和向善的品質。掘開這種品質的基因密碼，不難發現，「安詳」才是絕密武器，「當一個人內心存有安詳，僅僅從一餐一飲、半絲半縷中，就可以感受到世界上最大的幸福。」〔註59〕它能為心靈無所歸依的人們構築一個精神家園，也能用「吉祥」與「如意」的雙軌為扭曲的人心和人性清洗塵垢、滌蕩濁流，提供正確的方向指引。姜貽斌的《火鯉魚》以二十四節氣的變更為敘述時間，通過節氣的輪迴流轉和四季變換，既打撈民間文化的流年碎影，更容納了鄉土中國半個世紀的榮辱興衰。在民間非線性時間的設置中，作者有意添入了「火鯉魚」意象，讓它成為中國時間滋養下的傳統精神象徵。火鯉魚神秘而詩意，以其火紅通透的身體為人著迷，代表生命力、希望與幸福，也化作堅定而熾熱的民間信仰被匍匐於黃土大地上的眾生們苦苦追尋。其中，傘把與火鯉魚的故事最為悲切動人。在作者魔幻式的臆想下，傘把為了尋覓火鯉魚最終發瘋致死。置身於霜凍樣的婚姻中，他堅信火鯉魚能幫其找回火熱的愛情和遠逝的愛人，火鯉魚成為他活下去的唯一來源。除了傘把，對三國、小彩、喜伢子等苦苦掙扎的眾生而言，火鯉魚都無異於他

〔註56〕郭文斌：《想寫一本吉祥之書》，《揚子江評論》2011 年第 3 期。
〔註57〕郭文斌：《想寫一本吉祥之書》，《揚子江評論》2011 年第 3 期。
〔註58〕郭文斌：《根是花朵的如意》，《文苑（經典美文）》2012 年第 7 期。
〔註59〕郭文斌：《祝福與安詳——自述》，《小說評論》2016 年第 3 期。

們生活與生存的動力。可以說，作家構造此意象，就是希望於日復一日的現實生活中，喚起眾生漸趨麻木和日益沉重的靈魂，以中國時間孕育下的火鯉魚精神來穿透眾生心靈的裂痕，拂去上面的霧靄，投進一束光亮。遺憾的是，迷人的火鯉魚從未真正現身，直到完全消失。它的消逝同樣是一層隱喻，暗示現實的喧囂物化、傳統農耕文明的日漸衰頹、生命力的磨損以及童年的消逝。不過，在循環時間的主導下，作者自始至終均未放棄為每個處於艱難竭蹶中的鄉村邊緣人物找尋他們內心深處的「火鯉魚」。這也與姜貽斌「一直想記錄幸福」〔註60〕的文學觀和生活觀不謀而合。葉煒的《后土》《福地》同樣重視節氣運行和天干地支的東方輪迴時間背後的民間傳統與中國精神。在對麻姑廟、土地神的跪拜及神秘言說中，作家其實是希望以民間非理性的文化精神和返璞歸真的原始思維來抵抗現實病象、清除時代雜質。對於現實社會尤其是鄉土大地中「沉默的大多數」而言，這些民間信仰和傳統風俗無疑化作鄉村凝聚力的紐帶，是他們於苦焦生存和動盪生活中相對不變的精神寄託，也是內化到其靈魂深處的生活理想。付秀瑩的《野望》在二十四節氣的輪迴流轉中不僅呈現了「芳村」的山鄉巨變，也漸次展示了「芳村」特定的文化風景與傳統力量，正是這股古老而堅韌的力量建構了一個井然有序的「鄉村共同體」，並照亮了未來中國的發展方向。這也是作者感慨的，「時代巨變中，一些東西煙消雲散了，一些東西在悄悄地重建。更有一些東西，中國鄉土文化中積澱最深最厚的那一部分，依然在那裡堅硬地存在著。」〔註61〕當然，傳統的「舊橋」也需要修葺和更新，才能通往新時代的「新大陸」。無論如何，探溯東方循環時間的深處，昭示出的是更為博大厚重的民族精神和民族傳統，以及按照花開花落的自然順序生成的穩定的倫理秩序和精神結構。在歷史的畸變及現實的蹉跎中，它們向創痕累累、狼狽不堪的眾生運送「天氣」與「地氣」，讓「患病」或「帶菌」的個體恢復生命「元氣」。

（二）生命共同體視域下古老時間的「幽靈」與新時代作家生命觀的塑形

東方循環時間打破物理時間的線性流淌，強調「與天地合其德，與日月合其明，與四時合其序，與鬼神合其吉凶」，隱含的是古老的東方自然觀和生命觀，講究「人與自然，天人合一」「人法地，地法天，天法道，道法自然」「天

〔註60〕姜貽斌：《我想記錄幸福——關於〈火鯉魚〉》，《創作與評論》2012 年第 6 期。
〔註61〕付秀瑩：《文學與我們時代的生活》，《山西文學》2021 年第 12 期。

地與我並生，萬物與我為一」。因此，在這種輪迴時間的安排下，作家們秉持著以「自然性」為軸心的傳統時間觀，希望人們於敬畏自然中遵循自然規律，並借助此番時間觀及自然觀去重新翻檢和廓清中國當代歷史進程中瘋狂上演的政治風暴，再度審視轉型時代震盪裂變的現實景觀，從而為中國當代社會的發展探求合適的突圍途徑。

　　放眼《福地》《后土》《受活》《日光流年》《日頭》等小說，若悖離自然規律，往往出現天有異象的迷局，而根據天災人禍共時對應的特點，自然異象的外衣下還常裹藏著更為危險的時代病變，包括政治災難、經濟禍端以及集體性的精神惡變。作家由此詰責著非理性的迷狂時代或撻伐不合理的現實發展道路。所以，古老的東方時間觀和自然觀也彰顯著他們關注民瘼的公共情懷與民間關懷。比如閻連科的《受活》，本是強調從毛鬚到種子這種有序的生命輪迴，可化外之地受活莊卻演繹了別樣的自然景觀：六月飛雪、桃樹上結了紅棗、三月下桃花雪、冬日和酷夏一模樣。種種異象固然暗示著違背自然規律帶來的惡果，但閻連科無疑有著更大的抱負，他依託時光有病的隱喻要追詰的是狂飆突進的改革時代。比如，在權力狂魔柳鷹雀的誘導下，絕術團開啟了炸裂式的狂歡化表演，這種急功近利、走火入魔的欲望化發展模式完全違背了合乎自然的行進道路。因此，它不可能帶給苦難深重的受活人真正的「受活」。由於東方循環時間的使用，改革時代與革命時代實際上是耦合相連的，特別是導因於柳鷹雀這個極具象徵性人物的帶領，革命時代的「鬼影」總是於改革浪潮中陰魂不散或死灰復燃。故而，作者經由這番時間觀和自然觀的指引，同樣將批判矛頭指向了打破自然規律的失序癲狂的革命年代。他利用中國式循環時間回望過去的歷史，企圖清除政治文化土壤裏的黴菌與病變，在由複雜向單純的回歸中迎來一個真正彰顯正義與公平，流淌詩意與甜蜜的新時代。葉煒則直接將現階段中國的國情概括為「裂變」二字，「所謂裂變，常常意味著不平靜，往往帶著些許『痛感』。」〔註62〕面對疼痛的「不平靜」現實，葉煒在反常性中國式輪迴時間的設置下亦強調一切發展要遵循自然規律，否則將導致巨大災難。《后土》中的劉青松與《福地》中的萬仁義同為麻莊的守護神和拯救者，他們對古老農業時間觀中的土地神、麻姑廟萬分敬重。尤其是劉青松這樣一個新時代的類知識分子，他對土地爺的敬畏與遵從其實已陷入了過分狂熱的非理性

〔註62〕葉煒：《文學如何跑過現實？——超現實主義寫作對當代文學的意義》，《紅岩》2017 年第 3 期。

境地。但是，作者寬宥甚至鼓動著他的此番行為，並讓它們在與工業文明的齟齬中頑強生存且常常佔據上風。原因在於，小說中呈現出來的邏輯是這樣的：不管時代如何變遷，只要遵照土地爺的指示去順應自然，麻莊就會化險為夷。魔幻變形的書寫下是作家自然觀的彰顯，當然也滲透了濃郁的理想化和守成化色彩。之所以如此論斷，是因為麻莊置身於新時代的現代化轉型中必然會經歷諸多裂變和陣痛，作者承認現實的疼痛，但淡化了疼痛程度或縮短了掙扎過程，最終呈示出來的是過於理想化的現實。郭文斌的《農曆》在以傳統節日的演變為敘事時間的布局中更蘊含著對古法自然觀的傳承和賡續，尤其是「揚灰看種」般非理性的古樸農業生產方式的沿襲深深透著作家對自然、天意的敬重。這也是郭文斌堅持的「天人合一」觀，即便面對甚囂塵上的世界末日論，在他眼裏，「只要我們能夠遵從『整體』原則，把自己全然地融進『整體』，『末日』事實上也消失了。」〔註63〕我們認為，在人類歷史的演進之路上，我們固然要尋求一種人與自然和諧發展的模式，但到了百年未有之大變局的時代，面對工業文明和城市文明的進逼，人與自然的關係問題不可能如此輕而易舉地解決，田園牧歌往往只是作家的一廂情願。同樣要說明的是，在部分小說中，呼籲遵循自然時間、順應天意並非田園似的吟唱，不一定意味著守舊、落後或虛幻，它本質上是對當代社會現實生活模式的不滿和對個體精神境況的質詢，並企圖尋求一種平等有序、自由無拘的生活。《受活》中命途多舛的受活人一心返回的「天堂地」般的「倒日子」或「散日子」即如此，其實由性出發的民間話語「受活」本身就帶有自然、自由之意。《日光流年》中由成年向童年歸屬地的返程、《火鯉魚》中作者渴望嗅到的「青草氣息」，均隱喻著東方循環時間下的自然觀，召喚人們順應自然和敬畏自然。

除了自然觀，東方循環時間還與古老中國的天地觀和生命觀不謀而合。它不強調線性時間中過去、現在與未來的次序，而是主張連接「天氣」和「地氣」，信奉天地萬物混為一體、自然相融，堅持眾生平等、萬物有靈、生死相通的生命觀。導因於輪迴時間下凸顯的這番生命觀，作家筆下的現實空間往往天、地、人、鬼、神、獸並置共存，不同的生命形態彼此糾葛牽扯甚至相互轉化，構成了一個具有整體性的生命共同體。在這方波詭雲譎的空間內，作家們不僅表達著對生命力量的尊重以及對自然萬物的敬畏，還經由傳奇鬼魅的景

〔註63〕郭文斌：《安詳是一種根本快樂·再版後記》，《尋找安詳》，北京：中華書局出版社，2015年，第210頁。

觀去自由地蛆入縱橫交錯的現實肌理，探秘人性的幽微黯淡。比如葉煒的《福地》和《后土》均建構了一個樹、鬼、人、神、獸五位一體的時空場。其中，「后土」二字即取自皇天后土之意，代表「天地神靈」〔註64〕，與「二十四節氣」結合，更是於發散延展的空間構型中將麻莊上空發生的光怪陸離的故事娓娓道來。在詭譎神秘的生命場域中，作家將精靈異獸的神出鬼沒與麻莊兒女跌宕起伏的命運軌跡對接起來，既燭照了作家自身的萬物相融觀，也經由自然萬物與世俗眾生的親疏關係揭開了歷史的風雲變幻與現實的煙波浩蕩。《農曆》中的動物、水、衣服、風等萬事萬物在兒童混沌初開的意識和智性純真的眼眸中都閃爍著生命的光澤，被塗抹上靈性與魔幻的色彩。老子有言：「常德不離，復歸於嬰兒。」五月和六月作為純真、自然、簡約的兒童，彷彿與天地相融共生的精靈，「五月和六月事實上是天地狂歡的化身。」〔註65〕他們接通了天地之氣，眼中所見的一切都化作與人無異的生命個體。因而，《農曆》中書寫的靜謐的西部鄉村同樣跳動著詩意和奇崛的光芒，復歸混沌模糊的自然狀態，這與古老的東方圓形時間相得益彰。作家郭文斌也藉此凸顯了個體的生命觀：即使時代車輪在轟隆向前，人與萬物也應保持整體關係或曰「同體意識」〔註66〕。《受活》也在原始時間的操縱下構築了一個天地神獸共生的時代，打造出了荒誕、奇幻的受活莊。《日光流年》裏的三姓村、《火鯉魚》中的漁鼓廟、《野望》裏的芳村、《麥河》中的鸚鵡村都隱含著尊重天地萬物的信念，在人與自然的古樸關係中折射著構建生命共同體和人類命運共同體的理念，這與東方輪迴時間的擇取休戚相關。

（三）「中國立場」下東方循環時間與另類歷史觀的呈現

　　儘管作家們介入的是鮮活的當下現實，歷史觀的影響同樣舉足輕重，「樹立正確歷史觀不僅是歷史題材創作者必修課，更是每一名文藝創作者都要面對的重要課題。」〔註67〕在這些小說中，作家們執著地以東方循環時間來書寫現實的風雲激蕩，本身也昭示著他們拒絕對西方線性時間與西方歷史觀念的

〔註64〕葉煒：《葉煒長篇小說〈后土〉創作談》，《彭城周末》2013年10月12日第A40版。
〔註65〕郭文斌、周新民：《郭文斌和他的「安詳詩學」》，《芳草》2015年第6期。
〔註66〕郭文斌：《「農曆精神」與人類永續發展——答〈上海文化〉問》，《上海文化》2020年第6期。
〔註67〕張江：《文藝創作要樹立正確歷史觀》，《人民日報》2019年6月28日第20版。

趨鶩，拒絕站到世界史的維度上去解讀中國政治文化語境中發生的重大歷史事件和文化事件，而是有意從中國時間、中國觀念、中國思維的層面來講述中國現實、書寫中國經驗並傳播中國形象。源於這種圓形時間觀與民間時間觀特別是農業時間觀的關聯，作家們也轉換「取景器」，憧憬由民間視角出發，重審當代中國社會的革命史、改革史與生活史，在民間小人物尤其是「沉默的大多數」的個體記憶與民族公共生活相融、錯位或牴牾中傾聽更真實的歷史登音，拉開更複雜的時代幕牆。或許，這也是郭文斌始終強調的「農曆才是真正的中國符號。」〔註 68〕

　　眾所周知，遙望古老的中華民族，人們遵循和信奉的一直是循環時間觀。不管身處哪朝哪代，時間都被看作一個圓圈，依據花開花落、四季交替的自然規律輪迴往復，天地之間的萬事萬物運行一個週期後又會復歸最初的狀態。這是典型的圓環型時間觀，與佛教的「生命循環」觀和儒家的「歷史循環」說息息相關。〔註 69〕但是，近代以來，當西方的船堅炮利敲開中國封鎖許久的大門時，不僅「居四方之中」的天朝上國形象蕩然無存，成為暮氣沉沉的舊中國，西方世界種種現代化的文明成果、啟蒙觀念同樣對中國人產生了巨大的心理衝擊。當然，這種衝擊也給中國近代知識分子提供了一個觀世界的機會，並讓他們面對西方文明產生了「影響的焦慮」。尤其是看到西方社會採取直線型的公元紀年法時，他們對華夏民族的傳統時間觀生發了動搖之心，「時間」問題也由此誕生。在西方人眼裏，時間之箭一旦射出便直奔未來，絕不回轉。顯然，線性時間觀是以「指向未來」作為座標的，「它只有一個方向，它只朝著新的存在狀態延伸著、展開著、流動著，而絕不會完全回復到原先存在的某種確定狀態。」〔註 70〕這種時間觀中內蘊著現代、發展和先進等含義，與西方現代化及全球化進程相得益彰，本質上彰顯的是進化論的歷史觀。這種時間恰好燭照出了彼時中華文明的封閉、落後與守舊。對此，在救亡圖存的道路上，新一代仁人志士陷入了時間焦慮與文化迷惘中。他們亟需搭上現代文明的快車並架起與世界史溝通的橋樑，讓中華民族在先破後立中浴火重生。如何先破後立？變革之一就是時間觀念。反映到文學創作中，作家們開始採用公元紀年法，摒棄了東方循環時間觀，奉行線性時間觀和進化論的歷史觀。從此，未來與過去

〔註 68〕 郭文斌：《想寫一本吉祥之書》，《揚子江評論》2011 年第 3 期。

〔註 69〕 韓少功、崔衛平：《關於〈馬橋詞典〉的對話》，《作家》2000 年第 4 期。

〔註 70〕 曾劍平、廖曉明：《時間觀與民族文化——中美時間觀比較研究》，《南昌大學學報（人文社會科學版）》2001 年第 3 期。

相比，具有了絕對的優先價值和神聖地位。

　　然而，需警惕的是，當作家選擇此番線性時間及其內含的發展、進步、變革要義的進化論歷史觀來講述中國大地上變動不羈的現實景觀時，是否染上某種狹隘色彩及過度樂觀的情緒？至於未來中國圖景，作家們能無比確定地預見和把握嗎？因為深掘中國的政治文化土壤，過去和未來之間的是與非、彼與此、進步與落後的界限無法劃分得十分清晰，尤其是政治觀、權力觀、生命觀、人性、革命思維的變遷不是易事，有時甚至會綿延幾個時代而逡巡不前。即使是到了新世紀，它們當中依然不乏輪迴因子，在某些重大現實事件上，歷史的「幽靈」總是反覆出沒。此外，導因於這番時間觀的觀照，人們熱衷於從世界史的眼光，或以世界史視野為參照站到西方文明的角度上來解讀和塑造中國形象。這樣，作家們呈現出來的常常是麻木、守舊、落後的中國形象，它顯然是一種現實的假面。特別是在新世紀的小說中，導因於勢不可擋的全球化潮流，當作家們意欲探討當下社會現實的複雜多變時，有時往往忘記或割裂了中國現實與中國歷史之間的血肉聯繫，而是把本土生發的公共問題置於全球化的大染缸中，隨後以「他者」的眼光與西方世界的通行觀念來圖解中國大地上積聚的當代經驗及發生的社會現實，現實中國自身的歷史根基被視而不見，因此，這種偷懶或便捷的路徑呈現出的不啻為一種「無根的寫作」。

　　回到選擇東方循環時間觀的「介入現實主義」小說中，作家們則突出了現實與歷史的關聯，拒絕依託西方時間和西方觀念來解讀中華民族的革命史與發展史，而刻意從中國時間、中國方式的維度來重新審視當代中國的現代化進程，憑藉解構、質疑的話語重建中國形象。如此，既昭示出醒目的本土化特徵，也於中國式古法輪迴時間和傳統民間、農業時間觀的疊合中彰顯了作家對民間視角和民間話語資源的尊重。他們讓被遮蔽的民間發出聲音，叫醒了大時代下「失語」的小人物，讓他們經由自己的時間觀和個人化的思維來呈現其眼中的公共事件，詮釋歷史觀念，甚至倚仗這種時間去對抗線性的、同樣代表官方立場的時間。當然，作者還希望讀者能通過異於常態的古老時間觀來重審中國當代社會歷史進程與現實風貌，從違背物理真實性的不可能的時間中去挖掘它包裹的政治、歷史的巨大可能，並突顯當代中國現實的多樣性和豐富性。正是在此維度上，我們不妨說，「文學總是有一副多疑的面孔。」〔註71〕

〔註71〕韓少功：《文學有副多疑的面孔》，《馬橋詞典》，上海：上海文藝出版社，2012年，第391頁。

在閻連科的《受活》中，作者即採用了天干地支這種輪迴時間的紀年法來重述中國鄉土社會波瀾壯闊的革命史和狂飆突進的改革史。其實，《受活》裏的敘事時間相對而言是混沌化與模糊化的，甚至還出現了時間錯位和交叉的情況，這也與天地神靈自然圓融、共為一體的自然觀及生命觀相得益彰。但是，每逢遭遇中國當代歷史進程中的重大政治變故或文化浩劫時，作者總是以天干地支而非公元紀年的方式鮮明指出，比如戊午年十一屆三中全會、己丑年新中國成立、庚子年三年自然災害的第一年、丙午年文革，受活人則以「逃荒那一年」「大劫年」「紅災黑難那一年」等方式來指稱。從這種對應關係上，我們也不難發現，偏遠地區的受活莊看似是一個與世隔絕的孤島村落，實際上並不能真正遺世獨立，遠離外界的喧嘩躁動，過上「不知有漢，無論魏晉」的桃源生活。一波又一波的歷史浪潮在此起彼伏中總能讓受活莊人被裹挾其中。特別是當茅枝婆帶領他們入社後，這個被邊緣化的村落就被納入到社會文明秩序和行政管理體系中，從自然性村落空間搖身一變成為公共性質的社會性村落空間。於是，面對中國當代社會進程中發生的重大政治風暴與現實異動造成的災難性事件，作為「社會人」的他們像被一張無形的網籠罩著，壓根無處躲藏。不管是在波瀾壯闊的革命歲月還是激流勇進的狂歡時代，他們入社後都並未過上夢寐以求的「天堂日子」，反而常常遭遇生存困境、尊嚴受辱、精神降格及人性迷失等苦難。對於這些獨屬於中國河流深處的歷史與現實經驗，作者閻連科拒絕從世界史維度或西方進化型的時間觀入手，而是有意要從中國思維、中國觀念、民間立場的角度來解讀。尤其值得注意的是，文中關於社會主義的領袖及先驅人物——列寧、馬克思的生卒年也執拗地運用了天干地支的時間來表示，這難免帶有格格不入或生硬滯澀的嫌疑。不過，作者故意通過此種閱讀的「不適」或「陌生感」來突顯中國時間與中國思維的重要性，強調以我們自己的時間來回望和探測中國歷史，詰問現實內部權力、制度、觀念的輪迴流轉之因。

除了獨特的中國經驗與東方時間的顯性適配，往循環時間觀的縱深處探溯，不難發現，中國政治文化土壤上培育起來的社會歷史觀、政治觀、生命觀皆浮現出周而復始的態勢，這就是不可能的時間運轉中內蘊的巨大的可能性。回看小說《受活》，雖然時間箭頭指向了改革開放新時代，但是，在發展模式、建設理念、體制設定、百姓思維等層面，我們看到前革命時代的文化傳統如「幽靈」一般若隱若現，宰制著當代人的生活。為了更好地闡釋兩個時代政治

觀和歷史觀的同根性或關聯性，作家塑造了一個權力狂魔者──柳鷹雀。他由「雀」到「鷹」的畸形發展史和欲望膨脹史將革命年代與改革時代對接到一起，在兩個時代的運轉規則中呈現了東方歷史長河中孕育的中國式政治思維模式的症候，尤其揭露了權力文化中的瘋狂與傲慢因子，包括權力結構、運行機制、監督體系、權力觀念中暴露的弊端在新舊兩個時期的延續。作家不僅打造了柳鷹雀這種串聯新舊時代的權力畸形兒，還借助花重金從俄羅斯購買列寧遺體來這一異想天開之舉把社會主義發展的兩個階段勾連起來，從另類角度印證了兩個時代運行序列中部分基因密碼的藕斷絲連。可以說，在建「列寧紀念堂」和革命領袖人物的商品化中，作家既對過往神聖的革命事業進行了解構，也揭示了改革時代經濟發展模式中的怪誕質素，以致於他才會發出「面對這個現實的世界，我已經魂靈出血」〔註72〕的悲憤之聲。除了這兩個時代進程中部分發展基因的遺傳，作家還從中國傳統文化遺產的深處洞察出了一些精粕的起死回生。比如，受活莊村民給新加坡僑商集體下跪、老狗帶領一群狗下跪、滿城滿世界人向他鞠躬磕頭等狂歡化的廣場式場景都是中國式民族生態的一種原型。這種姿態在不同時代輪迴上演，既是古老思維和舊秩序的死灰復燃，也凸顯著國民劣根性的輪迴，昭示著著人性景觀的幽暗。此外，圓全人對受活莊一次次驚人相似的侵擾和洗劫，茅枝婆、菊花、槐花們如出一轍的被欺凌史，以槍制人舉動的再現無一不宣示著歷史在現實中的重演。

這些被反覆書寫的場景折射出來的是「過去永遠不會死，它甚至還沒有過去。」它無疑彰顯著作者拒絕遺忘歷史的姿態，因為，「忘記是我們共同的罪惡。」〔註73〕當然，銘記歷史並不是強調復仇姿態，而是為通往美好的未來搭建起一座更堅實的橋樑。也就是說，面對豐潤葳蕤卻泥沙俱下的中國經驗，作家雖然經由東方輪迴時間表達了對中國式權力文化場域痼疾叢生的批判和對幽暗帶菌的人性因子反覆裂變的絕望，但是，否定性話語之下潛藏的是建設性思維。作家在忘卻和銘記之間希望國民、民族、個體都對歷史進行反思，清理並懺悔我們曾經犯下的過錯，如此，才能以史為鏡，為當代中國社會的未來發展進行方向性指引，避免災難性事件的重演，迎來一個更加自由、民主、平等的時代。這或許才是作家執意給受活莊人選擇「退社」這條虛妄之路的原因。

〔註72〕閻連科：《魂靈淌血的聲響──〈閻連科作品集〉·總序》，《當代作家評論》2008年第1期。
〔註73〕閻連科：《受活》，瀋陽：春風文藝出版社，2003年，封面。

也即，後撤到順應花開花落的農耕文明形態和柔軟、內斂、抱樸的陰性文化中並非作家對現代性的屏蔽，事實上，這是悖離時代發展軌跡的。他只是借助這種保守甚至虛幻的生存方式來表達對革命日子和當下「洋日子」的不滿，當然，更是對現實社會中政治文化、權力機制、人性景觀及文明形態的質疑，由此來替大歷史中的小人物們尋求一個更好的未來。面對種種蕪雜殊異卻又帶有輪迴特質的中國經驗，似乎只有在東方循環時間的運轉中才能更加貼切地進行闡釋。

同樣值得注意的是，《受活》在採取古老的東方循環時間時還打造了原生態的方言寫作。兩者的結合以及絮言的使用不僅使文學敘事更接近受活人的生存世界，有助於揭開他們精神深處的密碼，還暗含著作家意欲讓民間小人物發聲的意圖。畢竟，相比公共話語，方言是備受擠壓甚至湮沒無聞的。受活莊的人撇開權威性的公共話語，從自己柔性的方言出發，在他們活色生香的私人經驗中來重新探照光怪陸離的革命史與改革史，經由與集體記憶的補充、頡頏甚至顛覆來敞開被遮蔽或抹殺的歷史密語，逼近當代社會現實的真相。當然，這也彰顯了新世紀以來作家們的民間立場。

除此，《后土》《火鯉魚》《野望》以二十四節氣的變換為敘事時間，《福地》以天干地支的流轉為敘事時間，《農曆》以傳統節日的更迭為敘事時間，《麥河》以月亮的陰晴圓缺為敘事時間，《生死疲勞》以六道輪迴作為敘事時間，均彰顯了作家足夠的敘事智慧，正所謂，「『中國經驗』是要有『中國式』的表達方法的。」〔註74〕這種時間刻度裏生發的中國智慧也顯現著作家們的寫作主旨與立場表達。比如，它們均昭示著作家力圖依據中國時間的輪轉來講述當代中國現實的訴求和姿態。他們希望立足於中國史而非世界史的座標軸上來理解並反思中國社會的現代化進程，將歷史與現實勾連而不是割裂開來。同時，作家們也期待讀者換一種思維來觀照中國現實世界的芸芸眾生。這就是中國式循環時間折射出來的政治內涵和文化意義。當然，採用古老的輪迴時間並不意味著徹底屏蔽世界性視野，事實上，在這些小說內部，依然蕩漾著大量現代主義及後現代主義的餘波。我們也確實憧憬今天的中國文學尤其是現實主義小說能由民族走向世界，在「『文學性』的範疇裏」〔註75〕贏取與世界文學平等對

〔註74〕閻連科、張學昕：《我的現實 我的主義：閻連科文學對話錄》，北京：中國人民大學出版社，2011年，第196頁。

〔註75〕徐則臣：《中國文學的世界之路——在美國愛荷華大學的演講》，張清華編：《中國當代作家海外演講》，北京：北京大學出版社，2012年，第192頁。

話的機會，通過「內外同溫」的跨文化傳播體系來豐富並發展自己，擴大輻射域和影響力，建構巨大的文學公共性。只是，我們不能對西方觀念、西方審美口味盲目趨鶩，更不能被它們同化或異化。如果以不對等的方式去面向世界或迎合西方，那麼，只能說明「我們確實是一個弱小的民族，只有特別弱小的民族，才會急切地、焦慮地想把自己展現給別人。」〔註76〕

二、交錯的時間與多元的現實

（一）從「迷舟」走向「大地」：新世紀「介入現實主義」小說中交錯時間的獨特性

在新世紀「介入現實主義」小說中，面對變幻莫測的時代景觀，作家們盡情撥動著時間的「發條」，經由「戲劇性」的拆解和重組來通往現實彼岸。其中，除了大行其道的循環時間，交錯時間同樣備受青睞，代表性文本有《刺蝟歌》《火鯉魚》《生死疲勞》《雲中記》《米島》《北去來辭》《刻舟記》《公豬案》《平原上的摩西》《風暴預警期》《四十一炮》《手銬上的藍花花》《空巢》。

那麼，何為交錯時間或時間倒錯呢？從生活邏輯出發，時間自然是「日光在一維狀態下不斷流逝而又不可逆向返回的物理現象。」〔註77〕然而，擅長變法的「文學魔術師」們並不願意恪守這一物理時間的真實性原則，他們不約而同地使出斷裂、切割、拼貼、閃回、暫停、顛倒、重疊、穿插、錯位等「法器」，以此打破客觀時間鏈條，摧毀自然時間的線性流淌，讓故事時間和話語時間發生錯位，構築了時間的迷宮。「故事時間」顧名思義，指的是所講述的故事實際發生的時間順序，而「話語時間」則被視為文本時間或敘事時間，對應著故事內容在敘事文本中呈現的時間順序，具有超越自然時間的「偽時序」〔註78〕特徵。在時間研究者熱奈特那裡，「研究敘事的時間順序，就是對照事件或時間段在敘述話語中的排列順序和這些事件或時間段在故事中的接續順序。」〔註79〕其中，故事時序作為作家所述故事發生的實際時序，其衡量標尺源於當代人日常生活中自然的時間體驗和生活經驗，相對處於穩定狀態。話語時序即作家們敘述故事的時

〔註76〕劉震雲：《中國人缺什麼》，《課外閱讀》2015 年第 23 期。
〔註77〕劉恪：《現代小說技巧講堂》，天津：百花文藝出版社，2012 年，第 135 頁。
〔註78〕申丹：《西方敘事學：經典與後經典》，北京：北京大學出版社，2010 年，第 115 頁。
〔註79〕〔法〕熱拉爾·熱奈特：《敘事話語 新敘事話語》，王文融譯，北京：中國社會科學出版社，1990 年，第 14 頁。

序，為了表達主旨、推動情節、塑造人物等創作動機，他們會打破「自然時序」
〔註80〕，進行故事時間的拆解、重組與疊拼，所以，話語時序並非一成不變。在
兩重時間的「變」與「不變」中，話語時間和故事時間往往會發生交叉、斷裂或
衝撞，這番「不一致」也就構成了「交錯時間」或「時間倒錯」的現象。

　　其中，閱讀新世紀「介入現實主義」小說，可發現，作家們紛紛採取交叉、
錯位、顛倒、重疊、拼貼等藝術手法，來打破物理學的自然時間，形成了非線
性的交錯時間。在時間的迷宮中，他們建構了小徑分叉的現實「花園」，欲蓋
彌彰下打造了萬花筒般搖曳生姿的美學景象。當然，回到風起雲湧的 20 世紀
80 年代，余華、馬原、格非、洪峰等叛逆「頑童」們在《世事如煙》《虛構》
《迷舟》《東八時區》中同樣打造了藤蔓交錯的時間網絡。不過，與曾經大行
其道的時間迷宮相比，新世紀「介入現實主義」小說中的交錯時間在美學機制
的易變中生長出了諸多藝術新質。從敘事策略自身來看，80 年代先鋒虎將經
由各種文學「煉金術」將時間切割得七零八落，加上紛至沓來的圈套、空缺、
迷宮與障礙，導致故事發展的鏈條和因果邏輯常常完全斷裂，在極端的探索實
驗中呈現出了高度抽象化的特徵，時間的構造也彷彿淪為了一場技術練兵的
「遊戲」或一個觀念演繹的「道具」。新世紀以來，作家們仍然樂忠於經緯交
織的時間「魔術」，拒絕故事發展的平鋪直敘，但是，面對廣闊閎深的社會現
實，他們沒有大肆揮舞時間之劍，或任意破壞小說的內在邏輯，而是呈現出相
對柔和化與理性化的時間「倒錯」模式，人們可以從中釐清故事的發生時序和
因果關係，且過去和現在的時間交錯尤為突出。從敘事時間與內容表達的關聯
來看，80 年代中期的「叛逆者」們在時間編織而成的「迷舟」中往往遠離了現
實根基，他們要麼於形式的天宮裏橫衝直撞，要麼在理念的深淵下凌空蹈虛，
當然，他們也經由時間的交錯去楔入人類的精神世界或時間的本質，探索宇
宙、虛無、存在、真實、生死、未來等關乎世界的永恆性的元問題，流露出一
股形而上的迷思況味。新世紀以來，作家們同樣致力於穿越過去、當下和未來
的「厚障壁」，但是，交錯顛倒的時間並不一味執著於形而上的追問，而是與
熱氣騰騰的現實勾連，面對的是當代中國現實與當下中國經驗，接洽的是社會
公共生活與民族公共問題。在時間的交錯戲碼中，作家們還觸及這個時代的
政治文化、制度變革、精神圖譜等維度，對現實進行廣闊性和縱深化的勘探。

〔註80〕申丹：《西方敘事學：經典與後經典》，北京：北京大學出版社，2010 年，第
　　　　115 頁。

當然，時過境遷，當年的頑童作女們在時間交錯中縱然開始「貼地」飛翔，也並未放棄對存在性命題的求索，只不過，他們沒有於抽象性話題上逡巡不前，而是經由恒常事物的異動去追問社會現實的畸變。由此，新世紀的交錯時間敘事也突破了 80 年代「內向化」的部署，呈現出一定的「外向化」趨勢。從敘事時間的設置與讀者體驗的角度來看，80 年代的先鋒騎士們在時間倒錯中追求的是意義的解構。在層出不窮的迷宮疊嶂或時間陷阱中，他們的小說不斷與大眾的審美習慣發生激烈碰撞，打破甚至顛覆著人們既有的「期待視野」，出其不意中也造就了佶屈聱牙的閱讀體驗，大多數讀者無法破譯出時間密碼下的思想表達。當然，此時意氣風發的「破壞者」們沉湎在個人波峭奇崛的文學謎語裏，根本無暇顧及讀者體驗或對此不屑一顧，也沒有表露出讓讀者參與小說的意願，甚至發出了「拋棄讀者」的論斷。最終，落落寡合的文學與讀者漸行漸遠，在頡頏中兩者走向了無法對話的窄門。不過，新世紀以來，作家們並不將時間視作「玩偶」，在混亂交錯的時間中，他們也無意與讀者分道揚鑣，而是憧憬通過變幻莫測的時間風景來吸引讀者關注社會現實、參與公共生活並發表理性話語。在對現實的「質問、顛覆和重新塑形」〔註81〕中，作家們試圖培育現實情懷、鍛造公共精神或改善世道人心。也許有評論者認為這種交錯時間的變革是當年的先鋒盛宴風流雲散後作家們對市場的「妥協」，但我們認為，這種時間轉型並沒有導致藝術的後退或內容的降格，反而喚起讀者參與現實的激情，從這個維度來看，我們不能簡單地予以否定。

那麼，新世紀「介入現實主義」小說中大張旗鼓的交錯時間究竟彰顯出了何種敘事功能，裹挾著怎樣的文化隱喻呢？縱橫交錯的時間是否實現了擴大敘事容量、探照社會現實、解密心靈真實、建構文學公共空間的意圖？在對線性時間觀的摧毀中，作家們折射了怎樣的文化心理，表達了他們對當代中國現實的何種思想觀照，凸顯了哪番歷史觀與現實觀？導因於時間與精神的關係，我們能否經由異變的時間通道楔入當代人隱秘的精神根底呢？這些是本書試圖索解和關心的問題。

（二）經緯交織的時空與現實層次的豐富

首先，交錯時間的設置有助於擴大敘事體量，豐富現實層次。對於大多數將歷史與現實交錯的小說而言，它還可以建構現實感與歷史感。在時間交錯的

〔註81〕〔美〕愛德華·W·薩義德：《人文主義與民主批評》，朱生堅譯，新星出版社，2006 年，第 33 頁。

小說中，作家們衝破了傳統現實主義文學中線性敘事的網羅，將本應直線前進的過去、現在與未來進行拆解和重組，或顛倒置換，或來回搖擺，或壓縮於同一時空平面中齊頭並進，如此，在多線交織和旁枝逸出中開闢了廣闊的敘事空間，拓寬了故事的敘事容量，打造了立體多元的現實層次感，呈現了寬廣深遠的中國現實景觀。當然，在歷史剪影、現實世相和未來圖景的交相融合中，這些介入當下現實的小說既讓我們感受到強烈的現實在場感，也讓我們經由「現在」與「過去」交匯的時間座標軸來構建歷史時空感，畢竟，現實感與歷史感本就是遙相呼應的，「任何一種現實都是在歷史中的現實。」〔註82〕總之，在交錯時間的作用下，當作家們從既往「一條線」的歷時性敘事轉向當前「一團麻」式的共時性敘事〔註83〕時，我們目睹的是時間景深和生活激流中越發紛繁龐雜的現實風景。特別是當過去和現在交替行進時，現實在歷史的推動下如滾雪球般持續膨脹，不斷拋出富有意味的話題。當然，在經緯交織的時間迷宮中，除了鋪展斑斕多姿的生活畫卷，我們也得以打撈流年舊影中的時光碎片，抵達人類隱秘複雜的精神秘境，它們共同編織起這個時代的總體現實。

對於那些時空跨度宏闊，內容龐雜無邊的史詩性寫作來說，作家們特別擅長採取倒錯時間，將歷史與現實進行交錯，在時間箭鏃的迴響中來不斷地引出、豐富並深化現實。比如莫言的《生死疲勞》在六道輪迴的循環時間結構中還頻繁使用了過去和現在穿插敘述的交錯時間，以「土地」為軸心，經由地主西門鬧的生前史、輪迴史和轉世史來呈現中國半個世紀的土地變革史、中國農民的心靈史以及中國官場的風雲史，照應了莫言對「長度、密度和難度」〔註84〕的追求。當然，在氣勢恢弘的歷史畫卷和縱橫交錯的時間河流中，作家也楔入了人性的善惡景觀，從藍臉的逆流而上、後輩精神跌落的軌跡以及人性與獸性的對照出發，來指陳浮沉動盪的時代進程中因「土地」政策變化導致的人性失衡。要說明的是，儘管莫言通過大頭兒藍千歲之口不斷地穿插和回溯過去，其旨歸仍在於「現在」，在於當代社會土地如何變革，「在 2005 年的時候，（我）已經預感到了土地進一步改革、農民進一步改革的必要性。」〔註85〕

〔註82〕劉大先：《現實感即歷史感》，《文藝報》2014 年 6 月 4 日第 2 版。

〔註83〕鄭文豐，徐則臣：《「70 後作家也會有自己的春天」——築城訪著名作家徐則臣》，《貴陽日報》2014 年 10 月 14 日第 A11 版。

〔註84〕莫言：《捍衛長篇小說的尊嚴》，《當代作家評論》2006 年第 1 期。

〔註85〕張同道：《莫言和他的高密東北鄉》，《文學的故鄉訪談錄》，北京：中國廣播影視出版社，2020 年，第 112 頁。

只不過，他沒有單刀直入進入「當下」，而是在時間的交錯和輪迴中漸次鋪展土地變革史，在過去與現在的交替敘述中增強了故事的張力，拓展了現實的寬度，也不乏歷史的厚度與高度。遲子建的《額爾古納河右岸》以「我們這個民族最後一個酋長的女人」——「我」作為敘述者，經由「我」90年的生命歷程來對應馴鹿民族百年的興衰榮辱。小說同樣建構了過去和現在交織的時間座標軸，「我」當下身處的現實是原始部落正在向山下的現代城鎮搬遷，但「我」不斷回溯的是記憶裏「以地為伴，以天為友」的自然時代。時間是如何交錯的呢？作家別出心裁，將此刻鄂溫克族搬遷那天的「清晨」「正午」「黃昏」「半個月亮」作為時間刻度，既客觀呈現這四個時間點發生的搬遷現實，也以此串聯起鄂溫克族聚散離合的百年風雨征程。仕過去和現在的交錯中，小說不僅奏響了強悍的鄂溫克族一路從繁花相送到風霜並行的歷史悲歌，更展示了原野森林中的族人在勢不可擋的現代化浪潮下，從前現代文明走向現代文明社會的旅程中產生的文化衝撞、心靈窄化及生命萎縮等異變景觀。當然，這也給當代社會的眾生留下了一個難題：從過去的山川湖海到當下的機械轟鳴，處於激流勇進的現代化浪潮中，面對工業文明的高歌猛進，我們如何錨定自身，尋找賴以棲居的精神家園，讓「失血」的心靈有所歸依？可以說，小說的敘事時間雖然只是現在的「一天」，但在交錯時間的運用中，作家容納了過去的「百年」，如此，不僅為改革時代當下現實的展開推波助瀾，更讓我們尋覓到了熱氣騰騰的現實如何從底蘊深厚的歷史中走來。當然，當作者利用交錯藝術展開多層次的時間卷軸時，站到額爾古納河右岸過去和現在的兩端，在溫度和厚度兼具的歷史感的湧動中，我們同樣體會到撲面而來的現實感。徐則臣的《北上》、李杭育的《公豬案》、阿來的《雲中記》同樣是在時間的發散和延展中編織成交錯的時空網絡，將鮮活的現實問題放置於歷史歲月的縱深之中，使歷史與現實之間形成了纏繞的糾葛，既使小說包裹著深厚的歷史底蘊，也凸顯著對當代社會現實的嚴肅省思。

　　除了這種史詩般的寫作，諸多作家在片段化的情景敘事或還原化的生活敘事中也採取了交錯的時間藝術。經由歧路叢生的時間網線，作家們通過切割、重組、交叉等時間「法術」一邊拼湊起豐富的現實生活畫卷，一邊解剖幽微的人倫情理，在大時代和小人物、公共經驗與私人經驗的「碰撞」及「互補」中揭露宏大的社會問題，解鎖眾生的生存密碼，抵達隱秘的精神地帶，呈現了

張弛有度的現實敘事。比如在林白的《北去來辭》中，主人公置身於蕪雜多端的當下現實，但是在生命的關鍵時刻，思緒又不斷地回憶起從前。正是在一次次如電影回放般的情景再現中，過去和現在的隔膜消除，城市和鄉村進行了聯結，歷史與現實也發生了疊印。如此，小說既緩緩掀開紛繁錯落的現實生活畫卷，也楔入了海紅、道良、銀禾等人內在的生命肌理，還經由交錯循環的時間與生命的成長、蛻化或更新對接起宇宙世界的運行規律。吳克敬的《手銬上的藍花花》同樣在交錯時間中選擇了雙線嵌套的敘事，過去時空講述的是女主人公闔小樣的成長史和致死夫命成為罪犯的經過，現在時空講述的是她被押往西安省城監獄途中與警察之間的故事。借著這兩套時空中敘事線索的交互迭進，作者一方面以犀利的筆觸指陳了權力與資本結合後對鄉村底層百姓的傾軋，對準了當代現實中不同階層之間激烈的矛盾衝突，同時，又以柔和的筆觸繪就押解途中警察與罪犯之間種種「美麗」的插曲，展示了精緻幽微的人性風貌與錯綜複雜的倫理情感，袒露了主人公內心的真誠，即使是在冰冷的手銬下，她依然不乏對美和愛的追求。這也照應了作家的文學觀和悲憫精神，「我不想寫絕望，我願意永遠書寫美與真誠。」〔註86〕

（三）時空對照與勘探社會現實的意圖

在縱橫交錯的時間網線上，作家們特別熱衷於過去和現在相交織、嵌套的時間敘事，其終極旨歸仍在於時空對照，借「古」觀「今」，探照當下中國現實。閱讀《刺蝟歌》《四十一炮》《生死疲勞》《火鯉魚》《手銬上的藍花花》《公豬案》《額爾古納河右岸》等小說，不難發現，在歷史和現在的穿插、重疊、交錯中，不少作家往往從城鄉人文景觀或自然景觀兩個向度出發，經由時間的流淌來追懷過去、發掘異變，互為參照中，揭示轉型期當代中國現實暴露的生存危機與精神眩惑等時代癥結，比如權力異化、制度失靈、人心失衡、信仰懸浮、道德滑坡等「問題」景觀，提醒人們置身於號召「速度」的當下要不時回望來路，保持自省之心。如此，在時光的沉落、漂浮中，「心靈才能不在『黑暗中行走』」，並可能收穫到達未來方向的「通行證」。〔註87〕這也是作家汲汲強調的，「我覺得知識分子最大的作用不僅是過去和現在，更應該是未來，它們的目光應該像探照燈一樣，共同聚焦，照亮這個民族的未來。」〔註88〕無論

〔註86〕劉展、吳克敬：《我願意永遠書寫美與真誠》，《湖南文學》2011 年第 2 期。
〔註87〕雷頤：《正視歷史，國家才有未來》，《中國新聞週刊》2006 年第 30 期。
〔註88〕劉震雲：《文學夢與知識分子》，《甘肅社會科學》2013 年第 5 期。

他們如何看待自己的文化身份，也不管他們的小說是否真正具備照亮未來的
能量，在此番反常的時空部署中，確實凸顯了他們正對現實的姿態以及對民族
歷史、當下和未來關聯性的思考，是一種「根性」的寫作。

　　這裡，我們以作家張煒為例，探究他如何借助過去與現在交錯、切換、閃
回、交疊的時間模式來燭照現實大地。在時代車輪的滾滾前行中，作家張煒始
終扮演著曠野莽林上的精神守夜者，緬懷農耕文明的同時表達著對工業文明
時代的憂思。比如，在《刺蝟歌》中，他啟動了「現在」和「過去」這兩套時
間系統，但是「現在」與「過去」並非簡單的平行前進，而是來回擺動。作家
打亂時間鏈條，在相對混沌化的時間和意識流的技法中讓棘窩鎮的過去與現
在不斷發生閃回、交錯，目光看似緊盯當下現實，心靈卻時刻牽掛過往。事實
上，此番具有共時性的並置時空場域本就流露了他「固執」的文化堅守姿態。
具體來看，通過「現在時空」和「過去時空」的對照、交織，作家發現了美蒂、
毛哈和廖麥等人體態特徵、生存境況與精神情狀的異變，在異變中既為農耕文
明的式微、傳統倫理的失落而唏噓，也抗議著一路高歌猛進的現代工業文明。
在過去時空中，作者著力打造的是作為「刺蝟」的美蒂。美蒂從小身披蓑衣，
傳說是少年良子和刺蝟精的後代，行走於莽野叢林中，她儼然大自然的精靈，
散發著迷人的野性氣息和原始激情。然而，到了現在時空，作為「刺蝟」的美
蒂向作為「人」的美蒂進化，當她「脊部那一層呈倒八字的金色絨毛」全部消
失時，表明身體進化完成，可精神卻發生了退化。在工業文明的催熟以及資本
的誘惑下，美蒂及她的後代也抵擋不了欲望化的現實。甚至當她日思夜想的廖
麥提議和美蒂躺到菊芋杆上重溫舊時光中野地相會的狂歡場景時，這個喊著
「熾熱的愛情」口號的美蒂後背卻格出血了。按照廖麥的話，美蒂這是「忘
本」，是對自然的「叛變」。然而，越是她遺忘野地的這些當下現實的關鍵時刻，
美蒂刺蝟時代的回憶越會不斷潛回，在記憶影像的情景再現和閃回調轉中，過
去和現在形成了顯豁的對照。作者也經由美蒂自然氣息和野性特徵的消散，來
宣告精靈的暗落，暗示工業文明導致的人類異化景觀，從前刺蝟的歌唱已成野
地的悲歌。正所謂，當叢林秘史中的精靈都開始膜拜現代工業文明時，表明所
有人都「走進了默默中蠱的時代」〔註89〕。在時間的交錯中，作家還借助毛哈
這一人與海豬交媾而成的後代來表達對現代工業文明的捍斥。毛哈的現身本
不應該讓眾人產生如臨大敵之感，畢竟，過去的棘窩鎮人都以野物精靈為友。

〔註89〕張煒：《刺蝟歌》，北京：作家出版社，2014年，第324頁。

然而，到了現代化的工業文明時代，毛哈卻被人類驅逐，連同為野物之子的美蒂都將其視作「怪物」，最後，無家可歸的毛哈因為巨睾症被作為怪物進行展覽，淪為了現代社會的一件「商品」。除了不遺餘力地書寫毛哈在「現在」時空裏的遭遇，作者還坐上時光機，頻繁穿插著「過去」時空裏人與野物情投意合的佳話傳說。如此，時間的交錯既昭示著物慾合奏的時代中人獸情緣已盡，也表達了他以野性思維對抗現代工業文明與商業帝國的執著，工業文明在快速崛起中帶來了經濟發展的狂飆突進，也導致了人心的堅硬、人性的冷漠、精神的蒼白及欲望的膨脹等時代病。當然，文中還有一個流浪的「癡士」——瞭望麥田的廖麥，他一邊走火入魔般回憶著從前「晴耕雨讀」的自然時光，抗拒物慾橫流的現實世界對個體心靈的囚禁，一邊卻又無法在現實中完全直抵靈魂的自由之境，而且，反覆回溯的時間結構也越發加重了他的精神苦旅。總之，在歷史與現實的搖擺中，作家捍衛著他呼喚農耕文明、回歸自然大地的信念。不過，這種立場不乏偏執，畢竟，工業文明具有史無前例的進步性，其發展方向也是無法逆轉的。

（四）時間擺渡與解鎖心靈真實的旨歸

在新世紀「介入現實主義」小說中，時間的搖擺有助於解鎖眾生的精神密碼，探尋顯性現實經驗之下「存在的可能性」〔註90〕，挖掘出心靈真實的景觀。在介入性文本中，作家除了要聚焦轟隆前進的社會現實，還要放緩腳步，訪問大眾的精神世界，聆聽時代風雲對個體心靈產生的碰撞和迴響，發掘靈魂深處幽微黯淡、波伏曲折的易變風景。對此，諸多作家在客觀時間之外打開了主觀時間或心理時間的閘門。按照柏格森的說法，內在化的主觀時間並不表現明顯的界限，而是彰顯出「綿延」性的特徵，始終在人類的意識深處存在著。主觀時間或心理時間對接著眾生思接千載、視通萬里的心緒，在意識的流動、停滯或延宕中與客觀行進的物質時間發生錯位。經由這番錯位，作家們不僅可以打造出宏闊的時間景深，更是從時間交錯的關鍵時刻出發，在時空的流轉、融匯和搖擺中挖掘個體錯綜複雜的生命體驗，打開眾生隱秘的精神版圖，探賾變幻莫測的新時代下人們的「內心真實」。在內心真實中，他們既追索存在的意義、生命的價值、時間與永恆、存在與時間、遺忘與選擇、生存與死亡、成長與失去等與人類自身生存的內在本質相關的哲學元命題，也經由眾生心靈

〔註90〕〔法〕米蘭・昆德拉：《小說的藝術》，董強譯，上海：上海譯文出版社，2014年，第 55 頁。

的浮沉與洇渡、精神的幽暗與光明來折射雜樹生花的社會現實。

在《北去來辭》《雲中記》《刻舟記》《空巢》等文中，作家們在自然時間之外都設置了主觀化的心理時間，經由時空的穿越、錯位楔入當代人的心靈雲圖與人性紋理，探索著人心暗落、信仰漂移、理性混亂及價值迷失等現代性的精神症候，既表達著對錯綜複雜的當下社會現實的思考，也在時間的變換中流露出濃厚的哲思況味。比如，在林白的《北去來辭》中，小說中勾勒了一條自然前進的物理時間線，以 2010 年初春為起點，以 2012 年深秋為終點。然而，這番原本線性流淌的自然時間屢屢被主人公的「回眸」所打斷。海紅、道良、銀禾等人身處當下現實，但在生命中的重要時間節點上，其思維不斷閃回、跳躍到過去，從前的影像在不同的回放模式中讓他們的記憶進行發散式延伸，由此，彈性伸縮且自由遊走的心理時間與月落烏啼的自然時間構成了交錯現象。正是在這種記憶與現實、過去與現在的交錯中，作家為筆下人物構築起獨屬於自己的幽深的時間長廊，打開他們生命圖景的內在真實，去扯拽出一個斑駁陸離的心靈世界，當然也折射著雲譎波詭的外部現實世界。比如，小說中身處都市空間的海紅在憂鬱、封閉、焦慮的成長和成熟史中，其思維屢屢閃回到過去，散點式的記憶也拼湊起她的原生家庭、童年光景、成長點滴和情感糾纏。這些過去的碎片與現實生活又不斷發生交錯、疊加。在交錯中，作者不僅梳理了海紅俯仰浮沉的生命歷程，更追溯了她內心孤獨感與飄零感的由來，替這群城市「無根」的漂泊者尋找著精神的原鄉，讓她們從幽暗的甬道中破繭成蝶，從疏離現實到返回現實，「找到與世界的真切聯繫」〔註91〕。傳統知識分子史道良對現實失望透頂，獨坐在他的角落裏，其思緒常會飄回少年，回到輝煌的革命時代。在歷史記憶與現實生活的交錯以及異類與常態的對照中，作者袒露著道良內心的苦悶躊躇，他如若「一匹受傷的老獸」被世界拋棄。當然，經由道良「怪獸」般的內心，作者也提出了一個精神命題：這些沉浸在歷史中無法自拔的人如何面對新時代的騰挪變遷？阿來的《雲中記》面對地震災難這一民族創傷事件，一方面呈現了國家意志維度對集體創傷記憶的修復，另一方面，更由阿巴的回溯出發，在過去和現在的交錯中重返歷史現場，揭開了災難親歷者自身的心靈陣痛與精神掙扎，也經由兩套時空的交錯探索著他們在家園喪失和信仰失重中如何展開自我救贖。薛憶溈的《空巢》在歷史與現實的交錯中不僅暴露了電信詐騙和空巢老人這樣的外部重大現實，更由趙奶奶大驚恐、

〔註91〕林白：《歸去來辭》，北京：北京出版社，2013 年，第 419 頁。

大疑惑、大懊悔、大解放的「一天」打開了往事河流的閘門。在不斷湧進的記憶與頻頻插入的獨白中，她內心的創傷感、孤獨感、失敗感纖毫畢現，展示給我們的不僅是現實的空巢狀態和受騙經歷，更是心靈的「空虛」與「被騙」，由此去揭開更為本質的內在精神真實。姜貽斌《火鯉魚》中的敘事者「我」彷彿是臆想症患者，思維極度發散，通過聯想、想像或猜測的方式，在過去和現在的兩極之間隨意奔走，詩意地編織著經緯交錯的時空網絡。在時間的流轉或倒錯中，借助「我」跳躍搖擺的思維，我們恰好可以傾聽刀把、三國、雪妹子、滿妹、水仙、小彩等蜷縮於底層暗角的「失語」者被現實撞擊後的生命迴響，解鎖現代化進程中他們的精神困厄與心靈密碼，並從其心靈的裂痕處出發，去勘探歷史與現實帶給他們的悲劇。可以說，在主觀時間與客觀時間的錯位中，作家們打量著蕪雜葳蕤的時代下芸芸眾生豐饒曲折的內心風景，索解著他們孤獨、幽閉、飄零或荒寒的精神空間，在心靈的迷失、膠著甚至撕裂中再度省思與人類存在相關的話題，挖掘人們的「精神真實」。

在《火鯉魚》《北上》《公豬案》《刻舟記》《平原上的摩西》《風暴預警期》《日光流年》《受活》等小說中，無論是不同時空的並置拼貼、歷史與現實的嵌套進行，還是童年與成年的來回流轉，抑或片段式敘事，作家都衝出自然界物理時間的束縛，經由倒錯的敘事時間打造了縱橫交織、穿梭自由的另類時空。在這個時空裏，他們往往勾連起歷史，將當下時代的社會現實進行切割、交叉、倒轉、嵌套等藝術化處理，對一些重大的公共事件實現了二次解碼和編碼，錯落中編織成了花樣繁多的故事序列。與線性前進的客觀時間相比，此番詭譎的「偽時間」顯然容納了廣闊的現實內容，重新洗牌中也增添了話語張力，留下了更多的解釋空間。要說明的是，不管作家的視域多麼寬廣，時間如何發散，在傳統與現代、過去和當下的耦合中都遮蔽不了他們面向當代社會現實的決心。除了紛繁錯亂的外部現實，他們也借助經緯交錯的時間走進當代人的心靈世界，呈現他們的精神困境和現代性的信仰危機，尋找衝破心魔的路徑。對廣大的讀者來說，交錯時間讓他們產生了閱讀的新奇感或「震驚」的美學體驗，促使他們在時間迷宮中從相異的洞口進入迷霧籠罩的現實叢林，經由個性化的排列組合重新整飭當代社會現實，並參與到現實的討論與未來建設中來，這不僅呈現了詩性的文學話語與社會公共話題之間的關聯性，更有助於文學公共空間的建構。

三、逆時針時序

　　在新世紀「介入現實主義」小說中，有一種時間景觀引人注目：逆時針時序。從物理學來看，時間本是「日光在一維狀態下不斷流逝而又不可逆向返回的物理現象。」〔註92〕但是，經由「逆時針時序」，作家們打破了正常的時間流淌，將敘事時間與故事時間的時序完全倒轉，構成了一種特殊的交錯時間。也即，如果敘事時間為 ABCDE，那麼對應的故事時間則為 EDCBA。若以人的一生作為故事時間，那麼敘事時間則從死亡開始。通過這種逆向敘述可發現，人物從死亡到出生，從現在到過去，時間確實經歷了線性流淌，但回到人生的最初狀態後往往又開啟了新的生命輪迴，預示著循環時間的到來。阿萊霍・卡彭鐵爾的《回歸種子》是逆時針時序的經典之作，《時間箭》《時光倒流的女孩》《本傑明・巴頓奇事》《世紀之邀》等小說或電影均與這一敘事模式類似。可以說，這種敘事時間在文本內部既保持著線性流淌的特徵，又在形式上構成了交錯時間的布局，還彰顯了循環時間的內涵。

　　新世紀以來，以閻連科為代表的部分中國作家同樣借用和改鑄了這番逆時針時序，在文壇引起熱議。其中，《日光流年》和《受活》最為典型，早期的《鳥孩誕生》在鳥孩的回憶裏也留有時間返源旅行的痕跡。《日光流年》採用逆時針的敘事方式，以司馬藍為角心人物，借四代村長反抗「喉堵症」的悲壯史繪就了三姓村村民在時代浪潮的顛簸浮沉中由死亡到新生的過程，呈現了當代中國經驗中出現的另類「真實」。《受活》採取隱性的逆向敘述，遵循「毛鬚—根—幹—枝—葉—花兒—果實—種子」的植物生長榮枯過程進行敘事，同樣對接著震盪時期社會現實的光怪陸離之狀。當然，無論是《日光流年》還是《受活》，它們皆非《回歸種子》或《時間箭》中絕對的逆向敘述。在整體逆向的時間之流中，小說的每一章內部採用的是順敘，從而改造了西域技巧。那麼，閻連科為何要選擇這種集交錯時間、循環時間與線性時間於一體的「逆時針時序」呢？它具有怎樣的敘事功能和文化隱喻？這裡，我們將主要以他的《日光流年》和《受活》為例，來對此類敘事時間刻度下包裹的生命終結命題、由死向生的生死觀、童年母題、現代文明與前現代文明的衝突進行詮解，並從文化心理的角度追問作家的文學觀和生命觀，發掘倒流的時間藝術與循環歷史觀勾連後如何建構文學公共空間。

〔註92〕劉恪：《現代小說技巧講堂》，天津：百花文藝出版社，2012 年，第 135 頁。

（一）逆流時間下的文體意味與文化隱喻：死亡終結・童年退守・
文明博弈

在常由死亡開啟的逆流時間中，作家凸顯了生命的終結問題，讓人們刻骨銘心地感受時間的終點和死亡的切實存在，並通過這種極具衝擊力及毀滅性的「生死時速」去催逼讀者思考生命的意義、存在的價值、時間的永恆與失落、生存與死亡、死亡與時間關係等哲學層面的諸多元問題。此番對生命時間終點的強調和作家個人體驗的病痛、死亡等生命感受密不可分。比如閻連科曾多次提及個人及親人的病痛與死亡對其的影響，甚至直言不諱「我是因為害怕死亡才寫了那部長篇小說《日光流年》。」〔註93〕不管這句話是否帶有調侃成分，它的確吐露了作者對死亡的恐懼，「從懵懂記事伊始，直到我四十歲左右，每每想到死亡，內心都有著顫慄的恐懼。」〔註94〕在和梁鴻的對話中，他也回憶了病痛經歷，由於嚴重的腰椎間盤突出，甚至「《日光流年》的前半部就是仰躺著寫出來的。」當然，「身體狀況會影響一個人對生命的認識」，尤其是對於身體不健康的人而言，他們對生命的感覺越發變得敏感，「不健康的人的內心可能始終處於和生命的某種東西在對抗的狀態之中。」〔註95〕或許，恰恰是長久處於這種對抗當中，閻連科對死亡的存在、生命的價值、希望與絕望、妥協和反抗的思考才愈加深邃，常常流露出某番哲學況味。那麼，通過倒流的時間布局，在對現實大地上眾生生存境況與精神本相的探索中，作家是如何思考這些問題的呢？

在《日光流年》裏，經由倒流的時間藝術，作家以酷烈的筆觸刻畫了死亡帶給三姓村村民的體驗。這番對生命時間終點的感受並非稍縱即逝或輕輕掠過，而是牢牢擠壓並折磨著一個個獨立個體的靈魂。三姓村的人對時間皆懷揣著恐懼感，這種恐懼源於時光的堅硬，源於日光流年的迅速，更源於40歲生命大限的夢魘。從正常線性時間的流淌來看，三姓村的村民帶著罹患喉堵症的負重一直在與時間賽跑，被時光機追逐，40歲的生命大限扼住了他們的生命之喉，死亡的催逼讓其驚慌失措。那麼，如果將時間倒轉會產生怎樣不同的效果？

〔註93〕閻連科：《我為什麼寫作——在山東大學威海分校的講演》，《當代作家評論》
2004年第2期。

〔註94〕閻連科：《魂靈淌血的聲響——〈閻連科作品集〉・總序》，《當代作家評論》
2008年第1期。

〔註95〕閻連科、梁鴻：《巫婆的紅筷子：閻連科、梁鴻對談錄》，桂林：灕江出版社，
2014年，第21頁。

按照物理學說法，若穿越時空隧道，坐到時光機上進行時光倒流，時間應會呈現變慢的趨勢。然而，在《日光流年》中，採取時光倒流的方式並未緩解死亡帶來的恐懼感，反而讓時間走得越發急迫，加劇了死神到來的步伐。原因在於，《日光流年》選擇了一條「有限逆流」的路徑，這與「絕對逆流」有所區別。在絕對逆向的敘述中，從死走向生的過程和細節是完全的逆向順序，因此，死亡只是時間長河中某一個被言說與記錄的時刻，不存在被無限拉長和放大的延宕感，反而增加了文本敘述的從容感，也緩解了閱讀的緊張情緒。然而，回到《日光流年》，作者從整體上或曰大的生命階段採取了逆向時間，但是，每一章的故事又基本按照順敘來完成，比如第一卷講述司馬藍的死亡過程，它並不是徹底定格於死亡這一終點時間刻度上，而是從他生命的最後幾個月開始敘述直至死亡。在此番有限的倒計時下，伴隨著「嘭」的生命嘩響，陡然增加了時不我待的緊迫感，人們從屈指可數的時光中感受著死神切實的降臨。當然，這類時間流向也迥異於完全順敘帶來的藝術效果。如果從頭到尾選擇順敘，即按出生至死亡的正常時間順序進行敘述，那麼，在相對漫長的正數計時中，人們一般不會過分關注死亡結點的到來，也就沖淡了死亡導致的苦難。現在，源於有限逆流的時間模式，敘述從生命的最後時段開啟，直到死亡大幕降下，時間變得利刃般寒氣逼人，死神一步步靠近，這也越發引起讀者對生與死等永恆話題的省思，讓人意識到死亡並非若即若離的問題，而是觸目驚心的存在。當然，從整體逆向的敘事時間出發，倒流至少年、童年、回歸子宮後又將開始新一輪的苦難人生。站到這個維度來看，倒流的生命似乎又變得暗無天日般漫長，凝固得如同石頭樣巋然不動，尤其是倒流的時間和文中天干地支的東方甲子輪迴時間配合使用，本身即內含了度日如年的感覺。凡此種種，更激起讀者凝視與省察三姓村這個死亡之境的興趣，促使他們在對三姓村村民的同情中，通過文字的移情活動關注當代社會中被遺忘與被損害的群體，打量他們豐饒的內心景觀，探溯其荒寒、孤獨及恐懼的精神空間，進而重新追索關乎人類生存的死亡與生命等話題，畢竟，「死亡是對生命的終極闡述。」〔註96〕

在倒流的時間藝術中，作家們往往特別強調童年的存在。因為時間逆流本質上也是由成年向童年返回的過程，而童年是一個人的天堂，是最詩意的生命存在和最溫馨的初始家園。正因為童年不斷遠去，人們才逐漸被成長的混亂無序與成年人沉重堅硬的生存所異化，在日復一日的辛苦勞作和瑣碎無聊的平

〔註96〕蘇童：《創作，我們為什麼要拜訪童年？》，《中國比較文學》2012 年第 4 期。

庸歲月以及死亡之神的威逼中丟掉了自我，童年中僅剩的詩意氣息與哲學況味被磨損殆盡。他們置身於驚懼、冷漠和麻木中找不到存在之於自我的意義。因此，經由逆流的時間安排，作家希望通過對童年歲月的回望和兒時剪影的打撈，來幫助現實世界中艱難泅渡的眾生找回童年詩意的饋贈，在童年生命況味的咂摸與溫暖家園氣息的感受中尋回「人生原初的意義」〔註97〕及真實的自我，找到存在的價值。

回到《日光流年》，作者採用反常性的逆流時間，讓人由死亡向新生靠近、由複雜向單純回歸、由成年向童年退守。其實，童年正是三姓村人終生都在尋找的「美好與寬闊的流奶與蜜之地」，而書寫童年篇章的《家園詩》也是最溫馨實則最酷烈的一段。無論是司馬藍與藍四十最初懵懂無知、兩小無猜的情愛旅程，還是三姓村孩娃們過家家似的配對遊戲，抑或以相互親吻的方式來決定壽命的長短，當然還包括在「領袖」司馬藍的帶領下集體尋找母乳的壯舉，無一不滲透出苦難生活內部某種溫情的光暈與歡樂的色彩。這番純粹和詩意的童年景觀讓人感覺在倒流的時光中觸到了點滴希望，於肅殺的嚴冬之下嗅到了早春氣息。可以說，對生活黯淡無光的三姓村村民而言，童年顯得彌足珍貴。因為，反觀他們有限的生命行程，童年畢竟只是如筷子樣短暫。無論時間是正向流動還是逆向敘述，都逃不過這種命運。從正向的線性流動時間來看，他們經由死亡之鞭的抽打、權力之手的操縱、腥風血雨的反抗宿命史而加速了生命終點的到來。眾人被驚懼的生活與堅硬的日光折磨得創痕累累，人心和人性變得晦暗扭曲，開啟了行屍走肉般丟棄尊嚴、喪失自我的生活，童年的詩意在異化的生活場景中早就蕩然無存。從反常逆向的生命時間來看，回到童年後即縮回子宮，繼而又迎來了新一輪的苦難生存，他們永遠也抵達不了真正的「流奶與蜜之地」，「家園空間」一直處於迷失狀態。當然，即便如此，作者在逆流的時間設置中依然通過較多篇幅來強調童年的存在，其實是渴望幫助困頓無門的三姓村人站到童年的曠野中來尋找人生的原初，讓他們從被世界遺忘的角落裏拾起詩意的賦予，逃離成年生存之境，清掃心靈的污垢，重建坍圮的人性之牆。從某種意義上說，向童年退回是作者給現實中匍匐掙扎的三姓村人留下的溫柔一筆和救贖之道，儘管受制於輪迴往復的宿命陰雲，他們的苦難總是揮之不去。同時，這番時間格局下的退守也是對讀者的勸誡，讓我們身處喧囂的

〔註97〕閻連科、姚曉雷：《「寫作是因為對生活的厭惡與恐懼」》，《當代作家評論》2004年第2期。

世俗生活中不時回望來時的路。《受活》中最後的回歸「種子」或「退社」安排實際上也喻示著人生的童年階段。在逆時針時序中，作家們往往賦予童年巨大的生命詩意，或以童年來對應古樸的舊時光和寧靜的農耕文明，希望人們在滯澀的成年生活和工業文明的薰染下能著力於對童年氣息的回味，從而尋回原初的自己，找到存在的意義和生命的價值。

　　在違背物理時空邏輯的逆流式時間安排中，作家同樣呈現了個人於前現代文明與現代文明、鄉村農耕文明與城市文明之間的抉擇。打探這種時間模式，不難發現，作家們在價值立場上儘管不乏游移和迷惘，但最終還是向農耕文明及前現代的文化傳統傾斜。以《日光流年》為例，作者一方面批判了市場經濟大潮下城市道德淪喪、人心人性風景的失落等病象，與此同時，浩蕩慘烈的修靈隱渠引水之舉換來的卻是汩汩臭水黑流，這既說明了他們反抗的注定無效，更控訴了觸目驚心的工業污染現象，且暗示了工業文明的現代化成果從來不眷顧三姓村村民，但其負面效應卻頻頻累及他們。因而，不妨說，在倒流的時間之河中，實際上也是由工業文明向鄉村農耕文明的返程之旅。《受活》同樣借用「回歸種子」的暗示凸顯了從現代向前現代撤回的觀念，比如在新世紀到來那天完成的「退社」壯舉即似乎意味著回到史前社會，從社會村落向自然村落撤退。值得注意的是，無論是《日光流年》中向靜態的農耕文明退守還是《受活》裏的「退社」之舉，都並非作者的終極旨歸。因為《日光流年》中農耕文明形態下對應的保油菜、翻地、多生多育均幻化為徒勞的拯救，靜態原始的農耕生活無法讓三姓村村民真正覓到「流奶與蜜之地」，而《受活》下的受活莊這一烏托邦之境本就不可能存在。即使退守，所謂的「溫柔之鄉」或「天堂日子」依然遙不可及。在後撤還是前進的掙扎中，作者當然清楚駐留於原始低級的前現代社會毫無生機可言，這只是一條無奈的出路：結尾處那個山花遍地的美麗鄉間，無拘無束、無憂無慮的人間樂土是不可能的、不現實的，「只不過這是一個由文字建立起來的夢想世界。」〔註98〕閻連科本質上是憧憬借「倒回」過去的方式來表達對「現在」時間的否定，對當代現實中人們生存現狀、權力運作方式等的不滿，正如他在序言中唏噓的，「面對現實世界，我已魂靈出血。」〔註99〕當然，此條道路也指向

〔註98〕張學昕、閻連科：《現實、存在與現實主義》，《當代作家評論》2008 年第 2
　　　　期。

〔註99〕閻連科：《魂靈淌血的聲響——〈閻連科作品集〉‧總序》，《當代作家評論》
　　　　2008 年第 1 期。

對「未來」時間的惶惑不安,因為身處中國式政治文化土壤中,權力觀、政治觀及生命觀總是循環往復,革命時代的文化暗影在改革時代頻繁閃現,「未來」能否突破「過去」和「現在」值得懷疑。總之,逆流時間下的「撤退」並非拒絕現代性,它更多是希望「引起療救的功效」,喚醒眾人麻木的神經,讓他們反思並清理中國土壤上滋生的黴菌,繼而真正迎來自由、民主、平等的現代文明社會。

(二)反常的時間與作家的文學觀:「向死而生」抑或「向生而死」

「藝術是有意味的形式」〔註100〕,一種藝術技巧總是承載著特定的思想內容和社會意義,當然,也能燭照出作家的文化心理、哲學思考以及價值立場等內容。所以,作家選擇逆時針時序不僅是形式上的花樣翻新或呈現上述種種敘事功能,它還蘊藏著作者「由死而生」的文學觀和人生觀,滲透著某種希望,「從死寫到生,就是給人以希望的。」〔註101〕這也與海德格爾提出的「向死而生」的生命觀存在異曲同工之妙,「死所意指的結束意味著的不是此在的存在到頭,而是這一存在者的一種向終結存在。」〔註102〕但是,倒回母親子宮或重回嬰兒狀態是否意味著一定會鳳凰涅槃?打探諸多文本不難發現,退回生命的原初狀態也找不到任何希望,反而於注定的悲劇結局中開啟了新一輪的苦難歷程。當然,從作家個體的寫作訴求和文學理想來看,「歸零」的確暗含著捲土重來、浴火重生之意,提醒我們文學「向生而非向死」的精神質地,「但是別忘了那個小說的結構是從死寫到生,生的本身就是一束永不熄滅的光芒。」〔註103〕只不過,從現實存在出發,產生新未來的機會往往渺茫飄忽,這背後的原因自然錯綜複雜。

回到《日光流年》,作家採用逆向敘述,於反邏輯的倒流時間下讓人們向童年返程直到縮回子宮,從死到生的格局本意是擺脫絕望,這也是閻連科自己的解釋,因為「畢竟他(司馬藍)又回到了母親的子宮,開始了新一輪的

〔註100〕〔英〕克萊夫·貝爾:《藝術》,周金環、馬鍾元譯,北京:中國文藝聯合出版公司,1984年,第4頁。

〔註101〕姜廣平、閻連科:《「文革」記憶與土地情懷——與閻連科對話》,姜廣平:《經過與穿越:與當代著名作家對話》,桂林:廣西師範大學出版社,2004年,第115頁。

〔註102〕〔德〕馬丁·海德格爾:《存在與時間》,陳嘉映、王慶節譯,北京:生活·讀書·新知三聯書店,1999年,第282頁。

〔註103〕閻連科、周景雷:《寫作就是對現實的回應——閻連科訪談錄》,《文藝研究》2014年第2期。

生命。」〔註104〕在小說裏，他還通過「棺材長新芽」暗示了死亡中孕育的新生，「杜岩死亡，棺材，一夜之間雖是落葉的季節，卻長出了許多桐樹、柏樹的新芽，嫩生生的。」《受活》的最後一卷「回歸種子」也隱喻了希望的存在，「再偉大的人物老了就等於回到兒娃時候了，回到兒娃時候就等於獲得了新生。」不過，從小說本身內部邏輯來看，這種非常態時間安排下的「退回」果真能重獲新生嗎？在《日光流年》中，經由生命的逆向流動，被世界拋棄和遺忘的三姓村村民並不能真正贏取希望，反而又一次啟動了苦難之旅。因為，從停駐於三姓村上空的宿命陰雲來看，雖然村莊的每一段歷史劫難都對應和影射著當代中國歷史進程中的政治風暴或弔詭現實，但此處的悲劇首先不呈現為特定歷史時期特定制度下的政治歷史悲劇，而上升到一種「命運悲劇」〔註105〕，意味著它的難以逆轉性與不可抗拒性。關於此番論斷，我們尤其可從三姓村人經由四代村長率領而進行的長達半個多世紀的反抗死亡史中看出。在多生多育、種油菜、翻土、修靈隱渠的壯舉下，無論他們如何犧牲個人的尊嚴、貞操和生命，怎樣依託畸形的方式來獲得卑微的生存資本與發展條件，其結果都落入徒勞的怪圈。他們從未抵達生存的自由之境，更遑論「寬闊的流奶與蜜之地」。也即，對他們而言，苦難如影隨行，甚至已內化成他們的生存本質。《受活》固然是一齣政治歷史悲劇，但於輪迴的時間結構中也未必湧現出光明。

　　當然，這種毫無希望還體現於人性的冷若冰霜上，而人性之惡和國民性劣根總是互相纏繞。閻連科對人性的探討從來都是深刻且凌厲的，在他眼裏，「探求人、人性和靈魂的根本，用文學去見證其他藝術樣式無法描繪、見證的人性存在和變化，這是文學在堅守中探求的根本」〔註106〕，而災難更是探測人性絕佳的試金石。回到《日光流年》，不管時間如何倒轉，為了「活」下去，三姓村村民只能以殘疾的身體為代價，比如賣皮、做人肉生意、讓烏鴉啄食屍體和捨身飼鴉等舉措，通過人性向獸性的被迫淪喪以及自由、尊嚴、貞潔的主動放棄來苟且偷生。《受活》裏備受欺凌的受活莊人被拖拽進入柳鷹雀構想的發展烏托邦藍圖後，同樣以出賣身體和殘缺為資本，力圖在金錢至上的市場經

〔註104〕閻連科、梁鴻：《巫婆的紅筷子：閻連科、梁鴻對談錄》，桂林：灕江出版社，2014年，第37頁。

〔註105〕陶東風：《從命運悲劇到社會歷史悲劇──閻連科〈年月日〉〈日光流年〉〈受活〉綜論》，《中國現代文學研究叢刊》2016年第2期。

〔註106〕閻連科：《文學的愧疚──在臺灣成功大學的演講》，《揚子江評論》2011年第3期。

濟時代下融入現代人類發展的文明進程，獲得社會生存的一席之地。其中，對三姓村村民而言，駐足於堅硬的時光中，以烏鴉作中間物的變相吃人史最駭人聽聞。它成為橫亙在三姓村上空的一道陰影，也撕開了中華民族文明史上最殘酷的一頁。把目光拉回那個年代，為了活命，三姓村人丟棄了殘娃，讓烏鴉啄食他們的屍體，繼而，人通過飲食烏鴉的行為進行生存維持，村長司馬笑笑甚至以身飼鴉來讓村民們熬過大劫，也企圖憑藉這種自戕的方式來卸下重負、抵消罪行。在閻連科此前的小說中，同樣出現了以人體當誘餌的情景，比如《年月日》裏的先爺，但先爺的做法不啻為對農耕文明的畸形膜拜和扭曲抗爭，凸顯的是人的意志力，而其他小說則多倚仗這等野蠻的方式來控訴末日狂歡似的畸形年代。無論如何，它們都無異於變相的「被吃」與「吃人」舉動。回到《日光流年》，三姓村村民固然只想借助這番慘絕人寰的行為苟延殘喘，毫無人道之下看似留有理解的縫隙。正如人類學家吳汝康認為的，「在食物極度缺乏的情況下，發生人吃人的事，是可能的。」〔註107〕不過，「可能」並不意味著合理合法，我們必須承認，無論是出於何種動機發生「食人」行為，均象徵人性的異化，隱喻人性之牆的轟然倒塌。此處，經由「鴉吃人肉，人吃鴉肉」的循環鏈，凸顯的其實也是人性的消泯和獸性的滋長，最終呈現的是人性的荒原或黑洞地帶。

更進一步講，這類吃人事件在中國歷史演進過程中實則屢次上演，諸多懷揣悲憫之心的作家們也幾度以此為題材，《水滸傳》《西遊記》《狂人日記》等前期經典之作都探討了這種殘酷的非理性行為，但書寫動機大相徑庭。到了當代文學下，《福地》《夾邊溝敘事》《米島》《故鄉相處流傳》《受活》《公豬案》等文依然執著言說此話題。細究這類小說，不難發現，吃人行為不僅僅是在天災人禍、動盪不安的年代下人們由於生存而採取的無奈之舉，它還暗藏著中華民族生存形態中「弱肉強食」的文化心理，三姓村村人拋棄殘娃即印證了這一點，儘管它是被迫淪喪人性的行為。無論如何，「吃人」傳統都暴露了中華文化土壤深處培育出的愚昧、麻木、殘忍的國民劣根性，也展覽著人性內部獸性基因的遺留。正是站到這一基點上，不妨說，「吃人」事件是測探人性的鋒刀利刃。當然，從此向度看，三姓村上空的希望和生機確實難以出現。

除了人性中的陰鷙與殘忍，在反常的逆時針時序安排中，三姓村村民奴顏婢膝的世相始終循環往復，而依附逢迎的心理同樣根深蒂固，這也是國民性劣

〔註107〕吳汝康：《也談「食人之風」》，《化石》1979 年第 3 期。

根的體現。其中，最典型的動作即「下跪」。無論是《日光流年》還是《受活》，均出現了多次下跪事件，且常以群體性方式呈現，比如《日光流年》中司馬藍提議全村人給盧主任下跪，《受活》中柳鷹雀讓百姓給僑商下跪，受活莊人集體朝柳縣長下跪。作為民族傳統文化或生存樣態的一種原型，不管「下跪」「磕頭」的初衷是感激、求饒抑或畏懼，在此類小說中，它都象徵古老思維的重新激活和歷史糟粕的死灰復燃，意味著順從依附的群眾心理與卑躬屈膝般文化人格的賡續，這也是逆時針時序下蘊藏的輪迴觀。導因於上述心理或姿態，我們也從這些信息語碼內剝露出順民或庸眾們於苟且偷生中已然放棄了對一切歪風邪氣的抵抗，所謂的尊嚴、自由、愛情、權利甚至生命都主動或被迫放逐，成為他們匍匐生存的資本和籌碼，任人踐踏。俯視這一汪人性的黑暗漩渦，它無疑說明了三姓村重生的艱難。當然，作家閻連科也許不認可此論斷，在他看來，作為一個被「上天和生活選定的那感受黑暗的人」〔註108〕，絕望與虛妄似乎成為其小說的代名詞，但其內心仍湧動著理想主義精神，屢屢依託時間密碼來暗示希望的萌芽，「我覺得我的小說裏都有一種沒被大家抓到、沒被大家意識到的理想的光芒在其中，但這個完全不是光明的結尾、理想的尾巴，而是小說自始至終存在的一束理想的光芒。」〔註109〕比如《丁莊夢》中爺爺夢到女媧造人，《受活》裏回歸種子的設計，《日光流年》同樣做出了退回子宮的安排，即使是顛倒迷狂的《炸裂志》，內部也出現了象徵希望的四弟明輝，他和母親代表光明的力量，儘管身影如此微弱，「我想這是表達回歸的某種可能性，但也可能是最後的輓歌。」〔註110〕其中，明輝正好與甲子輪迴的黃曆構成伴生關係，在「炸裂」的轟毀下似乎也未放棄未來，三十年後炸裂大地的「血漬和泥漿上又生出了豔麗的牡丹、芍藥、玫瑰來」。不過，面對一個人性冰窟，希望注定化為無望，尤其是到了逆向流動明顯的《日光流年》中，它從來就是一個「死亡之谷」，絕地逢生的可能性幾乎為零。

　　在人性的陰暗地窖外，不管是作為命運悲劇主導的《日光流年》，還是以政治悲劇見長的《受活》，之所以苦難如影隨形，都擺脫不了歷史與現實怪手

〔註108〕閻連科：《上天和生活選定的那感受黑暗的人》，《西部大開發》2014 年第 11 期。

〔註109〕閻連科、周景雷：《寫作就是對現實的回應——閻連科訪談錄》，《文藝研究》2014 年第 2 期。

〔註110〕閻連科、石劍峰：《閻連科談〈炸裂志〉》，《東方早報》2013 年 9 月 29 日第 B02 版。

的操縱。《受活》中受活人的浩劫自然與革命颶風時代和改革狂想潮流休戚相關。《日光流年》儘管不遺餘力地聲討了惡劣的自然環境給三姓村人造成的生存絕境，但命運悲劇的背後未必不裹藏著社會批判和反思歷史及現實的宏願。首先，從四代村長率領全體村民進行的反抗史來看，幾乎每一段都與外界震天動地的革命盛宴及波瀾壯闊的改革歷程無縫對接。比如杜拐子鼓勵多生的舉動與 50 年代農村合作化運動下多生多育的歷史決策遙相呼應；司馬笑笑保衛油菜和丟棄殘娃、捨身飼鴉的酷虐之舉投射的是三年自然災害時期的歷史魅影；藍百歲自以為是的翻土工程對應的是極端年代如火如荼的「農業學大寨」運動；司馬藍引以為豪的修渠引水工程到宣告失敗的那天也詰責著現代工業文明進程導致的污染問題。因此，在某種程度上，《日光流年》看似遠離歷史颶風，但潛流與漩渦下實則不乏歷史和現實指涉。當然，除了上述間接對應，中國當代歷史進程中的政治風暴有時也直接驅遣著他們。比如極端時代賣皮被戲耍即為典型案例，在紅衛兵和司馬藍們「我們要書幹啥兒？」「『為人民服務』學過沒」等一大段錯位式對話中，作者既讓被有意壓制的民間話語得到傾訴，也突顯出他們對大歷史的抗議，而以紅寶書代替賣皮收入的舉動暴露的恰是神聖的革命運動異化後的偽善嘴臉。然而，歷史總是驚人相似。來到改革年代，他們再次被外界強權話語欺騙，用身體換取的生存資本被他人以納稅名義搶奪，只給他們施捨了幾袋營養品。歷史之惡總是在現實生活中不斷重演。可以說，三姓村雖身處閉塞的混沌時空，但並非「不知有漢，無論魏晉」的桃花源，外界的政治洪流也從來沒有略過他們，由此，即造成了現實生活中苦難的周而復始。這和逆時針時序中隱含的生命觀、政治觀的輪迴循環相得益彰。

　　不管是三姓村還是受活莊，在逆時針時序的擺弄下之所以掉進輪迴的苦難深淵，重生希望的可能微乎其微，除了上述原因，還與權力的變樣密不可分。比如，在三姓村這個地圖上幾乎找不到的三縣交界之地，權力的趨鶩卻世代延續。無論是從小即渴望權力的司馬藍，還是軟弱卻追逐權力的藍百歲，抑或對老村長杜桑的死而心生愉悅的司馬笑笑，包括代表外界文明、似乎遠離權力漩渦卻給兒子杜流進行選舉拉票活動的杜柏，他們都「義無反顧」地成為權力的膜拜者，於短暫的生命歷程中似乎從不願放棄權力。在他們眼裏，「村長是全村人的爺」「我是村長，我就是王法」。人們之所以成為權力的擁躉，是因為：「人們喜歡的是從權力得到的利益。如果握在手上的權力並不能得到利益，或

是利益可以不必握有權力也能得到的話，權力引誘也就不會太強烈。」〔註111〕
而且，深掘中國幾千年的權力文化土壤，不難發現，我們對權力者和權力運行
缺乏有效的監督機制，這與本民族的政治哲學傳統及「人性論」有關，即中國
政治文化以「性善論」作為「人性論」的基點，因此「我們的政治文化傳統並
不側重對權力的限制、制約和監督。」〔註112〕這種缺乏監督的權力就極易發
生變樣。放眼望去，《日光流年》中權力的異化現象儼然常態，它也成為眾人
苦難循環的誘因。比如，無論是多生育、翻地、丟蜀黍保油菜，還是幾度修建
靈隱渠，懾於權力者的淫威，三姓村人開始了「一次次慘烈久遠的生命旅行」。
荒唐而殘酷的決策讓本就瀕臨死亡的三姓村人多次遭遇了滅頂之災。他們一
窮二白，只能以身體、自由、尊嚴為代價，在賣皮、做人肉生意、以生命為誘
餌的舉動中反抗厄運，同時也承受著暴虐的權力帶來的苦難。可悲的是，當權
者們只將決策作為個人權威樹立的標準，因此，藍百歲才會上弔，司馬笑笑最
終選擇捨身伺鴉。當然，厄運可以搏擊，雖然常以徒勞而告罄，但對權力者的
反抗卻並非易事，尤其是置身相對閉塞、極權專制統治堅不可摧的塊地上，群
眾既畏懼權力又崇拜權力，既淪為權力運行的犧牲品，又化身盲目的追隨者。
在權力的荼毒中，馴服、隱忍、屈從成為他們身上的印痕，也替他們招來了巨
大的社會災難。到了《受活》裏，權力的不可一世更是抵達了無以復加的「境
界」。無論是沉醉於群眾「磕頭」「下跪」等歷史姿態中的柳鷹雀，還是以槍響
開啟所謂「天堂日子」的領導者，他們都在強權政治的沿襲下迎來了新一輪統
治。《受活》尤其濃墨重彩地刻畫了神聖的私密空間「敬仰堂」，暴露了權力狂
魔柳鷹雀從小即培養起來的權力情結。不管是革命年代還是改革時期，他都心
無旁騖地向其建構的「十九層權力塔」攀登，實現由「雀」到「鷹」的華麗轉
身。通過柳鷹雀這個角心人物，革命時代與後革命時代完成了對接。其實，柳
鷹雀少時對權力的嚮往與《日光流年》中司馬藍幼時對權力的傾慕如出一撤，
只不過，司馬藍的權力崇拜難免有些誇張。閻連科也許有意借助荒誕的方式來
發露眾生對權力趨鶩的醜態，且著力於揭示權力是如何隻手遮天的。在《炸裂
志》與《堅硬如水》中，作家塑造了對權力頂禮膜拜的高愛軍和孔明亮等惡魔
式小丑，同樣以非常態手段指陳了某些現實暗角中權力運作模式內在的變形，
展覽了權力痼疾幾千年無法根治的怪相。當然，對權力凌厲的扎判與閻連科的

〔註111〕費孝通：《鄉土中國》，北京：北京大學出版社，2012 年，第 101 頁。
〔註112〕雷頤：《在〈越獄〉的背後》，《中國新聞週刊》2007 年第 11 期。

童年認知及心理創傷不無關係，「我從小就有特別明顯的感覺，中原農村的人們都生活在權力的陰影之下……每一個人都是在權力的夾縫裏討生活的。哪怕一點點權力，都可以與你的生存密切相關，可以成為你比別人過得好的籌碼，也可以成為改變你命運的籌碼。」〔註113〕這也是他小說中權力狂魔們從小即樹立了畸態權力觀的原因。成年後的作家也多次於公共場合袒露自己年輕時對權力的覬覦事件。總之，無論是童年還是青年對權力的追逐，最終都造就了他對權力深刻的批判意識。

對《日光流年》而言，正因為權力專斷的循環輪迴、人性荒原的不斷鋪展以及永遠定格於三姓村上空的死亡陰影，三姓村才徹底淪為絕境，一座被現代文明所遺棄的孤島。《受活》在隱性的逆向敘述中同樣隱含了沒有希望的結局。凡此種種，其實都與逆時針時序息息相關，時間景觀的背後則是權力觀、政治觀和生命觀的周而復始。

（三）逆時針時序下的社會學效應：時間的複調與文學公共領域的形成

當作家經由倒流的時間通道來探秘亂象叢生的現實版圖時，實際上還建構了一個可供大眾自由思考的文學公共空間。

在逆流的時間藝術中，作家們無疑都掙脫了文學陳規的枷鎖和政治羅網的束縛，選擇了個人化、不可靠、不確定甚至遊戲性的敘述維度，去講述轉型期敏感焦灼的公共生活。這種聚焦民族公務、外露擔當精神的寫作本身就或多或少地彰顯了「介入性」與「公共性」的品質。更重要的是，借助逆時針的時間布局，不管是已經蓋棺定論的歷史事件還是正在進行的當下現實，均告別了靜止狀態，處於懸浮和流動的敘述話語中，昭示出盤根錯節和蕪雜混沌的姿態。這特別體現在熱氣騰騰的當代社會現實景觀上，它們與時代同頻共振，於「加速」奔跑中呈現出波詭雲譎的驟變風貌，且缺乏時間標尺的檢驗，在顛倒錯亂的時序中更放大了其動盪性，現實也越發變得含混模糊、藤蔓交錯。當然，真實的現實面孔本身就是複雜多元的。從敘述訴求來看，這種閱讀的不確定性既豐富了文本敘述的空間，也拓展了敘事的廣度，在雜樹生花中生發了多種詮解的可能。從社會效果來看，對現實的多元化和動態性解讀可讓業已存在的公共文學話題不斷發酵，吸引讀者更廣泛地去參與中國現實，從而形成更大的討

〔註113〕閻連科、姚曉雷：《「寫作是因為對生活的厭惡與恐懼」》，《當代作家評論》2004年第2期。

論空間，在這個空間裏促使公眾甄別現實的真偽，探索現實的多樣性風貌或逼近現實真相，引導他們帶著批判眼光和理性思維再度審視社會運行的機制、觀念與倫理，從而打造文學公共話語和文學公共空間。

比如，在《日光流年》和《受活》中，作家以化外之地「三姓村」和「受活莊」作為當代中國鄉村社會的微縮標本，依託顯性的逆向敘述打破了物理時空的真實性，造就了異樣的時空存在。在這一時空內，閻連科將 20 世紀中國大地上發生的歷史故事和現實景觀的順序完全倒轉，對諸多重大事件本身進行了重新打亂與再度編碼，編織成了一個疑點重重的敘事網絡，打造了花樣繁多的序列組合。因此，這種「非歐幾里德」時間比常態線性時間包含的信息量更大，拓展了文本的敘事空間，也平添了一股張力。對於讀者而言，這種與眾不同的排兵佈陣給他們提供了一方廣袤的想像空間，帶來了閱讀的新鮮與妙趣，甚至引發了「震驚」式文學體驗，當然也帶來了極大的閱讀挑戰。這種閱讀的多樣性如何與文學公共空間的建構勾連呢？具體而言，在閱讀時是從前往後還是從後往前，讀者可以選擇從相異的原點出發，進入歧路交叉、迷霧朦朧的歷史與現實迷宮，對當代中國歷史演進過程中發生的重大公共事件與當下社會爆發的垷實問題進行異質性的解碼與編碼，由此產生了不同的解讀模式。眾說紛紜的解讀話語不僅使小說在文本維度獲得了增殖性意義，也在社會學維度發揮了行動力。它也能讓現實生活中業已誕生的社會公共事件或重大公共話題持續升溫，號召公眾走出「茶杯裏的風暴」，走向廣闊的現實大地，引導讀者積極參與到當代中國歷史記憶的建構以及重大現實問題的探討中來，建構文學公共性風景，促進文學公共領域的形成。以《日光流年》和《受活》為例，當作者重返時間之流，借用逆時針時序來講述或解構極端年代疼痛而殘酷的大歷史時，於時間的逆流和順流中構成了某種荒誕性敘述，這種敘述與讀者的個體經驗、私人記憶或民族公共經驗之間既有彌合之處，也不乏各種衝突與齟齬。正是在此番閱讀體驗和齟齬中，他們會再度回望內心並審視文學敘述，轉換思維角度，尤其是從個體式或民間化的私密經驗與創痛記憶出發，借助既有的歷史真實與荒誕藝術打造出來的別樣真實之間的罅隙，紛紛參與到 20 世紀中國社會歷史記憶的重新建構和再度塑形中去，在自主與多元的文學公共場域裏製造出相異的歷史聲響，重新表達他們對既往歷史的認識。如此，方可從不同角度以及立場分野中真正呈現歷史自身的複雜性和鮮活性，在多棱鏡的折射下盡可能逼近歷史的本來面目或另一副面孔，這既是逆時針時

序下助推的文學公共空間的建構，也說明了此類小說中文學公共性因子與私人性元素在碰撞中生成的意義增殖。同樣，面對改革時期尤其是市場經濟下光怪陸離的現實境況，伴隨著三姓村人們生命大限的到來或受活莊村民由「入社」到「退社」的艱難之路，讀者們也經由逆時針時序造就的極致性閱讀體驗感受到了現代轉型期社會現實中存在的酷烈一面。這番體驗敦促他們關心普通人和弱勢群體，同情社會邊緣人，也喚醒了他們原本可能沉睡甚至麻木的靈魂，激起其內心的反叛情緒和衝動因子，催逼他們衝出昏睡的「鐵屋子」，從憤怒、懷疑、否定中再度審視、省察現實世界的病症，繼而主動參與到現實話題的討論中來，緊緊凝視所處時代的重大公共問題，誕生了諸多文學的公共話語，也提升了文學的公共性。某種程度上，這也對應了好小說的品質，「好小說的參與性極強。」〔註 114〕

第三節　新世紀「介入現實主義」小說的敘事空間

空間與時間總是相伴而生、如影隨形。但是，比照敘事時間，空間在敘事學上獲得的關注相對較少，其贏得獨立主體地位也較遲，它要麼被裹挾於時間之下，要麼被環境、背景、結構等要素代替。直到 1945 年，弗蘭克在《現代小說中的空間形式》一文裏正式提出了敘事空間的理論，小說中的敘事空間才得到了應有的重視。當然，儘管空間理論的提出相對遲滯，它並不意味著作家們進行文學創作時忽視空間的構造。事實上，作家們在敘事過程中總是仔細斟酌空間的布局安排，讓它們承擔著多方面的敘事功能，比如利用空間的「變」與「不變」來推進故事發展的進程，或通過空間設置來搭建文本內部結構。當然，空間與時間相連，借助空間異動和時間流動來揭示人物心靈自由遊走的軌跡也成為普遍模式。可以說，「真正會表現空間的小說家決不會胡亂描寫空間，他們筆下的空間總是要在敘事中起作用的。」〔註 115〕回到新世紀以來的「介入現實主義」小說中，面對光怪陸離的社會現實和接踵而至的時代激變，作家們固然也從敘事空間維度進行了精雕細琢，在凡間煙火世界外還構築了另類空間形態，為增加介入性力量提供砝碼。在《第七天》《黃雀記》《炸裂志》

〔註 114〕陳應松：《重新發現文學》，《寫作是一種搏鬥——陳應松文學演講集》，武漢：長江文藝出版社，2015 年，第 25 頁。
〔註 115〕龍迪勇：《空間敘事學》，北京：生活・讀書・新知三聯書店，2015 年，第 95 頁。

《生死疲勞》《帶燈》《麥河》《日頭》《還魂記》《耶路撒冷》《米島》《女工繪》等文中，無論是作為物理意象的空間還是作為結構形式的空間，都呈現了作家們在美學維度的突圍與掘進。那麼，在這些小說中，作家們究竟建構了怎樣多元的空間形態來作為對時代的熱切回應，這些敘事空間潛藏著怎樣的文化隱喻與敘事功能？

一、典型空間形態與敘事功能之一：「重構」與「流轉」的陰陽空間

在新世紀「介入現實主義」小說《第七天》《還魂記》《米島》《生死疲勞》《妙音鳥》《福地》《河父海母》《麥河》《大年夜》等文中，作家們於人間世界之外還打開了「彼岸世界」的大門，築造了「非歐幾里德」〔註116〕式鬼魂空間，且打破了人間和鬼府的界限，使陰陽兩界勾連纏繞起來。要追問的是，作家在新世紀為何執著於反常性的陰陽空間建構，此番虛實交織的物理空間構形在介入現實上凸顯了哪些功能？正如列斐伏爾在《空間的生產》中提出的，「空間是社會性的……空間裏彌漫著社會關係；它不僅被社會關係支持，也生產社會關係和被社會關係所生產。」〔註117〕那麼，這種雙重空間設置打造了怎樣的社會場域，與民族傳統文化及作家的真實觀、現實觀發生著何種糾葛？

（一）空間見證：橫死的亡靈與對現實的見證

首先，作家們借助鬼魂世界的存在本身來見證和控訴當下現實。不同於人鬼殊途或截然對立的模式，在《第七天》《麥河》《日頭》《米島》《還魂記》《後上塘書》等小說中，作家建構的具有「超驗價值」〔註118〕的鬼神空間與現實世界之間仍然藕斷絲連。孤魂野鬼、幽靈精怪們並未在人生謝幕後就安息於自己的異度空間，而是汲汲關心著人間的一舉一動。而且，從他們的生前史來看，這些亡靈幽魂們並非古典文學中被打下十八層地獄的惡魔式人物，而是處於社會邊緣地位的「被侮辱與被損害者」。他們的死亡往往不是善終，而是現實畸態下的橫死。至於死後，亡靈們大多數化作無家可歸的遊魂，久久不願安息離去或投胎轉世，正是因為於陽間遭受了不堪回首的冤屈。從這個維度上看，

〔註116〕董小英：《敘述學》，北京：社會科學文獻出版社，2001年，第138頁。

〔註117〕〔法〕亨利·列斐伏爾：《空間：社會產物與使用價值》，包亞明主編，《現代性與空間的生產》，上海：上海教育出版社，2003年，第48頁。

〔註118〕〔美〕納博科夫：《說吧，記憶》，陳東飆譯，長春：時代文藝出版社，1998年，第68頁。

作者有意借他們的存在本身來控訴人間世界的種種殘酷與不公，聲討當下現實中滋生的諸多黑暗交易，由此來對現實社會中的制度痼疾、權力異化、國民性劣根及人性變質等現象進行批判。

　　在《第七天》中，余華希望從另一個空間出發，來掘開現實世界由於諸多利益牽扯而被掩蓋的缺口，「讓現實世界像倒影一樣密密麻麻地出現」〔註119〕。首先，亡靈聖地「死無葬身之地」中居住的均為沒有墓地、不能通往安息之路的平民，他們游蕩於生與死的邊緣。之所以如此，一方面是他們的家人無力為其購買墓地，另一方面是他們生前遭遇了極大的冤屈而無法安息。這裡，墓地的有無不僅反映了他們能否拿到去往另一個世界的通行證，更能燭照出現實對這些社會邊緣群體的殘酷。從死亡方式來看，他們中的大多數遭遇的是非正常死亡，其死亡本身就追詰著波詭雲譎的現實世界中頻發的痛點、痼弊和危機，指陳著時代在發展過程中衍生的病象與亂象給普通個體帶來的戕害。比如小敏父母的死亡對接的是鮮血淋漓的暴力強拆，鼠妹的直播自殺折射的是新時代「看客」的瘋狂與冷漠，伍超的離世揭開的是蟻族逼仄的生活本相和隱秘的賣腎交易，李月珍的車禍背後浮現的是醫療棄嬰事件。可以說，在社會重大公共事件爆炸性的集束呈現下，「死無葬身之地」的人們用觸目驚心的死亡撕開了現實的假面和惡相，繪就了一幅幅讓人暈眩的現實圖景。在王十月的《米島》中，一眾寧願化成遊魂也拒絕投胎的亡靈皆為橫死之人，他們用自身的存在赤裸裸地展覽著鄉土大地上的歷史之惡和現實之罪。其中，20世紀90年代後，鬼魂世界的人口暴增，患癌者紛至沓來，以至於菩提樹上鬼滿為患。他們群體化式的悲壯死亡敞開了工業文明光鮮亮麗的幕布下沉積的污垢，詰責了工業文明一路高歌猛進的發展中誕生的疑難雜症，最典型的問題即工業污染。《還魂記》裏的瞎子村被喻為「死亡之村」，這個鬼魂世界的人都是於社會秩序崩塌的現實空間中暴殞而亡，其離去強烈聲討著罪惡累累的塵世，叩問著黑白顛倒的世界。作者自陳，「我希望能寫一部為死者說話的小說，為所有鄉村死去的人說話的小說。」〔註120〕作家固然採用了堆積苦難、奇觀展覽的誇飾化手法，不乏簡化現實的嫌疑，但此番感慨無疑是一個懷揣悲憫情懷和公共關懷的作家真誠的心聲。他在對現實陣痛的體悟中關注著大地之子的疾苦，也讓

〔註119〕　余華：《我們生活在巨大的差距裏》，北京：北京十月文藝出版社，2015年，第214頁。

〔註120〕　陳應松：《每個人都是鄉村的守靈人和夜哭者》，《半島都市報》2016年7月15日第25版。

我們緊緊凝視自己置身的時代，從質疑、反思及反抗的維度來把脈社會怪狀、鞭笞現實毒瘤，探查中國當代社會芸芸眾生的生存鏡像與精神困厄。

應該說，作家們經由藝術妙筆構築起波峭奇崛的鬼魂堡壘，通過這一虛擬空間的存在見證並控訴著現實世界的苦難和血腥、欺詐與仇恨、屈辱及不公。此番空間見證之所以有效，還離不開其鮮明的寓言色彩。因為不管作家們聚焦的是偏僻荒遠的鄉村還是熙熙攘攘的城市，它們均是當代中國在發展和演變過程中的一個縮影。與之對應，處於城鄉之下的亡靈世界自然也不乏寓言特質。這也是作家王十月對《米島》的概括，「米島是我故鄉的縮影，其所經歷的，是中國成千上萬的鄉村正在經歷的，從這個意義上來說，我其實想寫的是中國這幾十年來的縮影。」〔註121〕由此，我們才得以憑藉邪魅神秘的鬼魂空間去近距離地透視現實之景，追問尖銳的公共問題和敏感的社會事件爆發的根源。

（二）空間對照：互為鏡像的陰陽兩界與反觀現實的敘事訴求

在新世紀「介入現實主義」小說中，作家們建構的人鬼兩重空間並非割裂開來，而是借助與現實之間綿密的關係破除了絕對化的厚障壁，實現了「生前」與「死後」兩個世界的自由穿梭。這種互通和對話一方面來自於亡靈世界中的橫死之人，他們以群像化的方式赤裸裸地展示著人間大地在特殊時期上演的悲劇戲碼。同時，這種勾連還存在於人鬼兩界顯性的自然環境和隱性的人文環境之間的比照。作家們從當下現實出發，「推開相鄰世界的窗戶」〔註122〕，在人間俗世和鬼魂世界的對比中，揭露當代社會人們的現實困厄和精神難題，繼而完成反思現實與解剖人性的寫作旨歸，並讓廣大的讀者在陌生化的閱讀體驗中再度打量所處的時代，勘探自我的生存境況及心靈內海，畢竟，「怪力亂神其實都映射著人間實況。」〔註123〕

從自然環境來看，在《第七天》《米島》《麥河》《還魂記》《日頭》《福地》《河父海母》《妙音鳥》《生死疲勞》《放生羊》等小說中，我們雖然也能見到類似於古典文學中魑魅魍魎、牛鬼蛇神、妖魔鬼怪橫行的幽冥世界，在那裡，「罪器叉棒，鷹蛇狼犬」等酷刑輪番上陣，但是，更多作家拂去了鬼氣與陰氣，

〔註121〕王十月：《米島・後記》，北京：作家出版社，2013年，第426頁。

〔註122〕王安：《納博科夫小說中的諾斯替主義》，《四川大學學報》（哲學社會科學版）2014年第3期。

〔註123〕金理：《鄭小驢論——兼及一種「青春文學」的再生》，《當代作家評論》2013年第4期。

展覽出了「風景這邊獨好」的寧靜與祥和之貌，從而與人間大地構成鮮明的對比，以此來反觀魚龍混雜的社會現實，在非均質的空間互動中促進現實的改善。比如意欲把現實世界作為倒影來寫的余華，在《第七天》中，他苦心構築了陰陽兩重空間。聽起來陰冷晦暗的「死無葬身之地」，實則成為遊魂們的天堂之境，這裡不僅草木菁菁、流水嚶嚶，「樹葉會向你招手，石頭會向你微笑，河水會向你問候」，而且不論貴賤貧富，沒有新仇舊恨，將痛苦傷悲拒之門外，「那裡沒有貧賤也沒有富貴，沒有悲傷也沒有疼痛，沒有仇也沒有恨……那裡人人死而平等。」與歲月靜好的亡靈世界不同，現實世界離奇弔詭，野蠻強拆、飯店爆炸、食品安全、暴力執法、醫療棄嬰、隱瞞事故、賣腎交易、直播自殺等新聞化的事件接踵而來，構成了怪誕的現實景觀，對時代快車上的普通民眾造成了或大或小的衝撞。因而，余華打造鬼魂空間的終極旨歸仍在於現實，「我用一個誰都不願意去的地方，用『死無葬身之地』來表達的，用這樣一個角度來寫我們的現實世界。」〔註124〕在空間對照下，作家既碰觸到現實的疼痛，也揭示了社會激變中衍生的亂象。作為荊楚大地上誕生的現實版《聊齋》，《還魂記》同樣避免了單刀直入，而是在天馬行空的想像中設置了雙重空間來介入現實。其中，笤箕墳在陳應松筆下不是鬼影幢幢的禁區，而是一處靜謐安寧的聖地。這裡，草木葳蕤、花香撲鼻，沒有爭執、算計、仇恨，不分貴賤，正所謂「再傷心的墳頭也會開滿鮮花。鮮花不選擇是窮人的墳墓還是富人的花園。」與「大片的自由和粉黛」以及清新脫俗的氣味不同，現實中的黑罐廟村莊陷入了死寂，「道路破碎，村莊雜亂，畜禽骯髒，溝渠年久失修，河道淤積，湖水污染。」除了環境的蕪雜，故鄉的人還被仇恨吞噬著、被貧窮捆綁著、被黑暗裏挾著，司法不公、權力濫用、生態危機、兜售假酒、上訪截訪、野蠻拆遷等尖銳現實輪番上演，而故鄉也在這種現實的殘酷中迅速裂變並走向衰頹。在《天宮圖》《越野賽跑》《丁莊夢》等文中，作家都把「那邊」的虛擬世界塑造成了世外桃源，而「這邊」的現實大地則荒涼凋敝。相形之下，作家既保持了對當下正在發生的現實的介入和見證，更彰顯出了對人間世界眾生生存境況的關懷與憂心。

　　除了自然環境的美好，鬼魂世界還常被塑造成一處相對自由、灑脫的空間。這裡沒有人世清規戒律的束縛，亡靈們亦可掙脫功名利祿的枷鎖，摘下厚

〔註124〕余華：《我們生活在巨大的差距裏》，北京：北京十月文藝出版社，2015年，第218頁。

重的面具，除去虛偽的戲袍，堅持回到原初，回歸真實，恢復自然無偽的天性。它也從另一個向度印證了陽世空間的種種不自由，特別是世俗化生活中沿襲已久的舊秩序和過於嚴苛的傳統日常倫理對普通個體思想的規訓及天性的束縛，讓現代社會的人們普遍遭遇著精神迷途。以王十月的《米島》為例，當中的遊魂多發出了「做鬼多自在」的感慨。比如，愛紅娘與花婆婆生前都因為鄉村文化土壤中根深蒂固的禮教束縛及其貞潔觀而選擇關閉心門、封存情感，成為亡靈之後，她們敞開了塵封的心門，獲得了久違的自足與歡愉。花婆婆臨終之時重返彌足珍貴的少女韶光，繼而牽手今生摯愛白振國而丟下了枕邊人，只因「做鬼了，我想活回我自己」。愛紅娘情感豐沛，生性風流，即便如此，她也堅守著傳統的倫理貞操觀。為了消化這種精神的疼痛，她不得不關上房間，將自己隔絕於現實之外。然而，當其成為覺悟樹上的遊魂後，她完全突破了人間道德人倫的封鎖，在白振甫和米家生兩個鬼魂的寵愛下如魚得水。當然，從現實的道德維度來看，她們的所作所為存在越軌、逾矩或有放縱之嫌。但是，撇開這一面，我們無疑看到了鬼魂空間的敞亮與自由。在些許亂象中，花婆婆和愛紅娘展示出了對自然人性的追求，彰顯了生命自身的曼妙和愛情力量的豐盈。也許，這種顯豁的對比帶有斧鑿的痕跡，但作者將計就計，用放大鏡去凸顯她們在陰陽兩界的行動差異，從而更鮮明地襯托出現實世界的不自由，人類於重重約束和牽絆中披上了戲服，真實的「自我」在戲服及假面中被禁錮與雪藏。這就是人鬼兩界布局下的文化隱喻，與本雅明「在死亡之中精神作為幽靈才獲得自由」〔註125〕的說法相得益彰。當然，對於介入現實的作家們而言，他們更希望站到時代更迭、政治異動、文化遷移及倫理秩序等層面來解鎖造成人間束縛加深、詩性漸褪的原因，尤其去反思當代人生存的文化土壤，進而實現批判現實空間的意圖。

　　鬼神世界除了給亡靈們提供掙脫束縛、恢復天性的空間，還讓他們盡情訴說在現實生活中遭遇的不公，替他們洗刷冤屈，人間世界裏無法實現的心願到了幽冥世界也大多能夠達成。比如《米島》中的花婆婆、愛紅娘生前內心都萬分悽楚，但是化作菩提樹上的遊魂後，那些無法企及的願望都一一實現，讓她們保持自我本真的同時到達了生命的自由之境。《還魂記》中的燃燈生前被誣陷入獄，但借屍還魂後他在嘈嘈切切錯雜彈的話語中與庭長對峙，義無反顧地

〔註125〕　〔德〕瓦爾特・本雅明：《德國悲劇的起源》，陳永國譯，北京：文化藝術出版社，2001 年，第 180 頁。

訴說著自己的冤屈。狗牙們在世過的日子生不如死，但死後儼然到了一片荷花仙境，這是生人無法想像的寂靜與幸福。《第七天》中被現實之鞭抽打得遍體鱗傷的人們到了「死無葬身之地」終於過上了無仇無恨、人人平等的生活。正如陳應松在《還魂記》裏所表達的，鬼魂世界作為亡靈或所有人最後的歸宿，「這是最好的地方，也是最後的地方。」彼岸世界聽起來鬼氣森然，實則是一座溫情敞亮的樂園，這裡公平、溫暖、友愛，當然，樂園淨土也未必沒有瑕疵，畢竟，它「緊貼著死亡」。

經由上述分析，我們發現新世紀「介入現實主義」小說中的鬼魂世界大多並非鬼氣森然的恐怖陰淒之境，與其對應，亡靈們也不是兇神惡煞之人，他們在這個空間裏盡情採擷著人性之善的芳香，並企圖作用於陽世，此番品質和人間之惡恰好構成了人性的兩極，作者由此來反思現實世界裏的人性。

亡靈空間裏的一眾鬼魂們心地善良，品性淳樸。他們不僅能轉化成多種形態自由穿梭於現實世界，還能突破陰陽兩界對話的阻隔，與人間大地上的眾生進行自然親切的交流，為生者提供了傾訴的甬道。在鬼魅的詩意與溫暖中，這也給陽世孤獨苦寂的人帶來一絲安慰。《還魂記》中的寒婆本就是「被侮辱與被損害者」，唯一的女兒被五扣燒死後更是孤苦無依。此時，筲箕墳的鬼魂們來串門，跟她對話，給她黑洞似的屋子增添了一點光亮，也讓獨自咀嚼渺茫悲苦的寒婆成為了瞎子村為數不多的暖意，為墜入毀滅之境的現實保留著起死回生的跡象。《福地》中麻莊的精神領袖老萬在中國鄉土社會 70 多年的興衰榮辱中，親歷了巨大的家族變故和歷史更迭，兒女四處飄零，故鄉傷痕累累。處於悽惶悲愴的心境下，是先妻繡香的亡靈常在墳場和夢中與之相會，熨燙著他冰冷的內心，重振他誓要守護麻莊的信念，雖然萬家燈火最終逃脫不了燃盡熄滅的悲劇。《耙耬天歌》中的尤石頭生下四傻後即撒手人寰，但靈魂並未遠去，他時時刻刻陪伴在落寞的尤四婆身邊，讓被生活之鞭抽打的遍體鱗傷的女人變得堅不可摧，也從絕望中透出了一點星光，儘管是如此黯淡。閱讀《米島》《麥河》《日頭》《妙音鳥》《河父海母》《獵人峰》《到天邊收割》等文，鬼魂與生者的交流也頻繁閃現，死亡並不意味著生命的徹底凝固或絕對終結，而是指向另一種生存形態，在亡靈與生者充滿善意的對話中，人間的生者積聚了生存的勇氣，文本也平添一股浪漫和傳奇情愫。

在陪伴和交流之外，鬼魂們還企圖守護並干預現實世界。回望此類小說，亡靈與生者已然人鬼殊途，卻並未走向陌路。鬼魂世界的人之所以不願安心離

去，除了個人冤屈未申，還因為放不下世間親人的安危。他們沒有割斷與現實的聯繫，而是在異域空間關注著陽世的一舉一動，以別樣的方式守護著親人朋友，探查生人之眼無法視見的危險或黑洞，並企圖通過個人的力量來干預現實中的人和事，為現世親人化解生存危機與精神陣痛。在這種若即若離的生死紐帶中，「陰魂不散」的亡靈們充分演繹著人性之善。比如，《麥河》中的狗兒爺、棗槿子等死魂靈無法安睡於麥河那邊的地下村莊，他們汲汲關心著鸚鵡村的土地政策和政策變動下村民的心靈波動，擔心失土、失鄉後麥河文化之根的斷裂，因此，狗兒爺才迫切地希望能借「我」之口干預現實，「告訴雙羊，別胡來」。然而，現實中的曹雙羊在利益的追逐下儼然忘記土地的饋贈和麥田的清香。《米島》的先人們選擇成為遊魂，固執地駐守於覺悟樹上不願離去，是因為他們牽掛著人間的親人和米島。眼看米島在時代的滄桑變幻中逐漸式微以致於成為空村、荒村與死亡之地，他們紛紛以虔誠之心來為米島的未來祈福，借助託夢的方式警醒兒孫，盡自己最微弱的力量和最偉大的誠意來守護米島，正如米端公的自白，「我們棲在這裡不走，說到底，是還有太多的放不下。」然而，此時米島的後代們卻被欲望與仇恨蒙蔽了雙眼，在爾虞我詐中彷彿墜入了人性的冰窖，結果徹底埋葬了米島。

當然，亡靈空間的鬼魂們儘管誠意十足，但終究陰陽兩隔。面對變動不羈的當下現實和駁雜敏感的社會問題，他們力量有限，只能發出喑啞的吶喊，無法替陽世的人衝出重圍。《麥河》中不管鸚鵡村的鬼魂們如何通過泥塑和陰陽相通的白立國給曹雙羊帶話，都阻止不了他由「羊」到「狼」的變形，也無法抵擋麥河在「惡」中的毀滅；《米島》中的遊魂們看著米島節節敗退，雖然心痛萬分卻無能為力，最後，當米島遭遇了火災和酸雨的滅頂之災後，菩提樹千瘡百孔，寄居在樹上的遊魂們唯有選擇去奈何橋喝下孟婆湯重新投胎。

經由此番空間對照，不難發現，作家們在面對駁雜的社會現實時有一股深深的焦慮感和無力感，當然，無力並不意味著臨陣退縮或毫不作為，新時代的作家從未忘記「為天地立心」的抱負。具體來說，一方面，他們目睹了現實世界的癥結和痛點，揭示了社會陰暗處的不合理景觀，更看到了在失衡的秩序下現實之惡激發的人性之惡，而人性之惡又催逼著現實之惡的加重，故此，產生了迷惘和惶惑。另一方面，在讓人刺痛和不安的現實下，他們也積極尋找緩解焦慮的路徑，以別樣的方式呼喚社會的公平與正義。比如，在陰陽空間的設置下，他們往往選擇讓亡靈空間的鬼魂來直接干預現實，承擔警示世人甚至拯救

眾生的使命，這是作家現實情懷的一種變相表達。同時，他們還憧憬借助鬼魂的虔誠與善意來感化墮入歧途與末路的生人們，為其清除思想的塵垢，讓散發著異味的人性恢復芬芳馥郁。不過，陰陽兩界畢竟隔著生死，亡靈們對現實世界終究無能為力，由此可見作家們激烈的情感掙扎與艱難的心靈角鬥。

值得注意的是，鬼神世界的亡靈們穿越奇崛鬼魅的通道探查了時代的風雲變幻，雖然無法真正走到人間來干預社會現實，但作為一個見證人或旁觀者，他們的話語權並未被剝奪，即對人間世事依然葆有評論的功能，這也為我們揭秘斑駁繁複的現實提供了另類窗口。從實際效果來看，這種議論性的話語往往是亡靈們帶著「過來人」的眼光對現實世界的歷史、現實及人事的品評、總結和昇華，它們經常與生者的話語相互纏繞、互為印證。同時，作者也不失時機地在他們內部設置一些話語爭鋒，或者讓他們和常人產生觀念對峙，從而於眾聲喧嘩中來討論那些敏感尖銳的話題。這不僅讓文本流露出了「複調」〔註126〕意味，還呈現了作家面對現實難題時價值抉擇的審慎。比如《米島》中的鬼魂米南村和白振國在現代工業文明對傳統農耕文明的衝擊話題上擺出了迥異的立場，他們的不同看法即代表了作家王十月個人對兩種文明複雜關係的思考，昭示出更加客觀理性的現實姿態。除此，《麥河》《後上塘書》《妙音鳥》《日頭》《福地》《后土》等小說裏同樣出現了生人與鬼魂之間的話語頡頏甚至是激烈爭吵，彰顯著陰陽兩界的勾連互和。

除了試圖干預或品評鄉間人世，陰間世界作為一方相對安靜祥和的空間，還給鬼魂們提供了一個反省和懺悔的淨地。從遊魂與現實世界的關係來看，他們中的大多數固然扮演的是「被侮辱與被損害」的邊緣弱者，但是，在錯綜複雜的時代境況和現實的推波助瀾下，弱者並非無罪，他們被時代的洪流裹挾著前行，同樣會成為現實的幫兇或「平庸的惡者」。然而，現實世界的逼仄無法為其提供自我清理和審判的場所，他們只能負罪前行。和行色匆匆的人間大地不同，鬼魂世界儼然從前車馬慢的舊時光，鬼魂們到了此方「真空」之地，卸下所有的盔甲和面具，復歸最本真的自我，回首來時路，開始進行「至情至性的自我拷問」〔註127〕。在拷問中，他們以虔誠的方式踏上認罪、清罪和贖罪之路，在直面心靈深淵的殘酷和精神撕裂的巨大苦痛中實現與罪行的坼裂，獲得靈魂

〔註126〕 〔蘇〕巴赫金：《詩學與訪談》，《巴赫金全集》（第五卷），白春仁、顧亞鈴譯，石家莊：河北教育出版社，1998年，第1頁。

〔註127〕 劉再復、林崗：《罪與文學》，北京：中信出版社，2011年，第66頁。

的滌蕩，完成自我拯救。與此同時，陽世的人則集體踏上了造惡與犯罪的土壤，扭曲了自我的神經，泯滅了個人的良知。比如，《米島》給我們打造了一齣「『罪』『恥』與『情』深度交融」〔註128〕的現實悲劇。米島上的亡靈們雖然都是在暴風驟雨般的政治運動和波詭雲譎般的現實中暴斃而亡，但是，棲息到覺悟樹這棵佛教聖樹上後，他們並未將自己拖拽到控訴怨恨和冤屈的泥潭裏，而是默默地進行著懺悔、掙扎與贖罪的心路歷程。比如米家生和白振甫等人看到後代痛苦而自己卻愛莫能助後都為生前的罪過懺悔，愛紅娘生前飽受苦難，化作遊魂後好不容易享受了兩個男人寵愛的幸福生活，可是看到女兒的煎熬後她也感受了良心的不安，開始了漫長的自我悔過。事實上，他們承擔的並非世俗維度或法律意義上的犯罪事實，而是由對生人的牽掛引發的道義和良知上的不安，即對「無罪之罪」與「共同犯罪」的體認。〔註129〕正因為如此，這個世界的鬼魂們其精神層面才具有了某種昇華和救贖的意味。反觀陽世，明爭暗鬥的戲碼輪番上演，昔日一塵不染的少女和獨立於世的少男在金錢與欲望的泥淖裏越陷越深，一步步由平靜邁向了喧囂，最終利慾薰心、走火入魔，讓人間世界和鬼魂世界同歸於盡。不過，現世中也不乏懺悔及贖罪之人，可他們的救贖之旅往往顯得浮泛與功利。比如花一朵與武義蘭母女倆在資本的瘋狂積累下拼命斂財，以致於夢魘纏身而決定贖罪，花一朵不斷地逃離，最終搬到楚州城外桃花山裏的一處道觀裏安胎，武義蘭居然成了一名信徒，但這種經由宗教力量來救贖的方式只能成為個人化的心理安慰，她們自身並沒有真正經歷與罪行的坼裂，與信仰的博弈及融合，救贖顯然化作自欺欺人的騙局。從這個維度上來看，我們也能看到鬼神世界是一個「覺悟的世界」，亡靈身上攜帶著神性光輝。

　　既然亡靈們在鬼魂世界進行懺悔和贖罪，那麼，對於在現實世界所遭受的屈辱和不公，他們其實是一種「主張放下」的姿態，復仇的意念被壓制到最底層且最終熄滅，這與古典文學作品中睚眥必報的鬼魂形象迥然有別，也凸顯了人性的善良與寬愛。《米島》中的遊魂們幾乎都在現實中含恨離去，但來到陰間後卻開始釋然，就算是有著生死血仇的米家生和白振甫在磕磕絆絆後也依然選擇了冰釋前嫌，正所謂，「死的人，已經去了，活著的人，得要活下來。」《還魂記》裏的柴燃燈枉死監獄，借屍還魂後，雖然背負仇恨而歸，「但我內心沒有仇恨」。《第七天》中的張剛和李姓男子生前因為荒誕離奇的現實同樣結

〔註128〕謝有順：《「70後」寫作與抒情傳統的再造》，《文學評論》2013年第5期。
〔註129〕劉再復、林崗：《罪與文學・導言》，北京：中信出版社，2011年，第XIX頁。

下生死之仇，但是他們的仇恨沒有越過生與死的邊緣線，在死無葬身之地，他們儼然雙胞胎般共同對弈，仇恨只停留於生前的現實世界。鬼子《大年夜》中的老阿婆和莫高粱生前水火不容，但死後卻相安無事甚至和諧共處，被權力傾軋而亡的老阿婆對「仇人」莫高粱表現出了寬恕和包容。溫情的鬼魂世界也彰顯了鬼子對從前熱衷的冷酷美學的一種轉向，面對現實中的殘酷，他雖仍保持憤怒，但是，「我們閱讀的時候，還是希望能閱讀到一些溫馨的東西，一些有力量的東西，一些渴望靈魂得到釋放的東西。」〔註130〕可以說，鬼魂世界的亡靈們身上投射的是「救贖與寬愛」的品質〔註131〕。作家們希望借助亡靈世界的善來抵擋人間的醜惡，並照亮無邊的黑暗，激發出生者的善。總之，站到陰陽兩極空間的向度上解剖此類問題時，他們既不乏匕首投槍般的犀利，又留有絲絲入扣的細膩。當然，最終「由惡而善，向死而生」的敘事指向也正是眾多抱持著悲憫情懷和人道主義精神的作家們汲汲追求與念念不忘的，畢竟，「文學還應該有個巨大的功能就是有暖意，應該給人類帶來溫暖」，〔註132〕儘管有時現實並非按照他們設想的軌跡發展。

當然，「放下」和「寬恕」並非代表對歷史之惡和現實之罪的遺忘、淡化或否認。在這些小說中，亡靈們幾乎都是被魚龍混雜的現實催逼著走上絕路，其存在本身就是對現實陰影區域最有力的見證和指控。縱然作家們在理想化的筆法中替遊魂打造了一座桃源般的伊甸園，讓他們消弭往日仇恨、清除內心塵垢、復歸自然心態並實現與現實的和解，不過，導因於陰陽空間的頻繁往來和鬼魂們在陰曹地府的往日重提，「拒絕遺忘」的姿態醒世獨立。比如，《第七天》中「死無葬身之地」的幽靈們生活在一個公平正義的綠洲之地，但是，作者通過蒙太奇的剪輯手法將他們的死後史和生前史逐一對照，在對現實世界倒影般的呈現和追溯中，我們看到了作家企圖從異域空間的「小我」出發，去「干擾」現實世界重大事件的野心，自然也宣告著作家拒絕遺忘的立場。《生死疲勞》中幽冥世界的掌權人反覆申明：只有把所有的仇恨發洩乾淨，才能重新做人。為此，地主西門鬧在人畜兩道、陰陽兩界經歷了六道輪迴才徹底遺忘

〔註130〕鬼子、黃偉林等：《跨越時空與靈魂對話——鬼子中篇小說〈大年夜〉討論會實錄》，《河池學院學報》2004年第5期。

〔註131〕周立民、張學東：《喚醒內心覺醒與人性回歸之光——長篇小說〈妙音鳥〉訪談錄》，《作家》2008年第21期。

〔註132〕鐵凝、王堯：《文學應當具有捍衛人類精神健康和內心真正高貴的能力》，《當代作家評論》2003年第6期。

前世記憶、從而再生為人。繁複的時空穿梭似乎讓歷史的恩怨情仇煙消雲散，但其實通篇都是由轉世成人的大頭兒藍千歲進行的回憶性敘述。這種回憶和敘述無異於對歷史的一種復盤與銘記，它不斷指陳著歷史的疾風勁雨和現實的變幻莫測對普通個體的影響。《米島》也經由覺悟樹的回憶一邊消解仇恨，一邊重審歷史。應該說，作家們構築了祥和寧靜的亡靈空間，奉勸幽靈們忘卻仇恨，其目的在於阻止血腥、暴力和死亡的輪迴上演。但是，他們又布置了幽冥地域和人間大地勾連互通的格局，顯然將過去和現在、歷史與現實打通，彰顯了拒絕遺忘的姿態。不過，對於聚焦當下現實的作品來說，「記住過去的災難和創傷不是要算帳還債，更不是要以牙還牙，而是為了釐清歷史的是非對錯，實現和解與和諧。」〔註133〕換言之，魚龍混雜的現實並非瞬間突變，它往往都有複雜的歷史根基和人性土壤的培育。作家們之所以拒絕忘記過去，就是希望打開歷史的暗角，從褶皺和縫隙裏揭開傷疤，探秘造成創口的病原，謹防悲劇在新時代再度重演。當然，在生死輪迴中，部分作家懷揣著悲觀的循環論來看衰今天的中國現實。但是，我們認為，更多作家建構雙重空間，是希望擔負「為時代立言」的知識分子使命，在對過去的回眸中正視當下、相信未來，醞釀著建設一個越發公平、正義、文明的精神家園。

（三）空間博弈：鬼魂的反抗與文明的頡頏

在新世紀「介入現實主義」小說中，陽世呈現的是山鄉巨變下當代中國熙熙攘攘的景觀，眾生正在踏著時代鼓點東奔西走，而陰間展覽的卻是一幅「從前車馬慢」的歲月靜好圖。在兩重空間的對比中，作家們對全球化浪潮下瞬息萬變的現實表達了反思和憂心，也對工業文明與農耕文明、城市文明與鄉村文明的關係進行了離析。一方面，他們為工業文明和城市文明的崛起以及中國速度、中國力量而歡欣，另一方面，他們也看到了工業文明和城市文明的快速發展導致的諸多世界性問題與本土性障礙，由此，在現實性危機及現代性焦慮中揚明立場，並為新時代中國社會的可持續發展探索「建設性」道路。

閱讀《米島》《河父海母》《丁莊夢》《福地》《還魂記》等小說，可發現一個顯豁的現象：亡靈空間的鬼魂們大多數是被時代列車在高速行駛的過程中「甩出車外」的一群人，所以，在指陳現實的同時，他們也對勇往直前的時代保持著抗拒姿態。另一方面，由於與土相連的性質，鬼魂世界多築造於鄉野之

〔註133〕徐賁：《人以什麼理由來記憶·前言》，北京：中央編譯出版社，2016年，第 1 頁。

地，亡靈們也多是從過去的歲月裏尋覓而來，他們的生前史對應的往往是農耕文明時代。到了鬼魂空間後，時間彷彿石頭般凝固，亡靈的所思所想自然也不會隨著外部人間世界的行進而做出改變，正如狗兒爺所說「眼皮底下的事記不住」。換言之，棲居在這個「真空」地帶，他們放緩腳步，將自己隔絕於時代的激流之外，對現代性、後現代文明、工業文明、城市文明有著隔膜與不解，而對農業文明和鄉村文明卻情有獨鍾，畢竟，土地是安放他們靈魂和軀體的地方。不過，隨著時代的發展，城市化和工業化進程向農村遷移，鬼魂們再也無法靜心享受怡然自得的時光，他們固定的棲居地也遭到了機器化時代轟鳴聲的侵擾。更糟糕的是，在對土地資源的挖掘以及一座座工廠的建設中，生者們的土地固然被開發或徵用，而亡靈們的活動空間竟也逐漸被擠壓直至消失，尤其是棲息地墳墓被夷為平地，使得他們徹底淪為無立錐之地和安身之所的孤魂野鬼。如此，自然招致了鬼魂們的反對，同時，也讓人間世界群情激憤。生人在失土、失鄉、失根的飄零處境中掀開了抵制工業化和城市化進程的黯淡一頁，繼而產生了官民矛盾、城鄉對立、野蠻拆遷等尖銳話題和現實慘劇。原因在於，上古時代的中國人普遍懷揣著濃重的「鬼魂崇拜」信仰以及衍生而來的「墳墓崇拜」心理。即使到了當代，這種文化心理依然根深蒂固，特別是在傳統鄉村世界的農民眼裏，他們講究「入土為安」，墳頭比生命更重要，畢竟，它是每一個人最後的歸宿。對鄉土百姓而言，墳塋不僅是安葬先人肉體的地方，還充當逝者靈魂的寄居處和安息地，他們始終相信「神棲於墓」「神依於墓」〔註134〕。同時，墳頭作為一個私密的莊嚴空間，往往還成為匍匐在地的鄉村生靈們傾訴與宣洩的甬道，「別把墳地看成鬼魂，你不知道，那就是一片土地，一片特殊的土地」〔註135〕，「那是一個名副其實的可以依靠和寄託的精神家園。」〔註136〕此番言論透露的即墳塋裏挾的另一重文化意義：它擔任生者與亡靈溝通的載體。這也對應著列維—布留爾口中的「原邏輯思維」，「對原邏輯思維來說，人儘管死了，也以某種方式活著。死人與活人的生命互滲，同時又是死人群中的一員。」〔註137〕在《米島》《麥河》《福地》《后土》《西洲

〔註134〕張三夕：《死亡之思與死亡之詩》，武漢：華中理工大學出版社，1993年，第43頁。

〔註135〕關仁山：《麥河》，北京：作家出版社，2010年，第370頁。

〔註136〕葉煒：《后土》，青島：青島出版社，2013年，第92頁。

〔註137〕〔法〕列維—布留爾：《原始思維》，丁由譯，北京：商務印書館，2009年，第342頁。

曲》《還魂記》等文中，墓地儼然化作一處強悍的情感磁場，成為勾連陰陽兩界的橋樑，扮演生者和亡靈對話的媒介。因此，對於大刀闊斧的工業化及城市化進程下墳墓被侵佔這一事件，無論是亡靈還是生者，都開啟了反叛和抗爭之旅，儘管常以失敗告罄。

以《河父海母》為例，面對墳地即將被油田強行徵用的事實，亡靈們率先感知並開始了喋喋不休的爭吵和維權行動，他們頻繁向親人託夢以示抗議「你也不睜開你的狗眼看看，那裡不都讓人佔了。」更弔詭的是，他們打破陰陽界限與生者同擠到一張床上來躲避無家可歸的劫難。在生者的世界裏，突發性的徵用農田已經讓依土而生的農民們成了生命力無處發洩的遊閒者，而當他們親眼目睹兩臺推土機如怪獸一般開進墳場時，殘存的希望化為泡影，內心的最後一道防線被攻破，他們不再保持沉默和冷靜，而是在「風」的野蠻行徑中拉開了村民集體性對抗政府的序幕，利用暴動來維護亡靈和生者為人的尊嚴。當然，在暴力打鬥和強大的國家意志下，結果注定以村民的失敗而告終。當他們沉睡多日後醒來時，數十座大樓已於村子周圍拔地而起，墳場也成了建設工地。此處，作者採取了「省略」手法，有意借村民的沉睡來摒棄建設過程對他們內心的凌遲，但墳場被半事件確實「成為蛤蟆村子人心頭無法癒合的傷口」，他們似乎又化作了孤苦伶仃的荒原兒女。值得注意的是，作者在書寫這次集體性的對抗事件時並未把批判矛頭指向村民們「魚死網破」式的極端和暴力行徑，也沒有撻伐鄉村農耕文明下愚昧落後的文化因子，而是全力追問社會推進現代化進程時的部分舉措是否存在不合理之處：國家於急劇轉型過程中粗暴草率地剝奪了農民賴以生存的根本，忽略了激流勇進的大歷史之潮下小人物的生命情狀和精神波動。最後，作者以農民們對業已建成的火葬場「安魂大廈」的恐懼不安和「村民數十年作為河父海母主人的自信也被迅猛崛起的城市給無情地吞噬了」一句結束全篇，以此來表達對工業文明的拒斥。《還魂記》中的作者也流露出了同樣的價值姿態，筲箕墳作為作者替無家可歸的眾生們安排的一處鮮花與自由共存的幸福國度，本來靜謐安詳，但終因活人日漸膨脹的欲望和野心而雞犬不寧。亡靈們面臨著屍骨無存的窘境，只能以一種喑啞的吶喊來發洩自己的不滿，控訴現實的躁動不安，然而，強勁的控訴卻指向無力的存在。這裡，鬼魂「最後的歸宿」被代表工業文明的高樓大廈完全覆蓋，預示著人們真正的「死無葬身之地」。

應該說，借著鬼魂們的吶喊和控訴，相當一部分作家選擇了為孤魂野鬼打

抱不平，由此展開對現代工業文明與城市文明猛烈的抨擊，批判姿態醒目而凌厲。和亡靈一樣，他們無限留戀或追憶起農耕文明時代，為故鄉的頹敗和荒涼而悵惘憂戚。必須承認，此番鋒芒畢露的價值立場與決絕的態度呈現出難能可貴的社會批判意義，但也反映了某種偏激和錯位，將兩種文明背後潛藏的歷史及現實問題簡單化，使得對彼此關係的反思力度大打折扣。這個問題主要體現於一些「50 後」「60 後」作家筆下。他們中的大多數人身份尷尬：一腳踩在農村，一腳跨進城市，而鄉村作為其人生的出發地和精神的原故鄉，經由作家的回眸與凝望通常披上了某種詩意及神聖的外衣。每當觸及現實的城鄉問題時，他們一般都選擇了固守或重回靜態淳樸的鄉村農耕文明，留戀著那個未受漸染的現代史前社會，為魂牽夢縈的故鄉唱著讚歌與輓歌，從而自覺地牴牾城市及其工業文明。比如，莫言在城鄉對照中就如此直言，「我作為一個農民出身的人，根還在農村，對城市文明有著天然的牴觸。」〔註 138〕他對待城鄉文明的態度在「50 後」或「60 後」作家筆下不乏顯豁呈示，傳達著他們面對城鄉問題時的心理實況。

不過，還有一些作家在工業文明與農業文明的問題上抱持著相對客觀和公正的態度，尤其是對城市懷揣「理解之同情」姿態的「70 後」作家。他們在感慨農耕文明的衰落時同樣承認工業文明發展的必要性與進步性，兩種文明之間相互纏繞的複雜性也通過鬼魂世界自身的爭議呈示出來。比如作為「飄蕩在城鄉之間的離魂」〔註 139〕的王十月在《米島》中就不帶偏見地探討了這一問題。隨著工業文明的滲入，在一個個燈火通明的夜晚，盤踞於覺悟樹上的鬼魂們活動的時間及空間先是越來越少，而後隨著城市化進程的加快，米島迅速凋敝，儼然成為荒村，鬼魂們遊走的空間變大卻失卻了活動的欲望，當然，最終工業文明的畸形發展帶來的一場大火和酸雨徹底腐蝕了鬼魂與人類生存的空間。在鬼魂空間的變動和異化中，米島最古老的鬼魂米南村率先傳達出某種不適應，他認為「沒有了六畜的鄉村簡直就不是鄉村了。不下田種地的農民，也根本不是農民。」米南村此言確實道出了諸多鬼魂的心聲，他們堅定地認同農民身份，並將這種身份和土地牢牢綁定，由此對工業文明表示了抗拒與不屑。但是，在中國臺灣生活過的鬼魂白振國卻發出了不一樣的呼聲，他以自己

〔註 138〕莫言、石一龍：《寫作時我是一個皇帝》，《山花》2001 年第 10 期。

〔註 139〕曹曉雪、王十月：《飄蕩在城鄉間的離魂——王十月訪談錄》，《小說評論》2018 年第 5 期。

的所見所聞對此表示理解，並判斷「這是世界趨勢」。緊隨其後，作者也倚仗覺悟樹之口道明「時代的變化，卻不以米南村是否喜歡而停滯不前，也不會以任何人的不喜歡就停滯不前。」正是在這個「非歐幾里德」空間裏，王十月巧妙借助生活於不同時代、不同地區的鬼魂的爭鋒來探討了工業文明和農業文明之間的關係，至少是揚明瞭自己的立場：既不對現代工業文明俯首稱臣，也不固執追憶古老的農耕文明。此番相對公允的認識常常閃現在「70 後」作家的現實書寫中，這也與他們的身份和成長環境息息相關。作為「徹底過濾掉了『擁護／反對』式的精神遺骸」〔註 140〕的一代，他們對中國的城市化進程並無偏見，往往能跳出城鄉二元對立的窠臼。因此，每當面臨工業文明對農業文明的衝擊問題時，他們採取的常是一番相對客觀理性的態度，竭盡所能地揭示出兩種文明之間艱難的博弈和複雜的糾葛，正如王十月在採訪中異常坦誠的自白「在走向工業化的過程中，我們可能會反思工業化有這樣那樣的問題，但它是不可逆，不可阻擋的潮流，一直懷念過去沒用。甚至寫到污染環境時，我也不是一味批判。現在很多高污染行業為什麼存在？因為有存在的必要。」〔註141〕誠然，現代工業文明於急速發展的過程中產生了諸多光怪陸離的問題，比如對農村竭澤而漁式的掠奪、權力和金錢的媾和、扭曲變異的價值觀，尤其是在強行徵地過程中執行決策的倉促和手段的粗暴，給失土失鄉卻並未謀劃好出路的農民造成了無法彌合的心靈裂痕，激化了現代文明與鄉土傳統文化之間的衝突。面對接踵而來的新疾舊患，任何一個懷抱現實關懷和公共情懷的作家都不會視而不見，「我從現實中來，我的經歷決定了我逃不開，必須直面這些東西。」〔註 142〕所以，對工業文明發展過程中帶來的現代性弊端進行批判及反思是必要且重要的。當然，除了質疑與批判，我們還需認識到，工業文明與農耕文明相比有其優越性，這也是丹尼爾·貝爾、丁帆等人於不同場合所強調的，「與依賴土地、依賴自然的農耕文明相比，工業文明畢竟是人類文化的巨大進步。」〔註 143〕工業化的浪潮是大勢所趨，具有不可逆轉性。作家們利

〔註 140〕宗仁發、施占軍、李敬澤：《關於「七十年代人」的對話》，《長城》1999 年第 1 期。

〔註 141〕王十月：《要我寫小情小調，根本不可能》，《羊城晚報》2013 年 9 月 23 日第 B2 版。

〔註 142〕王十月：《要我寫小情小調，根本不可能》，《羊城晚報》2013 年 9 月 23 日第 B2 版。

〔註 143〕丁帆等：《中國鄉土小說的世紀轉型研究》，北京：人民文學出版社，2013 年，第 89 頁。

用陰陽兩界的構造來揭露工業化、城市化進程中產生的種種問題時不應遮蔽或漠視其帶來的現實光亮，若一味撻伐工業文明，繼而固執地退守到農耕文明向度上，則或多或少染上了保守主義色彩。

正因為作家們於陰陽空間設置中流露出的對工業文明和農耕文明態度的相異，到小說結局時，他們也奉獻了不同的處理方式。先看《米島》，雖然鬼魂世界、人類世界、覺悟樹在工業文明緣起的大火和連綿不絕的酸雨中毀於一旦，米島化作真正的死亡之境，這片土地上的一切似乎復歸於零。但是，在絕望中，七彩山雞的嘴裏掉落了一粒覺悟樹的種子。覺悟樹又名菩提樹，作為佛教聖樹，它仍將生根、發芽，長成一棵參天大樹，如此生生不息。同時，鬼魂世界的人紛紛選擇投胎轉世，於輪迴流轉下，作者沒有滲入歷史循環論的悲觀色彩，而是孕育著對鄉土中國的希望以及對工業文明的理解與期待，渴望看到「一個全新的世界，一個與眾不同的米島。」這也並非「光明的尾巴」，因為花一朵及其新生的嬰兒，米立心、花五朵都預示著現實光亮的存在，他們點燃了希望的燈盞。換句話說，未來的米島和新生的覺悟樹也許會給遠離故土的眾生提供一個「返航」的碼頭。批評家謝有順對王十月小說內部流露出來的溫暖和希望讚譽有加：「這些年來，尖刻的、黑暗的、心狠手辣的寫作很多，我們卻很難看到一種寬大、溫暖並帶著希望的寫作。」〔註144〕王十月作為一個現實主義者，「但他身上間或煥發出來的理想主義精神，常常令我心生敬意。」〔註145〕誠然，在嚴逼酷烈的現實風景中，王十月的小說依然散發著向死而生的力量和追逐善意的光芒。到了《還魂記》，作者也安排了幾次大火，千方百計地想燒掉這個殘敗不堪、滿目瘡痍的黑罐廟村，這未必不存有讓其浴火重生的念想。不過，伴隨著偷盜火種的少年五扣和懷揣照亮「瞎子村」理想的鬼魂燃燈相繼命喪火海，所有為拯救而做的努力都將付之東流。當然，在火堆裏，作者還留下了一朵盛開的蓮花，其本意是「讚美好好活著的人和百花盛開的人世」〔註146〕，但是，同樣作為佛教聖花的蓮花，它顯然並未帶來希望。面對好人惡人盡數死亡的殘局，故鄉也只剩下疼痛的歎息和茫茫的黑暗。

應該說，當作家借助生死游離的格局和陰陽空間的構築來指陳新時代工業文明在一路「狂奔」中產生的現實危機時，呈現的是他們介入當下現實的情

〔註144〕謝有順：《如何完成中國故事的精神：寫人世更要寫心靈》，《人民日報》2016年2月19日第24版。

〔註145〕謝有順：《現實主義者王十月》，《當代文壇》2009年第3期。

〔註146〕陳應松：《還魂記·後記》，南京：江蘇鳳凰文藝出版社，2016年，第444頁。

懷和直擊社會痛點的勇氣。他們一氣呵成式地將隱秘角落裏的黑暗勾當逐一曝光，並且在審美維度告別了「大路貨」的書寫，向著「遠方」延伸，打造了「詩意性的『公共性』精神圖景」〔註147〕。然而，探照暗影並不意味著漠視現實的光亮。也即，作家在對當下現實境況進行批判時，不能陷到鋪陳醜惡和黑暗的泥淖裏無法自拔，內心深處應湧動著深厚的悲憫情懷與理想之光。正如謝有順在評價新世紀文學時語重心長的規勸，「小說只寫苦難，只寫惡、黑暗和絕望，已經不夠了。在這之上，作家應該建立起更高的精神參照。」〔註148〕這也是薩特頻繁提及的「介入」文學需要保持「否定性」的清醒和「建設性」的力量。它要求作家真正具備知識分子的精神底色，以主動介入的姿態去探查和診斷工業化、城市化發展中留下的時代病症，關注時運變遷中百姓的生存鏡像。同時，作家們應懷揣一種客觀公允的姿態來面對工業文明和城市化進程，努力描摹出兩種文明之間的複雜，勘探山鄉巨變時代人們即時的心理實況與情感掙扎，並為處於艱難竭蹶中的鄉村積極尋覓突圍困境的出路。這也是擅長從惡與黑暗中尋找善念與光明的卡夫卡所秉持的理念：「藝術圍繞著真實飛翔，然而懷著堅定的意圖：不讓自身焚毀。」〔註149〕如此，文學才能夠真正留下光束，於黑夜如磐中迸發出向生的力量。

二、典型空間形態與敘事功能之二：「懸疑」與「交錯」的夢境／現實空間

夢境作為一種重要的生理現象，與人們的日常生活密不可分。同時，它還憑藉自身的特性以及後人對它的科學闡釋和意義賦予而與文學結下了不解之緣。一方面，作家們以現實中的夢境來作為寫作的富礦，也樂於在作品中設置鬼魅神秘的夢境，比如陳應松、殘雪、王十月、劉亮程、周大新、墨白、萬瑪才旦等作家都對夢境癡迷不已，在其文學領地上中打造了波詭雲譎的夢境王國。甚至，陳應松爆出了「我的小說至少一半來自夢境的煎熬、暗示和醒悟」〔註150〕的寫作秘訣。夢境也在他奇崛多姿的神農架和詩性鬼魅的荊州水鄉畫布上添了濃墨重彩的一筆，為殘酷沉重的底層文學開闢了新的審美疆域。另一

〔註147〕李建軍：《「公共性」與中國文學經驗》，《文學評論》2014年第6期。
〔註148〕謝有順、高旭：《學術研究是一種自我覺悟的方式——謝有順教授訪談》，《當代文壇》2018年2期。
〔註149〕〔奧〕卡夫卡：《卡夫卡全集 第5卷 隨筆·談話錄》，黎奇、趙登榮譯，石家莊：河北教育出版社，1996年，第60頁。
〔註150〕陳應松：《在拇指上耕田》，武漢：武漢大學出版社，2002年，第226頁。

方面，對於文學創作這一過程，不少作家也將其比作做夢一般，「文藝的創作譬如在做夢。夢時的境地是忘卻肉體、離去物界的唯心的活動。」〔註151〕周作人更是一語道明，「文學不是實錄乃是一個夢。」〔註152〕當代作家劉亮程也發出了與之如出一轍的論斷：「優秀的文學都是一場夢。」〔註153〕無論是欲望的表達還是天馬形空的想像，文學與做夢都存在千絲萬縷的聯繫。當然，作家筆下的夢境與現實生活中的夢境畢竟不能混為一談，它是經過藝術之筆重新編碼的內容。也即，「文學夢本身是作家有意創作或經過符號化處理過的內容」，因而，在特定的作品中，「它與其前後內容的關聯就很容易為讀者所把握。」〔註154〕從這個維度上看，關於文學夢的解析，我們必須回歸文本自身，從而來透視夢境背後作家的寫作旨歸和精神立場。

閱讀新世紀「介入現實主義」小說，不難發現，面對魚龍混雜的現實，作家們還另闢天地，打造了一個波峭奇詭的夢境城堡，如此，建構起現實與夢境的雙重空間。在《米島》《比飛翔更輕》《丁莊夢》《夢遊症患者》《不能掉頭》《公豬案》《到天邊收割》《還魂記》《活物》《暫坐》《南音》等小說中，夢境常常並非零散的意象，而是以群落的方式呈現，構成了與現實世界並置共存的物理空間。借助「非歐幾里德」式夢境空間，作家們掙脫了現實規則的束縛，拓寬了文本敘事場域，可以在引人入勝的故事中游刃有餘地展開敘述並推動情節發展。同時，夢境雖然不乏非理性特徵，但設計夢境的作家卻是帶著智性思維的。經由虛實相間的夢境，他們在迷津和含混中呈現出現實的多副面孔，企圖去反映裂變時代下人們的生存情狀和精神鏡像，並彰顯個人的現實情懷與價值立場。那麼，具體而言，雜樹生花的夢境空間作為一種敘事策略和修辭建構，在輕盈與沉重之間如何和現實發生關聯，呈現了哪些敘事功能呢？

（一）作為現實空間的倒影：夢境的存在與現實的批判

閻連科曾說：「夢境是我們所處的現實的再現」，正如弗洛伊德所指出的，「夢總是明顯地偏重選擇最近幾天的印象。」〔註155〕作為現實空間的一種倒

〔註151〕郭沫若：《批評與夢》，《創造季刊》1923 年第 1 期。
〔註152〕周作人：《〈竹林的故事〉序》，廢名：《竹林的故事》，桂林：廣西師範大學出版社，2003 年，第 3 頁。
〔註153〕劉亮程：《文學是做夢的學問》，《文藝報》2014 年 4 月 9 日第 5 版。
〔註154〕王文革：《文學夢的審美分析》，武漢：華中師範大學出版社，2006 年，第 255 頁。
〔註155〕〔奧〕弗洛伊德：《釋夢》，孫名之譯，北京：商務印書館，2017 年，第 163 頁。

影，作家們常常通過朦朧晦澀的夢境來折射光怪陸離的現實，在夢境的奇崛魔幻和現實的縱橫交錯中共同展開現實的立體面孔，寄予個人對現實問題的省察、反思和批判。那麼，如何借助夢境來隱蔽性地切入「現實」這塊硬骨頭呢？在此問題上，作家們貢獻了形態各異的通道。

　　首先，閱讀《公豬案》《活物》《米島》《懷念狼》等小說，不難發現，作家們別出心裁地通過做夢或夢遊這種行為自身來指謫現實。最為典型的是王十月受「野獸派」〔註156〕影響而寫成的魔幻現實主義之作《活物》。作者在《活物》中營建了一個封閉性的獨立王國「白家溝村」。在這個拒絕外來者的小村莊裏，夢境和權力、地位、身份以及人們的命運產生了某種神秘的聯繫。「白家溝人以做夢為榮」，「村長是最會做夢的人」。換句話說，越會做夢者，權力將越大，地位也越高，而像馬角這樣的正常人因為無夢可做也就與傻子一樣淪為低人一等的「局外人」，備受排擠。這種權力選拔模式和鄉村基層治理規則顯然毫無公平正義可言，在對常規的僭越中充滿了荒誕性，暗示時代的異化、權力的變樣和人性的扭曲，這從村長白大迷糊以及候選人白折騰的名字上也可一目了然。除了權力批判，作者還通過夢境對人的命運走向和存在境況進行了追蹤。在夢境比現實還重要的村落裏，一切都要倚仗夢境的安排，人根本無法掌控自己的命運。長久浸潤於這種錯亂迷狂的精神雨露下，一個集體性缺乏主體意識、泯滅個性的王國也就誕生了，接踵而來的是種種瘋狂之舉，「群醜」的狂歡鬧劇一幕幕上演。這番探求是否隱喻和指控著某個扭曲與變異的時代呢？相形之下，孤獨的無夢者反倒掙脫了夢境這個無形亦有形之手的操縱，獲得了某種個性和獨立，贏得了一個相對自足的精神空間。他們雖然被歷史主潮拒斥，但保持著清醒的意識和理性的精神，通過出走的方式遠離這個混沌的漩渦和令人窒息的「鐵屋子」，開啟尋找與守望的過程，最後白夜的歸來撥開了掩蓋在真相之上的迷霧，也似乎透露出喚醒眾生的可能。這也是作者的宏願，他希望通過天馬行空的故事來燭照社會現實，肩負起「對蒼生的責任」〔註157〕。李杭育《公豬案》中的來福也是一個夢遊者，每當鄉土中國行走到了時代的關鍵點上，他總是以夢遊的方式避開，以此來抵擋波瀾壯闊的政治潮流對個體的衝擊。王十月在《米島》中也給米島大地上的鄉民安排了一場夢遊症，

〔註156〕王十月，高方方：《為都市隱匿者作證——對話王十月》，《百家評論》2013年第3期。
〔註157〕王十月：《文學的小乘與大乘》，《當代文壇》2009年第3期。

讓他們以疾病的方式來拒絕狂亂的時代怪宴。只有在夢遊的天地中，他們才能卸下心靈的枷鎖，避開特殊年代的風霜刀劍，回歸個體生命的本源處。這種夢遊方式既是作家人道主義情懷的流露，也是其隱蔽性的敘事智慧，他經由人們的「非常態」舉動去揭開現實中可能存在的暗影，從權力、制度、文化等維度去追索暗影存在的根源。當然，現實世界的眾生無法一直扮演現實的「逃兵」，他們最終都要從迷夢中醒來。唯有醒來，才可能劈開令人驚異的世相，挑出現實的膿包，遠離汙糟與痛楚。這就是夢境空間的異化與作家介入現實的主旨之間的關聯性。

除了以做夢或夢遊這一行為自身來諷喻現實，在大多數小說裏，作者對夢境內容也進行了精雕細琢，其中之一就是構建與現實世界迥異的夢幻圖景。這也與榮格口中夢境具有的「補償性」〔註158〕作用不謀而合。作家們以柔和的色彩裝點廣袤的夢境空間，在夢境中繪製了諸多溫馨甜蜜的畫面，幫助人們實現美好的願望。但是，以夢境來撫慰俗世苦難深重的人們只是作家悲憫情懷的一種昭示。他們更大的文學野心在於：將虛擬的夢境空間與現實空間進行比照，以此揭示當代社會在急劇轉型中造就的裂變景觀，呈現轉型時代湧現出來的公共問題和社會矛盾，探測置身於這個駁雜時代的人們經歷著怎樣的生存困厄與心靈迷惘，並以亢直不撓的姿態來揚明立場。當然，在輕盈與沉重、飛翔與落地、夢幻與現實的對照中，作家最終會戳破夢境的泡沫，逼迫人們正視現實的膿瘡，尤其憧憬以此喚醒讀者對現實的敏感和諦視，並通過嚴肅的省思與積極的行動來潛移默化地改變現實。這不僅彰顯出了文學的「怨刺」功能，也燭照出作家與現實貼身「肉搏」的介入精神和現實關懷。比如《丁莊夢》中爺爺多次夢到「平原上地面是鮮花，地下結黃金」的場景，然而，現實世界的丁莊正被病痛和死亡的烏雲籠罩，人性的惡之花縱情綻放，彌漫著無以復加的苦澀和絕望氣息。在一個人性的黑洞和現實的荒原地帶，爺爺春意盎然的富裕夢境折射出極強的諷刺色彩和批判鋒芒，它終究化作一團泡影，也由此披露了暴力血漿經濟發展模式下衍生的罪惡，字裏行間滲透出的是「作家與社會和勞苦人密切相連的內心的不安。」〔註159〕在《虛土》中，「做夢」被虛土梁上的人們奉為神聖之事，因為夢境空間的絢麗多姿彌補了現實世界的單調乏味，

〔註158〕〔瑞士〕卡爾‧榮格：《榮格自傳：回憶 夢 思考》，張豔華譯，北京：清華大學出版社，2017年，第200頁。

〔註159〕李陀、閻連科：《〈受活〉超現實寫作的重要嘗試》，《南方文壇》2004年第2期。

在遵循世間萬物能量守恆定律的前提下，作者最終慨歎的是鄉村日復一日的枯燥生活帶來的沉重和存在的虛無感。夏天敏的《好大一對羊》也是借助夢境來揭示新時代扶貧活動背景下「羊吃人」的悲劇。在脫貧致富運動中，地處高寒山區的德山老漢和劉副專員結對子，被迫接受了兩隻價格不菲的美奧利羊，名為「脫貧羊」，實則因為餵養兩隻外國羊，導致生活越發雪上加霜。在寸步難行中，德山好漢夢見自己變成了外國公羊，啞巴老伴變成了美麗的外國母羊。夢境中他和老伴過上了吃炒麵、吃雞蛋的幸福生活，夢醒之後，一切都是幻影，小女兒甚至為了給羊找鮮嫩的青草而命喪沼澤。因而，此處甜蜜的夢境與苦味的現實形成了鮮明的對比，反差之下作家更是對脫貧活動中浮誇風式的官僚作風和基層管理工作者嚴重的官本位思想亮劍，當然，作家也對鄉村傳統政治文化土壤上成長起來的農民思想的麻木性進行了指謫，並就底層農民如何在生活的艱難竭蹶中突圍而發問。《牧羊少年之死》中牧羊少年丹巴亞傑在夢境中看到一家人聚集在一起為由奶奶轉世而來的老母羊祝壽，然而現實中的父親卻因為老母羊不再產羊羔而咆哮著要求少年宰殺了它。夢境的美好與現實的殘酷形成了鮮明的對比，既昭示著人性的凜若霜晨，也呈現著現實中人們的生存困厄。《到天邊收割》中無論是夢境中天邊的麥子還是娘柔軟香甜的懷抱抑或慈祥的菩薩現身，都燭照著人們在現實需求得不到滿足時某種虛妄的願景與期待。然而，夢境有多美好，現實就有多殘酷。與堅硬粗糙的現實空間相比，夢境畢竟是虛幻縹緲和無能為力的。特別是對蜷縮與現實暗角處的底層百姓而言，「平民的夢是不堪一擊的夢，很可笑的，又是很殘酷的，它既是一種現實的悲劇又是一種心理的悲劇。」〔註160〕在對願望夢境的渲染中，作家的終極指向仍在於現實空間。他們最終都撕開了夢境朦朧詩意的面紗，展覽著現實的醜陋之姿，希望以此「引起療救的注意」，而不是對現實的黑暗和陰影麻木不仁或視而不見。

除了道明夢境的補償作用，榮格在對夢的研究中還特別指出夢指向過去但也指向未來的屬性，強調夢境的預兆與驗證功能。正如「夢境收割者」魯敏所說，「我高高舉起又輕輕落下的鐮刀下面，所收割的，說是夢境，不如說是生活本身。」〔註161〕民俗學家烏丙安也指出，「夢境往往用於占測未來。」〔註162〕

〔註160〕 張鈞：《通過苦難理解人類——鬼子訪談錄》，《小說的立場——新生代作家訪談錄》，桂林：廣西師範大學出版社，2001年，第417頁。

〔註161〕 魯敏：《夢的現實主義法則》，《北京晚報》2020年12月11日第25版。

〔註162〕 烏丙安：《中國民俗學》，瀋陽：遼寧大學出版社，2008年，第302頁。

在這種功能下，夢境與現實往往互為鏡像、相互印證。甚至，在部分小說中，夢境空間儼然化作現實世界的倒影，無限趨向於現實場景。當作家巧用敘事策略，充分發揮夢境解析過去、預知未來的功能，並讓夢境成為現實的翻版時，既升騰出詩意邪魅的魔幻色彩，又補充和延伸了敘事內容。在與現實齊頭並進、交相輝映的過程中，它還從另一個角度強化著現實的滯重，為作者批判和反思現實的旨歸增加砝碼。比如在《丁莊夢》中，爺爺丁水陽的夢境與現實無縫對接，既可預知未來，也能解析過去。無論是丁莊當年賣血的真相，還是爹丁輝販賣棺材的黑幕，抑或叔叔的死亡和「我」的配陰親，現實空間裏業已發生或即將發生的事都在爺爺的夢境中完整化地神奇再現，並通過「我」這個亡靈的口吻平靜且節制地敘述出來，而它們在現實中往往只一筆帶過，夢境甚至成為譴責現實之惡和人性之惡的主體。在夢境與現實相互印證和水乳交融的過程中，故事情節的發展迎來一個又一個高潮，結構上也嚴絲合縫，沒有贅餘之處，這也解釋了閻連科為何如此倚重小說中的夢境，「沒有這由夢而起的結構，對我來說，小說就無法進行敘述和寫作。」〔註163〕《活物》中的白家溝村本就是一個奇幻迷亂的獨立王國。在這個迷狂的世界裏，人們的夢境與現實難解難分、相互交織，這從題記莊子《齊物論》「不知周之夢為蝴蝶與，蝴蝶之夢為周與」就能發覺。除了夢裏夢外簡單的事件對應，混沌無序的夢境還與敘事時間的錯位交叉不謀而合，更匹配了時代的瘋狂失序：是非黑白全然顛倒，權力變異和濫用導致的鬧劇層出不窮，甚至白家溝的存在本身就是一齣令人啼笑的鬧劇。無論是集體滅蛆運動，還是荒唐的村長選舉，抑或當權者長尾巴的宿命，都指向人們的錯亂與迷狂。《尋根團》中三處與現實高度疊合的兆夢既是作家對巫楚傳統文化的回歸，更是他借由夢境去思考當代中國傳統與現代的糾葛以及農業文明與工業文明的博弈，抨擊權力異化、物慾膨脹和人倫失序的亂象，為斷裂的回鄉之路以及故鄉的明天和整個鄉土中國的未來汲汲探索突圍之徑，正如小說所言，「為馬有貴，為他的故鄉，為這些苦難的人生」尋找文化之根和復興大道。這種思考的結果也呈現在他的近作《米島》中，回應了其夫子自道，「我真正的精神底色是受俄羅斯文學影響的。」〔註164〕《公豬案》中來福的噩夢都是現實的顯現，對應著社

〔註163〕閻連科、張學昕：《追尋結構和語言的力量》，《西部》2007年第12期。
〔註164〕王十月、柳冬嫵：《打工是我的精神胎記是不容迴避的人生》，《青年報》2016年12月25日第A03版。

會秩序的失範和更深層次的人性深淵。同樣，在《刺蝟歌》《河父海母》《妙音鳥》《還魂記》《后土》等文中，都浮現出與現實驚人重合的預兆之夢。作者營建此類夢境不僅是利用預兆功能讓故事增加鬼魅氣息和神秘詩意，也不僅是在擴大的多維時空中增加敘述容量，更是通過預言這種宿命論的方式指陳和驗證現實世界，凸顯著當下時代景觀中存在的怪誕一面，為作家批判現實提供證詞。

　　需注意的是，當現實中已經發生或即將發生的事情通過夢境的方式進行闡釋，除了加重批判的意圖，是否還具有其他功能？在我看來，夢境是坐落於現實與非現實之間的連接器或曰「中介物」〔註165〕，它與現實之間畢竟還隔著一層面紗。有些事情在夢境空間裏呈示出來，於虛幻和朦朧中對沉重的現實本身實現了鬆綁。就讀者而言，夢境空間與現實空間的間隔也緩解了苦難的現實和刺骨的疼痛帶給人的直接壓迫感與緊張感。當然，這種緩解並不意味著批判力度的乏力。同時，緩衝的效果如何還取決於做夢人，因為做夢人的身份、地位、經歷等因素左右著其夢境的內容，這也是心理學家傑森所持的觀點「夢的內容往往決定於夢者的人格，決定於他的年齡、性別、階級、教育標準和生活習慣方式，以及決定於他的整個過去生活的事件和體驗。」〔註166〕比如《虛土》中的弟弟將夢境空間與現實世界混淆在一起，現實裏人們的生死歌哭和興衰榮辱都被弟弟當做夢境封存起來。由此，虛土梁上人們的分離與死亡帶來的悲劇感及沉重感就被沖淡了。作者以兒童的夢境化解著單調的成人世界中的苦澀，使滯重的生活在孩子的夢境中變得輕盈，這也是人們一心守護弟弟夢境的原因。《丁莊夢》中爺爺的夢境是對現實的高度再現，並通過「我」這個亡靈兒童的視角展示出來。在兒童半緩溫和的語態以及夢境的迷離朦朧中，現實和夢境終究拉開了些許距離，這種距離感使丁莊深重的苦難暫時降落到了緩衝地帶。《公豬案》中提及太平天國時期江南軍營裏豬吃人肉的醜聞、土改時期肆意報復的殺戮以及新世紀旺財的安樂死等晦暗景觀時均是通過來福的夢境呈現出來，如此，既在朦朧含混中避免了正面直攻的強硬，也在畫面懸置中減輕了讀者閱讀的不適感。值得一提的是《不能掉頭》中的黃羊和《活物》中的黑衣人以假亂真的殺人夢境，雖然這不是對現實絕對的再現，但卻是現實的一種扭曲表達。夢境固然禁錮他們十多年，但也該慶幸那畢竟只是一場夢。結

〔註165〕董小英：《敘述學》，北京：社會科學文獻出版社，2001年，第164頁。
〔註166〕〔奧〕弗洛伊德：《釋夢》，孫名之譯，北京：商務印書館，2011年，第7頁。

尾在藝術的突轉中，夢境被解鎖，繃緊的弦瞬間鬆弛，延宕甚至消解了現實帶來的疼痛，甚至還可能回歸幸福生活。這樣的例子比比皆是，作家們也在製造的夢境中展覽著他們內心激烈的情感掙扎及寫作困惑。一方面，他們希冀以夢境與現實的高度疊合來徹底敞開現實荒誕乖戾的一面，並對黯淡的人性景觀進行探照，其批判的矛頭同時對準了人們扭曲的精神鏡像和「泛罪」化的生存土壤。另一方面，他們又渴望於夢境中以柔化的方式陳說現實，進而給孤苦困窘的眾生帶來心理安慰，也避免讀者閱讀時的窒息感。當然，回望大多數小說，通過夢境與現實空間的設置，同樣的事件在不同時空中以相異的審美方式呈現出來，解決了作家們面臨的兩難困境。

（二）一語驚醒夢中人：真相的復活與良知的喚醒

因為夢境與現實休戚相關，同時又具有穿越時空，勾連過去、現在和未來的神奇能力，所以，作家們常常利用夢境來發現現實角落裏滋生的黑暗黴菌。這也是夢境空間發揮的重要功能，它能作為撥開迷霧、追蹤現實真相的一件利器。此番功能也暗合了弗洛姆關於夢境的解析。弗洛姆認為，「我們在熟睡時較之清醒時而言，更為理智、聰明、更富於判斷力。」〔註167〕之所以如此，是因為白天我們往往因為各種功名利祿的束縛而身不由己，甚至產生「當局者迷」的困局，到了夢境中，人們卸下精神重負和假面後，也許要比覺醒之時更加敏銳、真實和清晰。這樣，也就更容易注意現實中被忽視的細節，恰恰是這些細節或記憶的碎片引導著大家去探索真相。不過，無論是現實還是文學，追尋真相的道路常常並非一片坦途，而是崎嶇險惡，伴隨著驚懼與痛苦的情感體驗，人們為此噩夢纏身。然而，正是噩夢倒逼人們直面鮮血淋漓的現實和無法彌合的心靈創口，刺激並督促他們進一步打探真相，直到水落石出。對於試圖掩蓋真相或拒絕認罪的「造惡者」和「施暴者」而言，夢魘則更具警醒的意味。因為，現實中一心想遺忘、遮蔽、抵賴的醜事會在夢境中幾度重演，讓他們在恐懼不安中正視犯下的惡行和人性的卑劣，使沉睡已久的良知和懺悔意識得到復蘇，也提醒他們只有在追究自我罪責的過程中真正認罪和贖罪，才能擺脫噩夢的糾纏，獲得心靈的平靜。回望來路，從歷史與現實的關係來看，作家也常以夢魘糾纏的技法彰顯其拒絕遺忘的精神立場。因為，遺忘並非意味著民族通向美好未來的明智之舉，只有在對創傷性歷史記憶的回眸和審視中，才能遠

〔註167〕〔美〕埃里希・弗羅姆：《被遺忘的語言》，郭乙瑤、宋曉萍譯，北京：國際文化出版公司，2001年，第23頁。

離歧路和窮途,「讓心靈擺脫黑暗」〔註168〕。故而,此類夢境在小說中具有刺穿人心的功效,常常透視出個體心靈的艱難泅渡和存在的巨大痛苦。

比如《丁莊夢》中的爺爺丁水陽在夢境中重播了賣血事件的前世今生,目睹了丁莊由貧窮而賣血並最終衰頹為荒村過程中的一幕幕真相,而在真相的敞開中,「我」父親丁輝無疑成了罪魁禍首。因此,這種夢境對善良悲憫的爺爺而言是一種夢魘。當他通過夢境回溯現實時,夢境對他構成了心理的凌遲和精神的強行掏空,不斷加深著他的罪感意識和恥感意識,也激增著他對父親的仇視情緒。面對毫無悔意的父親以及金錢與權力媾和的晦暗社會,看著丁莊淪為死亡之村,人死如葉落燈滅一般卑微,爺爺最終選擇殺死父親這種偏激的方式來卸下心靈重負,結束個人以及丁莊的夢魘。當然,爺爺大義滅親、玉石俱焚式的贖罪方式反而導致了更大的罪過。他對贖罪素樸、原始、俗化的理解的確有其狹隘之處,但作者對爺爺這個「正義的復仇」者似乎保持了寬容之心。因為在一個資本與權力過分親密的時代,走投無路的爺爺只有以這種方式來抵抗和謝罪,為自己和丁莊人爭取微弱的尊嚴。作者在結尾處還讓爺爺做了一個平原上的希望之夢,給爺爺和丁莊人留下了暖意,當然,荒原能否真正迎來春天值得懷疑。《活物》中的白夜正是根據馬角喋喋不休的講述,在揮之不去的黑衣人的噩夢以及狗尾巴草、小尾巴、巫師等細節的閃現中拼貼記憶的碎片,逐步打開潘多拉的魔盒,使白家溝村撲朔迷離的現實得以廓清,真相隨之解開。看著秘密被各個擊破,白夜也清楚了噩夢的來源,即權力濫用和人性醜態導致的悲劇。除了真相的追查者白夜,造惡者白大迷糊也噩夢連連。噩夢中的前妻、女兒和小尾巴都指向他罪惡多端的歷史,喚醒他的良知和悔意。作者也借他的噩夢對嬗變的人性和異化的權力進行了質詢。當然,白大迷糊的罪孽與畸形的革命時代纏繞牽扯,由此,作家在噩夢這一關乎心靈的私密空間中實際上也對異化的歷史進行了含沙射影,希望在對歷史瘡疤的揭開和療愈中昭示民族的未來。《米島》中花一朵懷孕後總是噩夢連連,米島死去的孩子白鬧鬧頻繁如夢,這番夢魘既敲打著她沉睡的良知,也揭開了新世紀米島工業發展模式下的危機事實。

在震懾之下,大多數作家也汲汲探索救贖之路。關於如何從噩夢中醒來並得到拯救,作家們給出的方案並不唯一。但是,綜觀新世紀「介入現實主義」

〔註168〕雷頤:《中國的現實與超現實——一個歷史學家的先見之明》,北京:語文出版社,2015年,第110頁。

小說，很少能看到在贖罪過程中真正經歷靈魂的洗禮滌蕩和艱難蟬蛻的人物，主人公往往是通過世俗化的行為努力或功利性地依附某一宗教力量來自欺欺人式地消解個體罪行。比如《丁莊夢》中的爺爺是憑藉以暴制暴的極端方式在他個人層面卸下心靈的枷鎖，擺脫夢魘。《炸裂》中的花一朵懷孕後頻繁夢到因工業污染而死的白鬧鬧，噩夢持續敲打她的良知並激起她的母性，她則在道觀中尋到了安寧與淡然。《我的名字叫王村》中丟掉弟弟後的「我」背上了沉重的心理負擔，關於老鼠的噩夢不斷襲來，「我」也是在尋找這樣的世俗行為中為自己贏得了赦免的權力，儘管小說中的「尋找」在其他維度上不乏深意。因此，這些小說中的救贖方式常常顯得膚淺和單一，缺乏一種直抵靈魂的力量。這也是中西方文學的不同，「中國太多樂感文學，卻少有罪感文學，具有深度的罪感文學，不是對法律責任的體認，而是對良知責任的體認，即對無罪之罪與共同犯罪的體認。」〔註169〕不過，這種文學深度的高下背後原因是錯綜複雜的，而新一代尤其是哲學氣質濃厚的「70 後」作家則逐漸顯露自省的姿態，在小說中繼續前人未竟的救贖之業。

（三）夢是遺忘的童年與故鄉：對童年風景的回望和捲土重來的希望

弗洛伊德在《夢的解析》中曾從童年經驗的維度來分析夢境的起源：「夢的『顯露的內容』都與近期的經驗有關，『隱藏的內容』則與早期的童年經驗有關。與近期經驗相比，童年經驗的影響要深刻得多。」〔註170〕這句話也許存在褊狹之處，但的確道出了文學與夢境以及夢境與童年的關係。在作家構造的夢境／現實空間裏，夢境空間也往往與童年和故鄉相連。後兩者作為人生的起點和精神的原鄉，象徵著純粹、素樸、本然的生命狀態。恰好，「夢境是原始思維最好的保留地。」〔註171〕在依靠夢境空間為紐帶，向童年和故鄉回撤的過程中，作者常預示著黯淡無光的現實之外的某種溫情和希望，也使夢境平添詩性空靈的韻致與輕逸飛翔的色彩。

以劉亮程為例，他在《虛土》《捎話》《鑿空》《本巴》等文中都築造了光怪陸離的夢境空間，甚至，他的寫作狀態也猶如做夢般，「我時而入夢，時而

〔註169〕劉再復、林崗：《罪與文學‧導言》，北京：中信出版社，2011 年，第 XIX 頁。
〔註170〕〔奧〕弗洛伊德：《夢的解析》，高興、成煜編譯，北京：北京出版社，2008 年，第 57 頁。
〔註171〕董小英：《敘述學》，北京：社會科學文獻出版社，2001 年，第 164 頁。

醒來說夢。夢和黑暗的氛圍纏繞不散。我沉迷於這樣的幻想。寫作亦如暗夜中打撈，沉入遺忘的事物被喚醒。」〔註172〕作為一個詩意的「造夢者」，劉亮程在《虛土》中「寫了一村莊人的夢」，形形色色的夢境構成了一個巨大的空間，對應著「賦予夢的主體地位」〔註173〕之舉。這個空間也是虛土梁上的人唯一的精神依託，他們都化身成夢境守護者，極其珍愛自己和他人的夢境。因為經由夢境空間，本來滯重忙碌的鄉村生活可以變得輕盈悠閒，人們也可以從遷徙、逃亡、土地等生存之重中解脫出來，跨過死亡和虛無的界限，使日復一日的單調乏味生活增加絢爛溫暖的一面。毫無疑問，最晶瑩、純淨的夢境對應著童年風景。正因為童年不斷遠去和消逝，人們才逐漸被成長與成年人的生存所異化與扭曲，在鄉村日復一日的生活中迷失了自己，回歸「虛無」和「空茫」的生命狀態，找不到存在的意義及價值。應該說，對於虛土莊的人來說，童年儼然夢想的樂園，而成長與成年則蓄滿了疼痛的淚水。為了更好地詮釋童年之夢以及化解成年歲月的傷痛，作者在小說中塑造了一個拒絕長大的小孩，他在5歲那年主觀上停止生長。此後，他依靠混沌式的夢境和想像一直駐守在童年光景中。當兒時的玩伴在時間的流逝中從斑斕的童年走向乏味的成年直至老去時，「我一個人在童年和夢中，輕盈而絢爛。」也即，童年成為「我」的天堂，其實也是所有人的天堂，因為「到老了才會知道，只有童年歲月最廣闊，盛得下人一生的生活和夢想。」當然，人要永遠駐足於童年，夢境顯然成為一條幽徑。在夢境的助力下，人們可以回歸甚至沉湎於童年狀態，細細咂摸童年的生命況味，從而尋回原初的自己，找到存在的意義和生命的價值，而不至於被世俗喧囂的成年生活異化和放逐。這裡，作者正是憑藉類似於《鐵皮鼓》中永遠不願長大的小男孩奧斯卡的形象，以及童年和夢境的伴生關係，宣告了童年之於人生的重要性。當然，從生理學角度看，由童年走向成年是一個不可逆的過程，人們不可能倚仗夢境真正永遠逗留在童年的樂園。不過，這並不意味著作者價值觀的保守或對生活的畏縮消極之姿，而恰恰體現了他寧靜的生命狀態和與悠遠的哲學思考。這也是作家對他作品中「懷舊」氣息的闡釋，「舊有兩種，一是轉眼成舊。一是永不陳舊。我們就是靠這些永不陳舊的東西維持

〔註172〕劉亮程：《向夢學習》，《散文精讀 劉亮程》，杭州：浙江人民出版社，2019年，第198頁。

〔註173〕劉亮程、姜廣平：〈「一個人的地老天荒與空茫蒼茫」〉，《西湖》2013年第5期。

著千年不變的基本生活。」〔註174〕誠然，劉亮程在他的作品中思考著人類永恆卻常新的存在與虛無、生與死、童年與成長、發展與消逝等命題。比如《虛土》，作者在對童年夢境純粹性的強調中更希望人們能時時回望來時的路，保留「對生活，對我們周圍一切的詩意的理解，」因為這是「童年時代給我們的最偉大的饋贈。」〔註175〕不過，回到現實，不難發現，人們在成長的混亂和生存的沉重中常常忘卻或丟棄了這份饋贈，原本純潔無瑕的童心蒙上了一層塵垢。所以，作者又以夢境的方式讓人們拜訪業已消逝的童年，幫助現實大地上的眾生找回這份饋贈，將他們從困頓乾癟的成年生活中救贖出來，化解生命的虛空和茫然，重新確立個體存在的價值。

陳應松的作品被貼上了「底層文學」的標籤，當中死亡和暴力從未缺席，但作家並不總是選擇「以重擊重」的策略。他更衷情的是誇張、變形、魔幻等手段，尤其喜歡借助夢境這一「取景器」來楔入現實，正如《世界華人週刊》華文成就獎授予他時的頒獎詞所說「他用極富個性的語言重塑神農架，創造了一個神奇誘人、充滿夢魘和幻覺的藝術世界。」〔註176〕其實，不僅是神農架系列，陳應松在創作初期的「船工系列」和「荊州水鄉系列」中就頻頻攜夢入文，比如《舊歌的骸骨》《櫻桃拐》《秋帆》，這也得益於他的詩人身份和巫風楚雨的浸潤。當然，閱讀他後期的《失語的村莊》《到天邊收割》《獵人峰》《還魂記》等文，可以發現，夢境更多與現實交相輝映，而不僅是生理學意義上的夢。特別值得一提的是，每次現實世界的眾生被沉甸甸的生活壓完了腰肢時，他就用夢境讓承受生命之重的人們回到童年、故鄉和母親的懷抱。比如在《失語的村莊》中，當苦難深重卻被迫失語的開隆不堪重負時，總會夢到爹的靈魂，跟隨他復歸童年，回到那個「落霞與孤鶩齊飛，秋水共長天一色」的故鄉郎浦。《到天邊收割》中的金貴無數次夢見娘和天邊的麥子，其實它們本質上都喻意自然、溫暖和故鄉。天邊的麥子之所以成為噩夢，是因為故鄉的人性和風景正在衰退，且難以挽回。應該說，夢境連接童年與故鄉，給諸多正與生活做困獸鬥的人們一絲安慰，讓他們走出霧靄，重新打造一個光明、溫暖、自由的精神家園。

〔註174〕劉亮程、周毅、彭彤：《與青年作家劉亮程對話》，《西部》2001 年第 6 期。
〔註175〕〔蘇〕康・巴烏斯托夫斯基：《金薔薇》，李時譯，上海：上海譯文出版社，1980 年，第 22 頁。
〔註176〕袁毅：《陳應松獲〈世界華人週刊〉華文成就獎》，《長江日報》2012 年 2 月 9 日第 21 版。

　　閱讀《丁莊夢》《到天邊收割》《還魂記》《公豬案》《福地》《活物》《火鯉魚》等小說，不難發現，除了借助對兒時光景的追憶打撈或故鄉曠野的深情歌唱來尋覓亮光與洞口，通過波詭雲譎的夢境來預示希望還存在另一種形式，那就是在小說結局上畫龍點睛。此番結局的處理也昭示著作家的文學觀和人生觀，彰顯著他們對夢境力量的認同，「夢境是引導我生命向前的動力和嚮導。沒有夢境的存在，我的眼前就會一片黑暗。」〔註 177〕在《丁莊夢》中，爺爺夢到女媧造人，「看見一個新的蹦蹦跳跳的平原了，新的蹦蹦跳跳的世界了。」《福地》中萬祿夢到兄妹四人都回到了母親的肚子裏，「最後擠在繡香的懷裏，像小豬一樣輪番吃著香噴噴的奶。」此處的夢境似乎孕育著希望，女媧造人或重回嬰兒狀態都象徵再生的開始。但是，歸零是否意味著一定會鳳凰涅槃，迎來一個與眾不同、煥然一新的世界？從《丁莊夢》中晦暗污濁的人性怪圈來看，丁莊根本就是「一溝絕望的死水」，在這個荒寒孤獨的生命世界裏，退回去也找不到任何希望的光源。《福地》同樣如此，回到初生時期只是開啟新的輪迴，儘管萬祿的榮歸故里和葉落歸根預示鄉土社會在艱難竭蹶中的某條突圍之路，但面對城市化、工業化以及全球化潮流的不斷進逼，處於現代轉型期的鄉土中國仍然難以避免麻莊由一片后土福地淪為空村荒境的悲劇，這是鄉土社會在急遽發展和裂變中所要經歷的陣痛。當然，對於小說呈現的現實來看，儘管「捲土重來未可知」，這些夢境都彰顯出作家們的訴求：「文學應該是有光亮的」〔註 178〕，有光亮的文學可以積聚生命的力量，展望現實的新生。

（四）一種迷宮「遊戲」的公共性價值：夢境的錯亂迷狂與文本的多元化解讀

　　由於夢境空間原始的神秘、荒誕色彩，加上時間上常常混亂無序、邏輯上顛倒錯亂的特點，它在與現實世界的交織纏繞中，故事發展及事情真相撲朔迷離，呈現出疑竇叢生的圖景。特別值得注意的是，夢境還多次成為生者與亡靈、精怪溝通的中介。因此，經由夢境的打造，故事就形成了多種不同的序列組合，小說自然也就呈現了開放自由的多路徑解讀方式。對作家自身來說，面對正在進行的、變動不居、魚龍混雜的當代社會現實風景，他們可以打破既有

〔註 177〕張學昕、閻連科：《現實、存在與現實主義》，《當代作家評論》2008 年第 2期。

〔註 178〕鐵凝：《文學是燈：東西文學的經典與我的文學經歷》，《人民文學》2009 年第 1 期。

文學生態中由評論家和創作者建構起來的種種美學陳規，無拘無束地楔入現實的敏感地帶或隱秘肌理處。對讀者來說，他們彷彿走進了縱橫交錯的現實迷宮，帶著好奇心和陌生感對隱隱綽綽、忽明忽暗的現實景觀進行拆解、整合及重組，並在作家的引領下，以批判眼光與理性思維去挖掘現實世界及虛擬世界的關係，繼而重新審視現實、歷史、制度、人性和社會。在重審中，他們以個體的名義對話公共生活、解構被蓋棺定論的公共歷史敘事，並參與到當下現實經驗的討論中去，這有助於重建新時代文學的公共性和公共空間。

比如在王十月的《活物》中，夢境和現實難解難分，尤其是兩套空間內時間的差異性給本就亂象叢生的現實再度抹上了詭秘靈異的色彩。伴隨馬角喋喋不休的敘述、白夜夢裏夢外的追蹤以及亡靈的輪迴轉世，故事於行進中不斷被打亂和重組，結局又一個白夜的出現更是擺出了「羅生門」樣的陣圖，讓白家溝村再度陷入困局。讀者在閱讀這個天馬行空的故事時，除了通過一些關鍵性字眼回歸到特殊年代的社會問題上，還會在似真似假的迷途中探索白家溝村的現實、制度、人性等景觀這般失序混亂的源頭，也能從根源上判別白夜的復歸能否真正喚醒迷茫的眾生，重築人性之牆？《公豬案》中患有夢遊症的豬倌來福的夢境串聯起太平天國運動、新中國成立前後的土改時期和新世紀三個歷史時段，伴隨著循環交錯的時間、公共視角及民間視角交織而成的多視角敘事共同構成了一個經緯交錯的跨時空文本。在虛實相間的夢境以及含混藝術的合力下，無論是青芝塢藏汙納垢的歷史記憶還是光怪陸離的現實魅影，都被拆解成了無數塊拼圖，散落於不同的章節中。它們共同編織成了懸疑迭出的時空網絡，建構出了一座文學迷宮。在視點的多樣、順序的打亂和邏輯的拆解中，讀者們走進了小徑分岔的花園。他們可以從不同向度出發，經由「福克納的眼睛」和來福的夢境去解密東穆鄉官方歷史卷宗上語焉不詳或刻意塗抹的地方，追蹤太平天國時期軍營裏的黑暗交易、土改時期權力異化後的瘋狂殺戮、新世紀賄選成風的真相究竟如何，勾勒歷史浪潮下來福、梨花、月秀等民間小人物跌宕起伏的心靈軌跡。在開放性的文本解碼與再編碼中，讀者對文本故事形成了異質性的解讀格局，構成了眾說紛紜的複調話語，這種不同聲音和觀點的呈現對文學公共性的構築起到了催化劑作用。除了對歷史與現實多元化的詮釋，異質性解讀還能讓大眾關注的公共議題持續升溫，號召更多的讀者告別「茶杯裏的風景」，走出「個人的園地」，走向廣袤無邊的現實大地，關注公共生活，參與到人性與獸性、歷史與現實、國家意志與普通個體、倫理與政

治、工業文明與農耕文明等話題的討論中來，建構文學的公共領域。到了《丁莊夢》《放生羊》《好大一對羊》《夢遊症患者》《米島》《白鹿原》《河父海母》《福地》《后土》等文中，夢境世界與陰陽空間、神靈鬼怪彼此呼應且勾連，更添神秘色彩和鬼魅氣息，當然也營造了一種亦真亦幻、虛實相間的藝術氛圍，在異質性的美學風景中助推讀者加入到錯綜鮮活的現實陣營中來，呈現與時代同頻共振的關係，喚起自己對於時代之痛或愛的共情。